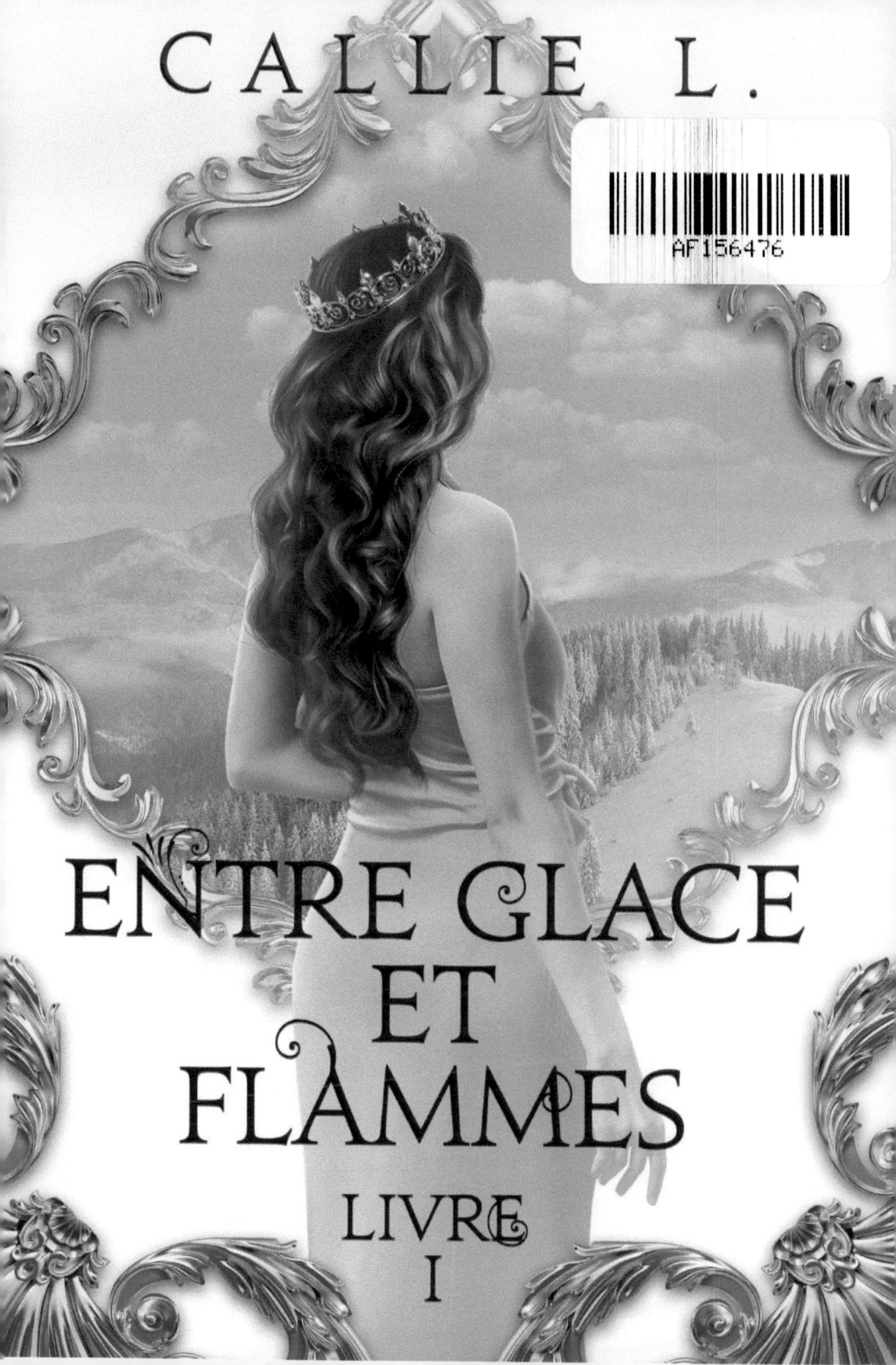

CALLIE L.

ENTRE GLACE
ET
FLAMMES

LIVRE
I

AF156476

© 2023, Éditions Imaginary Edge
© 2019, Callie L. (Pour le Texte)

Image de Couverture : MiblArt
Correction : Sophie Eloy
Maquette intérieure : Callie L.

« Tous droits de reproduction, d'adaptation et de traduction, intégrale ou partielle réservés pour tous pays. Le Code de la propriété intellectuelle interdit les copies ou reproductions destinées à une utilisation collective. Toute représentation ou reproduction intégrale ou partielle faite par quelque procédé que ce soit, sans le consentement de l'auteur ou de ses ayants droit ou ayant cause, est illicite et constitue une contrefaçon, aux termes des articles L.335-2 et suivants du Code de la propriété intellectuelle. »
Loi 49-956 du 16 Juillet 1949

Cette œuvre est une œuvre de fiction. Les noms propres, les personnages, les lieux, les intrigues, sont soit le fruit de l'imagination de l'auteur, soit utilisés dans le cadre d'une œuvre de fiction. Toute ressemblance avec des personnes réelles, des entreprises, des évènements ou des lieux, serait une pour coïncidence.

IMAGINARY EDGE ÉDITIONS, une marque commerciale de Sudarènes Éditions. - 19 rue des Cigalons, 83400, Hyères. France

www.imaginary-edge.com
Dépôt Légal : Février 2023
ISBN : 978-2-494045-08-8

PUBLIC AVERTI : Cette œuvre comporte des scènes susceptibles de heurter la sensibilité du jeune public.

CALLIE L.

ENTRE GLACE ET FLAMMES
LIVRE I

IMAGINARY *Edge*

LLYRH

DUMA

GHERVOS

RUINES DE
PYHÄ

URSAA

CITÉ ROYALE

ORAS

OGÜR

DÉSERT
DÜN-RHIËL

ORT ROYAL

DHOOR

BAIE D'OPALE

AGRAAM

ANOOR

LAZAÉ

CELAIR

PORT
MARCHAND

ERRYON

LIXIA

LAC ANOORIEN

LESTAT

PROLOGUE

Dans une galaxie lointaine, au cœur de la Nébuleuse d'Orion, se trouve le Monde de Llyrh. Cette planète, créée par les dieux Öra et Nariön eux-mêmes, est composée de six contrées aux caractéristiques étonnantes. Jadis, baignée de magie, Llyrh fut cependant le scénario d'une guerre aussi longue que sanglante.

Au commencement, dieux et hommes vivaient en parfaite harmonie sur Llyrh. Si bien, que les deux divinités firent cadeau aux humains de pouvoirs extraordinaires. Malheureusement, certains humains - avides de pouvoir - n'hésitèrent pas à mettre leur terre à feu et à sang, afin de s'approprier ce qui ne leur appartenait pas. On compta de nombreux morts, des actes cruels furent perpétués au nom d'une soif de pouvoir qui ne se tarissait pas. On nomma cette époque : l'ère Noire.

Les dieux durent intervenir. Mettant fin à la guerre, Öra et Nariön décidèrent, dans le but de préserver ces terres sacrées, d'ôter toute magie aux Llyrhiens. Ils souhaitaient éviter que la même erreur ne soit reproduite. Ils quittèrent ensuite la terre des hommes, puis partirent rejoindre les leurs dans l'Empyrée.

Avant leur départ, six grandes familles furent désignées dans chaque continent ; en leur sang pur coule l'essence même de Llyrh. Il est de leur devoir de perpétuer leur lignée et de préserver l'équilibre de leur univers.

Il est de coutume que chaque lignée royale engendre deux héritiers, pas un de plus, pas un de moins. Ainsi, tous les trente ans depuis des siècles, six femmes et six hommes naissent le jour du solstice d'hiver. C'est au moment où chaque étoile de la Constellation du loup est parfaitement alignée que ces enfants-successeurs voient le jour.

Les élus doivent s'unir entre eux afin de garantir la pureté de leur sang. Personne n'a jamais osé vérifier ce qui se passerait s'ils décidaient d'épouser un autre que celui que la Sphère leur aurait désigné à leur dix-neuvième anniversaire.

- Notes manuscrites Anonymes-

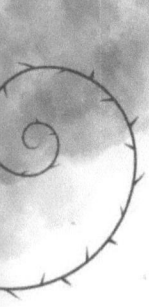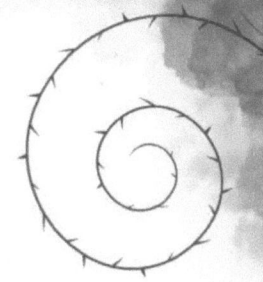

ANYA

L a neige tombe en épais flocons sur les terres Llyrhiennes, et ce, depuis plusieurs semaines. J'ai beau avoir vécu en ces lieux depuis ma plus tendre enfance, je n'ai de cesse d'être étonnée par ces paysages aux sommets enneigés, lorsque ciel et terre ne font plus qu'un à l'horizon, tant les nuages sont bas et le sol est baigné d'un blanc immaculé.

Chacune de mes escapades clandestines est source d'émerveillement, moi qui ne me lasse jamais d'explorer ces contrées pourtant glacées et inhospitalières aux yeux des étrangers.

Je relève mon visage vers le ciel, ma capuche rouge-carmin, à l'instar de ma pelisse, glisse vers l'arrière de mon crâne. De minuscules monticules blancs se déposent rapidement sur ma chevelure sombre, ainsi que sur ma peau. Je suis du regard, non sans fascination, la trajectoire du griffon qui plane à plusieurs mètres au-dessus de ma tête, jusqu'à ce qu'il regagne son nid, dans l'une des cavités de la falaise.

Il est si majestueux ! Son plumage se confond avec la couleur opaline de la poudreuse. Et que dire de la puissance de ses muscles ? Un seul coup de patte ou d'aile suffirait à vous envoyer valser plusieurs mètres plus loin. Quant à son bec pointu, je frissonne rien qu'en imaginant ce qui pourrait m'arriver si je me retrouvais un jour à la place de l'une de ses proies. Et pour cause, j'ai déjà vu la créature en action, lors de l'une de ses parties de chasse.

Par chance, je n'ai pas à craindre le griffon, pas celui-ci en tout cas, tout simplement, car il s'agit-là de l'une de mes plus fidèles amies. Je l'ai trouvée il y a de cela deux hivers, alors que ce n'était encore qu'un bébé. Abandonnée de ses parents, si je ne l'avais pas recueillie sous mon manteau cet après-midi-là et nourrie pendant plusieurs jours, elle ne serait probablement plus de ce monde à l'heure qu'il est. Depuis, un lien indescriptible s'est tissé entre nous. Je l'ai nommée Sira. Il ne se passe pas une semaine sans que je ne lui rende visite depuis notre rencontre. Je suis la seule à pouvoir l'approcher d'aussi près. Encore mieux, le griffon me permet de voir ses petits et de passer du temps avec eux !

En temps normal, ces créatures ne sont agressives que pour deux raisons : soit, car on s'en approche de trop près et ils se sentent en danger, soit, car on touche à leurs progénitures. Dans un cas comme dans l'autre, il ne vous reste plus qu'à courir, au risque de finir déchiqueté et de leur servir de prochain repas.

Son cri familier me parvient malgré l'altitude, un sourire se dessine sur mes lèvres tandis que j'avance, à pas de loup, sur le sol glacé. Les points lumineux dans le ciel m'indiquent qu'il est temps, pour moi, de rentrer à la maison. Avec un peu de chance, personne ne se sera aperçu de mon absence. Anastasya devait prétendre que j'étais restée au lit toute l'après-midi, souffrante. Ma mère ferait une énième crise de nerfs si elle venait à apprendre ma nouvelle fugue.

Je soupire et accélère le pas, dévalant la colline qui me sépare du manoir en trottinant. C'est une chance que j'aie l'habitude de courir, car la météo capricieuse ne me facilite pas la tâche aujourd'hui. L'air froid s'engouffre violemment dans mes narines, brûlant mes poumons pendant ma course. C'est loin d'être une sensation agréable, mais je dois me dépêcher si je ne souhaite pas finir confinée dans ma chambre pendant des jours, un garde posté à chacune des issues.

Quelques minutes plus tard, j'arrive aux abords de la forêt qui encercle la propriété. Les arbres ont troqué leur robe verte contre un épais manteau blanc. Dans d'autres régions de Llyrh, l'hiver laisse désormais progressivement place au début du printemps. Dans la région d'Ursaa, le froid semble cependant éternel, à l'exception de certains mois pendant lesquels la glace fond à divers endroits, laissant alors entrevoir de petites clairières et des collines au sommet d'un vert émeraude.

Il a beaucoup neigé ces derniers jours et je suis, pour ainsi dire, trempée. Bien que je sois habituée à ces températures basses, je ne peux retenir un frisson lorsque je me faufile dans l'arrière des écuries. L'ébrouement d'un cheval m'accueille, comme d'habitude. Je caresse le naseau de Céleste, qui l'enfonce dans ma main à la recherche de quelque friandise à me soutirer. Je ris, en secouant la tête.

— Désolée ma belle, je n'ai rien pour toi ce soir !

Son souffle caresse ma nuque, la jument n'est guère contente de ne pas avoir sa sucrerie quotidienne, mais je n'ai pas le temps de m'y attarder, puisqu'une certaine animation de l'autre côté des stalles attire mon attention.

Dehors, j'entends le bruit classique des sabots, puis celui de l'immense portail d'entrée qui grince en s'ouvrant. Écarquillant les yeux, je me dépêche de rejoindre l'arrière de l'immense bâtiment d'en face, puisque cela ne peut vouloir dire qu'une chose : mon père est de retour. S'il me voit dans cet état, et bien qu'il soit plus aisé de l'amadouer que ma mère, je vais sûrement avoir droit à un sermon sur la façon dont une dame de mon rang devrait se comporter. Bien sûr, ce n'est certainement rien comparé à la scène à laquelle j'assisterais si, par malheur, je tombais sur ma génitrice !

Passant la tête par l'embrasure de la fenêtre de ma chambre, que j'ai demandé à Anastasya de ne pas verrouiller, je constate soulagée que personne ne m'y attend. Je grimpe sur le muret, mets un pied sur l'encadrement et me hisse, afin de me glisser habilement à l'intérieur de la pièce. La chaleur des flammes crépitantes au cœur de la cheminée est la bienvenue. Ayant à peine le temps de fermer le vantail, voilà que la poignée de la porte tourne, me faisant sursauter.

— Mademoiselle !

Anastasya est de retour. Ses prunelles rondes et expressives s'agrandissent comme des soucoupes en découvrant l'état dans lequel je me trouve. Il faut dire que l'image que me renvoie le miroir de ma chambre à cet instant justifie sa réaction. Mes vêtements sont tellement humides qu'ils me collent à la peau. Mes cheveux désordonnés ondulent en une épaisse crinière sauvage. Et que dire de mes joues et de mon nez rougis par le froid ? En somme, je suis loin d'être présentable.

— Oh mon Dieu ! Votre père va nous tuer ! Non, correction, me tuer ! N'avez-vous donc aucune considération pour m'infliger ainsi de telles angoisses ? Vite, vite, votre mère demande à vous voir !

J'éclate de rire, voyant la servante s'agiter dans tous les sens, en panique. Il a toujours été ainsi avec Annie, comme je la surnomme affectueusement. La domestique s'occupe de moi depuis ma naissance et me connaît mieux que quiconque. Je l'aime profondément, ne voyant pas seulement en elle ma gouvernante, mais bien plus que cela : c'est une amie, une seconde mère. Annie est celle qui supporte sans cesse mes caprices, qui essuie mes larmes quand rien ne va, celle qui me rassure dans les moments de doute et qui m'offre son soutien inconditionnel. Cette femme est la seule à me voir telle que je suis vraiment, à comprendre ce besoin de liberté si fort que j'éprouve, lorsque rester prisonnière dans ma cage dorée devient trop difficile. Des yeux rieurs, un brin grassouillette et surtout, d'une gentillesse sans borne, je ne peux que lui être reconnaissante pour tout ce qu'elle fait pour moi.

— Personne ne mourra Annie, tu exagères ! réponds-je amusée, alors qu'elle me dévisage d'un regard réprobateur.

Sans prendre la peine de me répondre, mais faisant claquer sa langue d'exaspération, Annie s'avance, me débarrassant de mes habits mouillés. Elle grimace en étendant près de la cheminée, le pantalon et la tunique que je portais quelques secondes plus tôt, afin de les faire sécher, puis marmonne des mots que je ne parviens pas à comprendre, comme d'habitude. Je ne peux retenir un rire, mais me tais lorsque la gouvernante me fusille du regard, en étendant une robe crème, ainsi que des jupons sur mon lit, ce qui me fait à mon tour grogner. Je supporte mal toutes ces couches de tissus sur moi, c'est à peine si j'arrive à respirer avec ces maudits corsages ! De la pure torture, voilà ce que c'est !

— Je suis vraiment obligée de porter tout ça ? demandé-je implorante.

Ignorant superbement ma moue de désespoir, Annie m'oblige à me placer devant ma coiffeuse, avant de me vêtir rapidement. Je manque de m'évanouir quand, d'un geste ferme, elle tire sur les ficelles du corset.

Qui diable a pu inventer pareil supplice ? Ce ne peut être qu'un homme ! Plaisant pour leurs yeux, mais inconfortable pour nous ! Je souffle, mécontente, me tenant fermement aux rebords du meuble pour ne pas tomber. Puis, soupire de soulagement lorsque je suis entièrement habillée, bien que je me sente désormais tel un morceau de gibier ficelé dans cette tenue. J'en viens même à suspecter Annie de s'amuser de la situation, je la dévisage avec méfiance.

— Serais-tu en train de te moquer de moi ?

La bonne femme lève les yeux au ciel, habituée à mes « extravagances », comme ma mère appelle mes plaintes récurrentes de ce genre.

— Bien évidemment, grommelle-t-elle en me faisant m'asseoir sur la banquette, afin de tenter de dompter ma crinière hirsute.

Dix minutes plus tard, comme par magie, je ne ressemble plus à la petite sauvageonne qui était passée par la fenêtre de ma chambre. J'ai l'impression de faire face, non pas à mon reflet, mais à celui d'une étrangère. Cette petite poupée de porcelaine que je vois ne me plaît guère et pourtant, c'est ainsi que mes parents aimeraient que je sois continuellement. C'est donc sans grand enthousiasme que je quitte ma chambre, lorsqu'Annie m'en congédie en agitant les mains et vais rejoindre mes parents.

Je fronce les sourcils face à l'excitation inhabituelle que je remarque chez ma mère, lorsque je passe le seuil de la porte du salon. Cela ne me dit rien qui vaille. Méfiante, je m'avance vers l'impératrice d'Ursaa, affichant un sourire contrit.

— Mère ? Que se passe-t-il ?

Elle s'était à peine aperçue de ma présence, si bien, qu'elle saute quasiment de joie en m'entendant. Quelque chose ne tourne vraiment pas rond. Je plisse le nez, hésitant entre la rejoindre ou faire demi-tour sur le champ. Il est rare que ma mère laisse libre cours à ses émotions devant ses enfants, elle qui paraît à l'accoutumée si froide et dure, son comportement ne fait qu'accroître mes soupçons. D'ailleurs, j'ai à peine le temps d'ouvrir la bouche, que je me retrouve attirée contre la poitrine de ma génitrice. Gênée par cette marque d'affection aussi soudaine, je n'ose pas bouger, restant les bras ballants le long de mon corps et ne sachant que faire de mes mains.

— Vous portez-vous bien ? Êtes-vous souffrante ? risqué-je en reculant, car je commence à manquer d'air.

— Ne dites pas des sottises Anya voyons ! Bien sûr que je vais bien !

Je l'observe, elle semble de si bonne humeur, avec ce sourire ravi aux lèvres. Peut-être que finalement, il ne vaut mieux pas que je sache ce qui rend ma mère aussi euphorique. Pour des raisons qui m'échappent, je suis certaine que cela me concerne et que je n'apprécierai pas d'apprendre de quoi il en retourne.

— Aujourd'hui est un jour spécial pour nous tous Anya, mais principalement pour vous et votre sœur ! D'ailleurs où est-elle ?

Je hausse les épaules, n'ayant aucune idée des occupations auxquelles Elenna s'adonne, mais c'est cet instant que mon père choisit pour faire irruption dans la pièce.

Ma mère se jette quasiment dans ses bras, moi, je reste bouche bée, me demandant si je ne me suis pas endormie quelque part et si je ne nage pas en plein rêve... Ou cauchemar. Tous mes sens en alerte m'indiquent qu'il s'agit plutôt du deuxième choix, particulièrement lorsque je remarque, pour la première fois, le bout de papier orné du sceau des Anciens, que ma mère tient entre ses doigts. Mon cœur fait un saut périlleux dans ma poitrine.

— Oh, Richard, enfin !

Mon père me dévisage interrogatif, mais totalement perdue dans mes pensées, je le remarque à peine. *Cette lettre...*, je ne peux en détacher mon regard.

Faites que ce ne soit pas ce que je crois, ce n'est pas possible ! Pas maintenant !

Je serre les dents, priant toutes les divinités pour que ce ne soit qu'une grande coïncidence. Mon anniversaire n'aura lieu que dans plusieurs semaines après tout. J'avais espéré avoir un peu plus de temps.

— Voyons Katherine, que vous arrive-t-il ?

Sans plus de cérémonie, l'impératrice agite le parchemin sous le nez de son époux, le visage de ce dernier s'éclaire, alors que le mien ne cesse de s'assombrir. Aussi tendue que la corde de mon arc, mes doigts agrippent le dossier du fauteuil se trouvant à ma droite.

Je m'y refuse ! Je ne veux pas, pitié !

Semblant enfin se souvenir de la présence de leur fille dans la pièce, Richard et Katherine se tournent vers moi. L'empereur arque un sourcil, m'observant d'un œil soucieux.

— Vous êtes d'une pâleur ! Êtes-vous souffrante ? Où est votre sœur ?

En guise de réponse, je secoue la tête, souhaitant en finir au plus vite.

— Je me suis peu nourrie ce midi père, voilà tout. Je ne sais pas où est Elenna, mais vous vouliez m'annoncer quelque chose, mère.

Je soude mes yeux aux siens, sans réussir à lui retourner son sourire, car je sais pertinemment que ma mère détient à cet instant, mon avenir entre ses mains. De petits pas précipités se font entendre, c'est le moment où ma sœur décide enfin de nous honorer de sa présence. Katherine sourit de plus belle en la voyant, de mon côté je trépigne d'impatience, mon angoisse allant crescendo. Elle va le dire, à la fin ?! Je ressens le besoin d'entendre ces mots que je redoute tant jaillir de la bouche de ma mère, afin de réaliser enfin ce qui est en train de se produire.

Nez plissé, lèvres pincées, j'observe ma jumelle et toute sa magnificence venir illuminer le salon, alors qu'elle serre notre père dans ses bras frêles. Elenna a toujours été plus à l'aise que moi lorsqu'il s'agit de mondanités et se fond à merveille dans ce monde dans lequel nous avons grandi, contrairement à moi. Alors que petite, je courais partout faisant les quatre-cents coups (ce qui n'a pas vraiment changé depuis, soyons francs), Elenna, elle, jouait sagement aux poupées et faisait des caprices à nos parents afin d'obtenir les dernières robes à la mode (ça non plus, ça n'a pas changé). Nous sommes le jour et la nuit, des parfaits opposés, le feu et la glace, le soleil et la lune. En réalité, nous n'avons en commun que notre nom et notre jour de naissance.

Très féminine, ma sœur est toujours soigneusement habillée et porte grande importance à son apparence, sans pour autant être superficielle. Elle a hérité des traits de notre mère : des yeux caramel ainsi que d'une chevelure bouclée et aux couleurs chaudes rappelant les feuilles des arbres à l'automne. Ses traits sont doux : son regard ambré dégage une sorte d'innocence candide qui fait fondre tout son entourage, sans compter ses formes voluptueuses qui plaisent énormément aux hommes. De mon côté, j'ai les cheveux légèrement ondulés. Ils ne bouclent que lorsque je les mouille, et encore là, mes boucles sont plus rebelles que celles de ma sœur. Je ne suis jamais parvenue à leur donner cette forme élégante, le peu de fois où j'ai essayé de confectionner l'une de ces coiffures fort complexes qu'Elenna aime tant exhiber. Ressemblant davantage à notre père, la couleur de mes cheveux tire plus vers l'ébène que vers le marron cuivré de ma jumelle. Mes yeux, eux, forment un ensemble de vert irisé avec des touches noisette. Plutôt fine et élancée, je semble plus froide que chaleureuse d'après les dires de certains hommes, plus sauvage que délicate, en somme, aux antipodes d'Elenna. Des fausses jumelles, si nous n'étions pas nées le même jour avec dix minutes d'écart, impossible d'affirmer que nous puissions être des sœurs.

Cela dit, bien que différentes, nous nous aimons énormément. Je ne comprends pas toujours sa passion pour la dentelle et la belle couture, mais lorsque j'ai besoin de me confier, je sais que je peux compter sur elle et inversement. La patience d'Elenna s'avère sans limites, elle se montre bonne conseillère, servant souvent de rempart entre les exigences de nos parents et mon entêtement à ne jamais me plier aux règles.

La voix aiguë de Katherine me fait sursauter, me tirant de mes pensées.

— Elenna, où étiez-vous ?! Cela fait un bon quart d'heure que nous vous attendons. Enfin... Peu importe, j'ai quelque chose d'important à vous annoncer mes enfants, le grand jour, celui que nous attendions tant, est enfin arrivé ! J'ai entre mes mains une missive des anciens, nous priant de nous rendre à Agraam dans les plus brefs délais.

Son sourire s'élargit, tout comme celui de tous les membres de cette famille, à l'exception du mien. Je me laisse tomber lourdement sur l'un des fauteuils du salon, regardant mes proches s'extasier devant ce petit bout de papier qui me condamne à une existence que je n'ai jamais choisie.

Respire, calme-toi, m'intimé-je en me donnant du courage, mais l'air semble bloqué dans mes poumons. Les murs me donnent l'impression tout à coup de rétrécir, se refermant autour de moi, tel un piège. Sur le point de suffoquer, je sens l'angoisse s'emparer de tout mon corps, me faisant perdre pied. Mon père, jusque-là silencieux, me rejoint rapidement, s'accroupissant à mes pieds.

— Anya ? Tout va bien ? On dirait que vous avez vu un esprit, ma fille.

Lorsque je relève mon regard vers lui, je me rends compte que je pleure. Des larmes salées coulent le long de mes joues, sans que je ne puisse les contenir. Richard me scrute, soucieux, ne comprenant sûrement pas ma réaction. Comment pourrait-il se douter des raisons de mon mal-être ? Après tout, ses deux enfants ont toujours su quel était leur destin, n'est-ce pas ? Celui que, lui-même, avait dû affronter des années plus tôt, ainsi que son épouse et tous les autres héritiers de leur génération. Pourtant, même si j'ai toujours su ce qui m'attendait, j'avais naïvement espéré que ce jour n'arriverait jamais, que quelque chose viendrait l'empêcher, me libérant ainsi des chaînes qui m'attendent, une fois que la cérémonie aura eu lieu. Je prends les mains de mon père entre les miennes tremblantes.

— Je ne veux pas y aller ! Je vous en supplie, ne m'y obligez pas père ! imploré-je.

L'empereur se relève, secouant la tête, puis se tourne vers Katherine, cherchant du soutien auprès de sa femme. Ma mère s'avance, sourcils froncés. On ne pouvait pas dire que l'Impératrice d'Ursaa soit connue pour sa douceur, et ce, même avec ses enfants. Bien sûr, je l'entends parfois dire qu'elle regrette d'être aussi sévère, mais la vie l'est aussi d'après elle et il faut qu'Elenna et moi comprenions à notre tour, qu'il est impossible d'échapper à notre destin.

— Assez ! Vous savez aussi bien que moi que vous n'avez pas le choix ! C'est ainsi depuis des siècles et il est hors de question que ma propre fille cause le déshonneur de cette famille. Vous partirez toutes les deux pour Agraam dans deux lunes et tout comme vos ancêtres, vous accomplirez votre devoir ! Le sujet est clos !

Son ton est catégorique et glacial, même Elenna rentre la tête dans les épaules, n'osant pas s'interposer entre nous. Incapable d'en entendre davantage et parce que cela ne servirait à rien d'argumenter, je me précipite dans l'escalier afin de trouver refuge dans ma chambre, ignorant les appels de mes parents. Ma mère tente de me rattraper, mais Elenna l'en empêche finalement.

— Laissez-la mère, je vous en prie. Elle a besoin d'être seule pour digérer tout ceci, l'entends-je lui dire avant que je ne claque la porte.

Je suis, depuis ce qui me semble des heures allongée dans la même position fœtale, serrant l'un de mes oreillers contre moi. Mes larmes se sont taries, mais mon cœur, lui, est en miettes. Quelqu'un toque à la porte, je me recroqueville davantage sur moi-même.

— Je n'ai pas faim, réponds-je d'une voix enrouée, à force de pleurer.

Il s'agit sûrement d'Anastasya, qui tente comme à son habitude de me faire entendre raison. La porte s'ouvre finalement, non pas sur ma nourrice, mais sur ma mère. Que fait-elle ici ? C'est la dernière personne que j'ai envie de voir. Je ne suis vraiment pas d'humeur à subir une nouvelle fois ses remontrances, je ne le supporterai pas. Mais contre toute attente, Katherine s'avance silencieusement jusqu'à mon lit, puis s'allonge à mes côtés, avant de caresser mes cheveux d'un geste maternel. Je la dévisage, cherchant le piège dans son regard, je n'y lis rien d'autre que des remords.

— Je suis désolée de vous avoir parlé ainsi. J'essaye de faire ce qu'il y a de mieux pour vous deux, mais je ne m'y prends pas toujours de la meilleure des façons.

Surprise, je demeure dans le silence. Ma mère ne s'excuse jamais, je l'en remercie mentalement, mais la laisse poursuivre.

— Vous savez Anya, commente-t-elle d'une voix anormalement douce, j'étais comme vous à votre âge. Si rebelle, si fougueuse...

Je n'arrive pas à imaginer ma mère me ressembler, alors qu'aujourd'hui elle est tout le contraire. Nous sommes si... différentes. Comme si elle lisait dans mes pensées, Katherine me gratifie d'un sourire chaleureux.

— Je sais qu'il est dur de me croire et pourtant... Votre pauvre père a dû s'armer de patience avant de réussir à m'apprivoiser. Je refusais catégoriquement qu'il m'approche, j'étais odieuse, une vraie peste.

Elle lâche un rire désarmant, qui la rajeunit de plusieurs années. Non pas que les signes de l'âge soient gravés sur son visage d'une beauté incontestable, mais elle a toujours l'air si stricte, que la voir si insouciante m'émeut au plus haut point.

— Est-ce que vous l'aimiez quand vous l'avez épousé ? demandé-je timidement.

Ma mère réfléchit avant de répondre, comprenant que sa réponse sera déterminante.

— Non, pas au début, je l'ai fait par devoir. C'était ce que l'on attendait de moi, je n'avais pas d'autre choix, comme toutes les femmes et tous les hommes de notre famille. Et pourtant, au fil des mois, j'ai découvert un autre homme. Votre père multipliait les attentions afin de me conquérir et de gagner mon cœur. Aujourd'hui, je me rends compte que c'est la meilleure chose qui pouvait m'arriver, après vous deux, bien évidemment.

— Il s'était épris de vous ? la questionné-je dans un murmure, imaginant mon père plus jeune, faisant la cour à ma mère.

— Oui, semblerait-il, et pour être honnête moi aussi, même si c'est arrivé un peu plus tard. Mais ma fierté et mon envie d'aller à l'encontre des règles aveuglaient mon jugement le concernant. Tout cela pour vous dire que lorsque la Sphère choisira l'homme avec lequel vous partagerez votre vie, ce sera pour une bonne raison. Je suis certaine qu'ensemble vous réussirez de grandes choses. Les étoiles ne se trompent jamais Anya, ne l'oubliez pas...

Je me contente de hocher la tête, un peu plus sereine à la suite de ces mots échangés. Je ne suis pas certaine de pouvoir aimer un homme que je n'ai pas choisi d'épouser, mais pour ce soir, je préfère laisser ma mère me bercer d'illusions. J'essaye de me convaincre que peut-être, ce ne sera pas aussi terrible que ça en a l'air et que quelque part, subsiste cet infime espoir que je trouve le bonheur au bout du voyage qui m'attend.

ANYA

Les deux dernières lunes ont été inhabituellement agitées au manoir. J'ai eu l'impression qu'une colonie de fourmis ouvrières travaillaient sans répit, allant de droite à gauche afin de préparer notre voyage. Je semble être la seule personne peu enthousiaste à l'idée de quitter cet endroit, même Elenna semble de bonne humeur.

Il a été convenu par notre père que le voyage se fasse par la mer, il est moins périlleux et plus rapide de descendre les collines jusqu'aux côtes, que de traverser le massif d'Ursaa dans cette période de l'année. Il n'est pas inhabituel qu'il y ait des avalanches à cette époque, lorsque la neige est moins solide. Une fois sur le littoral, nous prendrons l'un des navires de la garde royale, escortés par une partie de nos soldats, puisque les obligations de nos parents dans la contrée ne leur permettent pas de nous accompagner ma sœur et moi. Ils nous rejoindront un peu plus tard, lors de la célébration. L'apprendre m'a fait l'effet d'un seau d'eau froide en pleine figure, moi qui comptais sur le soutien de ma mère, je n'aurai que ma sœur pour m'épauler. *Comment vais-je tenir le coup ?*

La traversée nous obligera sans aucun doute à nous enfoncer dans les eaux de la Baie D'opale. Je dois avouer être curieuse de voir ce à quoi elle ressemble, moi qui n'ai jamais quitté les terres nordiques, c'est un endroit qui m'a toujours fascinée. On raconte que l'eau est d'une blancheur laiteuse, scintillant au moindre rayon de soleil. Elle a inspiré de nombreux tableaux, notamment l'un de ceux accrochés aux murs de ma propre chambre.

De l'autre côté des calanques, s'étale la contrée centrale de Llyrh, Celair et au cœur de cette dernière, la plus grande capitale de notre monde : Agraam. Rien que d'y penser, j'ai un nœud en plein milieu de la gorge, car c'est là-bas que mon destin sera scellé à tout jamais.

La veille, profitant de l'effervescence au manoir due aux derniers préparatifs, je me suis éclipsée quelques heures. Je tenais à dire adieu à ma vieille amie, celle qui accompagne chacune de mes aventures en dehors des murs de la cité. Mon cœur s'est brisé une nouvelle fois en la quittant. Sira a émis un cri à m'en déchirer l'âme, comme si le griffon était conscient que nous ne nous reverrions peut-être jamais, ou du moins, pas avant un bon moment. Cela a été l'un des adieux les plus difficiles auxquels j'ai eu à faire face au cours toute ma jeune existence.

Comment vais-je m'habituer à un monde totalement différent du mien ? Comment suis-je supposée accepter de renoncer à tous ceux qui m'ont toujours entourée, et que je ne reverrai sûrement plus désormais ? Je leur en veux, oui, c'est un euphémisme de le dire. Je leur en veux de m'arracher à tout ce à quoi je tiens, à tout ce qui me fait sentir vivante. Aujourd'hui j'ai l'impression de n'être plus qu'une coquille vide, de celles que l'on manipule à sa guise, afin d'accomplir un mystérieux dessein dont personne n'a aucune certitude. Après tout, c'est une tradition vieille de plusieurs siècles, instaurée par de soi-disant dieux, dont je n'entends même plus parler. En y repensant, un peu plus tôt, j'ai dû me contenir de ne pas envoyer valser contre le mur de ma chambre tout ce qui me tombait entre les mains. *Vont-ils vraiment détruire ma vie à cause d'une ridicule tradition ?*

Me voici maintenant devant le seuil de la maison qui m'a vue grandir, faire mes premiers pas, dire mes premiers mots, celle qui a accueilli mes premiers chagrins. Ma seule consolation est qu'Annie est du voyage elle aussi, tout comme la femme de chambre d'Elenna. Au moins, j'aurai un autre visage familier à qui me confier.

— Mademoiselle ?

La voix douce d'Anastasya me ramène au présent. Son regard m'indique qu'elle n'est pas plus enchantée que moi de quitter Ursaa, et égoïstement, cette pensée me console.

— Il est temps.

Je hoche tristement la tête et contemple une dernière fois mon foyer, me demandant combien de temps passera avant que je ne puisse y remettre un pied. J'ai une chance sur deux d'y revenir, car soit je gouvernerai la région de mon époux, soit nous gouvernerons la mienne. Mais là encore, ce n'est pas moi qui prendrai une telle décision, évidemment, je n'en ai pas le pouvoir. Je finis par rejoindre le fiacre qui nous attend, sans conviction, là où ma sœur et nos parents patientent depuis plusieurs minutes. Katherine tamponne ses joues avec émotion tandis que Richard affiche une expression indéchiffrable, je m'entête à l'éviter.

Je m'avance tranquillement, bien disposée à leur cacher ma peine. Mon visage serein n'est, bien sûr, que façade, tout un tas de pensées contradictoires accable mon esprit. Elenna est la première à leur dire au revoir, provoquant chez notre mère une autre crise de larmes, obligeant mon père à la réconforter. *C'est dû à de la joie ou à de la tristesse ?* Je n'en sais rien. Tel un automate, je fais de même, puis pénètre dans l'habitacle, m'installant face à ma jumelle et sa camériste, Lucie. Me connaissant par cœur, Annie me prend les mains entre les siennes, dans un geste de soutien.

— Ça va aller Anya, je vous le promets.

Son ton se veut apaisant, mais malheureusement, rien ne peut calmer ma peine à cet instant. Je ne trouve aucune consolation dans ses sages paroles, qui ont pourtant l'habitude de me rassurer. Mon regard se perd au-delà de la vitre, dans l'épaisseur de la forêt et alors que le carrosse s'ébranle sur la route, je crois entendre un cri de détresse provenant des hauteurs enneigées.

— Je l'espère Annie, je l'espère, murmuré-je fermant les yeux, pour empêcher les larmes de couler.

Cela fait plusieurs heures que nous avons quitté le manoir lorsque le crépuscule pointe son nez, les paysages se succèdent, les uns identiques aux autres. Les dix centimètres de neige tombés la nuit dernière recouvrent le sol, et ce, peu importe l'endroit sur lequel nous posons les yeux. À la fin du printemps, lorsque le froid décide de nous laisser un peu de répit, mille couleurs tapissent les chemins terreux. Cette contrée est la plus riche en variétés florales, malgré les nombreux mois où la glace est maîtresse des lieux, car lorsqu'elle fond enfin, on ne peut pas faire un pas sans apercevoir une fleur ou toute autre plante que l'on ne trouve nulle part ailleurs. Mon passe-temps préféré, lorsque cette saison arrive, est de les rassembler dans de jolis bouquets, que je donne ensuite à Annie, afin d'égayer un peu les pièces du manoir. Leurs odeurs uniques et variées embaument l'air, c'est apaisant.

Dommage que je ne sois plus là pour pouvoir les admirer, me lamenté-je mentalement dans un soupir résigné. Le trajet s'annonce long et pénible, beaucoup trop. Il est prévu que nous fassions des haltes dans de petites bourgades dans le but de nous reposer. Quoi qu'il en soit, nous passerons tout de même plusieurs jours enfermées dans cette cabine.

Remarque, cela ne peut être pire que de faire le trajet à dos d'un cheval, me dis-je en observant Neil, l'un des gardes de notre père, nous dépasser.

— Avez-vous faim ?

Lucie nous regarde tour à tour. Elenna acquiesce, alors que je secoue la tête. Je ne peux rien avaler, étant donné la boule qui obstrue mon ventre.

— Anya, sois raisonnable. Je sais que tu es contrariée, mais un long voyage nous attend, nous devons garder nos forces. Ne sois pas une telle tête de mule et mange au moins un peu.

Je lève les yeux au ciel, il ne manquerait plus qu'Elenna prenne le relais en l'absence de notre mère, me faisant la morale. Je hausse les épaules et sans grand enthousiasme, prends le panier qu'Annie me tend.

— D'accord, mais juste un peu.

— Qu'elle peut être butée parfois, marmonne ma sœur.

Je préfère cependant faire la sourde oreille que de débattre. Le voyage est assez éprouvant comme ça.

Nous déballons le repas : du pain, avec de la viande séchée, quelques morceaux de fromage ainsi qu'une grappe de raisin en guise de dessert. Maigre, mais suffisant pour le peu d'appétit que j'ai. Puis, de toute façon, il nous faut de la nourriture qui ne s'avarie pas facilement pendant le trajet. Nous aurons de quoi manger plus copieusement dans les villages voisins.

Soudain, je sens le carrosse ralentir. Je fronce les sourcils, posant ma collation, à laquelle je n'ai pas eu le temps de goûter, puis écarte un peu plus les rideaux, pour voir ce qui se passe à l'extérieur. Nous sommes visiblement arrivées à l'une des bourgades à l'ouest de la province, je reconnais les couleurs et l'architecture d'Oras. J'avais pour habitude d'accompagner parfois mon père, étant enfant, lorsqu'il allait rendre visite aux ambassadeurs de chaque ville pour une courte durée. J'ai toujours aimé partir à l'aventure, contrairement à ma sœur, tout a toujours été prétexte pour changer d'air.

Oui, eh bien pour changer d'air, maintenant, tu vas en changer ! me rappelle ma conscience traîtresse, que je fais taire d'un battement de cils.

— Vos Altesses, nous sommes arrivés au premier village où nous effectuerons une pause pour que vous puissiez vous reposer, nous renseigne Neil, qui s'est rapproché du fiacre.

Il ouvre la portière, lorsque le véhicule s'arrête totalement et me tend la main pour m'aider à descendre sans encombre. Il fait de même avec Annie, Elenna et finalement Lucie. Je remarque que les joues de Lucie s'empourprent lorsque son regard croise celui de la sentinelle, Neil rougit à son tour. J'esquisse un sourire en coin, le premier de la journée.

Apparemment, je suis la seule à m'être rendu compte qu'il y a quelque chose entre ces deux-là. Afin de leur laisser un peu d'intimité, j'examine ensuite l'immense panneau en bois, sur lequel est grossièrement gravé « L'émeraude ». *Drôle de nom pour une auberge.* La façade est faite de bois foncé, quasi noir, mais la neige l'a presque entièrement repeinte en blanc. Grâce aux petits vitrages, on aperçoit à l'intérieur les flammes vives de ce que je suppose être une cheminée. L'endroit semble calme, je me demande si cela n'est pas intentionnel du fait de notre présence. Je sais que notre père a envoyé plusieurs soldats en éclaireur, afin de s'assurer que tout se déroulerait sans problème lorsque nous prendrions la route à notre tour.

Nous avançons vers l'entrée, faite de bois elle aussi, tandis qu'une partie des gardes qui nous accompagnent amènent les chevaux dans l'écurie et déchargent nos affaires. Deux lanternes ornent chaque côté de la porte, chacune illuminée par une lueur verdâtre scintillante, me faisant penser à un millier de lucioles enfermées dans un bocal. Je les observe un instant, curieuse, jusqu'à ce que ma sœur m'intime de me dépêcher, se plaignant d'être frigorifiée.

L'intérieur est lui aussi rustique. À gauche, plusieurs tablées s'étendent le long de la pièce. Seulement trois tabourets sont occupés, l'un par une fille qui ne doit pas dépasser a vingtaine, puis, deux autres par deux garçons un peu plus âgés qui lui ressemblent comme deux gouttes d'eau. Je conclus qu'il s'agit d'une fratrie. Ils nous dévisagent lorsque notre « petit » groupe s'avance vers le grand comptoir en bois massif. À droite, je remarque la cheminée, autour de laquelle s'éparpillent quelques fauteuils et canapés. Ils semblent assez douillets pour que j'y passe la nuit. À vrai dire, je suis tellement exténuée par ce voyage, autant physiquement qu'émotionnellement, que même un tapis au sol me conviendrait.

« *Ne soyez pas ridicule* », m'aurait à coup sûr sermonnée ma mère si j'avais osé dire cela devant elle. Je glousse bêtement, attirant le regard intrigué de ma sœur. Pinçant les lèvres, je secoue la tête, mettant cela sur le compte de la fatigue. Un homme d'une cinquantaine d'années vient à notre rencontre. Petit, un crâne dégarni et un ventre bien rond, son sourire est pourtant des plus chaleureux.

— Majestés ! C'est un honneur que de vous recevoir vous et votre garde dans notre humble auberge.

Il s'incline si bas que je crains pendant quelques instants qu'il ne puisse se relever. Heureusement pour lui, le trio de jeunes, que je devine être ses enfants, vient lui porter secours, après avoir effectué une révérence chacun. Je retiens un rire, pour ne pas paraître impolie, mais la scène est assez drôle à voir.

Je sens un coude s'enfoncer légèrement dans mes côtes, je grimace et toise Elenna, cette dernière me fait les gros yeux en guise d'avertissement.

— Quoi ? grommelé-je en boudant telle une enfant.

Ma sœur soupire, levant les yeux au ciel, avant de sourire au vieil homme et de le remercier pour son hospitalité. Je fais de même, gardant un semblant de sérieux, puis suis la fille qui se nomme apparemment Noëlla, tandis que cette dernière nous conduit dans nos chambres respectives. Elles sont petites, mais équipées de l'essentiel afin que nous puissions passer une bonne nuit. Je décline l'invitation de l'aubergiste de dîner, je veux juste dormir, mais fais tout de même ma toilette, avant de me mettre au lit.

Heureuse de pouvoir enfin me reposer, je laisse le sommeil me gagner rapidement, loin de me douter de la surprise qui m'attendra petit matin.

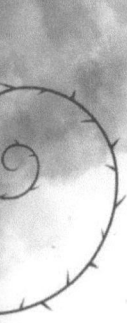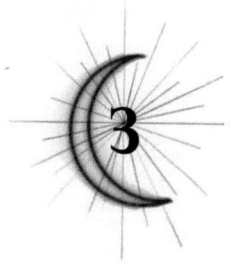

ANYA

La nuit a été courte, trop courte même.

Alors que je me prélasse, dans les méandres de mes rêves peuplés de griffons et d'autres créatures étranges, des bruits extérieurs viennent troubler ma tranquillité. Je grogne, ramenant l'oreiller sur mon visage, essayant d'ignorer ces bruits incessants. J'ai le sommeil léger, le moindre raffut me réveille, et pour le coup, qui que ce soit, il s'en donne à cœur joie. C'est insupportable ! Plus précisément, c'est moi qui serai insupportable, si je n'ai pas au moins mes sept heures de sommeil réparateur.

Tac, tac, tac...

Je souffle d'exaspération en ouvrant les yeux, puis me renfrogne. Les étoiles brillent encore dans le ciel, je devrais être en train de dormir ! Qui diable peut faire un tel vacarme à pareille heure ?! Je me retourne dans tous les sens sur le matelas, essayant de trouver une position confortable afin de me rendormir, mais me redresse en entendant un énième couinement, ce qui me donne une petite idée quant à l'activité nocturne de mes voisins de palier.

— Mais ce n'est pas vrai ! grogné-je agacée.

Je me lève, furieuse, et m'enroule dans un châle laissé plus tôt sur l'une des chaises de la chambrette. Hors de question de sortir dehors en simple saut-de-lit, ma mère ferait une syncope, et puis... Ce ne serait guère présentable de s'exposer ainsi aux yeux de quiconque. J'aurais pu, bien évidemment, les laisser tranquillement finir leurs ébats, mais j'ai en horreur qu'on me réveille en plein milieu de la nuit, surtout lorsque je suis à ce point fatiguée et remontée. J'ai une inexplicable envie d'en découdre, maintenant que j'ai été forcée de me réveiller.

Fermant la porte de ma chambre, sans aucune délicatesse, je me dirige vers l'endroit du crime d'un pas décidé, deux pièces plus loin sur ma droite. D'ailleurs, je trouve cela étrange que quelqu'un d'autre que ma sœur et nos dames de compagnie ait accès à cet étage, il nous a été réservé jusqu'au lendemain. Je suis étonnée qu'ils aient permis à des étrangers d'y passer la soirée, à moins qu'ils n'aient pas demandé la permission. Il valait mieux pour lui ou elle que ce ne soit pas le cas !

J'aperçois au bout du couloir, en bas des escaliers, ce que doivent être les casques de deux des soldats de la garde de notre père. Ils assurent sûrement le relais cette nuit, afin d'appréhender tout intrus. Je les observe, droits comme un "i", le regard fixé sur l'entrée. Impossible que quelqu'un ait pénétré ces lieux sans être vu. Je recule, en me disant qu'il doit alors, sans doute, s'agir de l'une de nos sentinelles, qui prend un peu trop de bon temps. Le cas échéant, il va passer un très mauvais quart d'heure. Comme s'il n'avait pas mieux à faire que de s'occuper de ce genre d'affaires en notre présence. C'est révoltant !

Je m'approche à nouveau de l'alcôve en question, avec une grimace figée sur mon visage. Les bruits n'ont pas cessé, loin de là. Il doit être très doué, à en entendre son amante. Ou alors, elle n'est franchement pas discrète. Je secoue la tête, chassant ces réflexions de mon esprit. Pour couronner le tout, la porte est semi-ouverte. Ils n'ont pas froid aux yeux ! Je suis tout simplement mortifiée par une telle conduite, surtout venant de l'un de nos gardes. Une fois devant la porte, j'hésite néanmoins, me demandant quelle était la façon la plus appropriée de m'y prendre. J'appréhende ce que je pourrai y découvrir, ce n'est pas comme si j'avais déjà eu l'occasion d'observer des corps nus, car c'est exactement ce que je trouverai si je pousse le battant. Je n'ai jamais fait ce genre de chose si intime avec un homme, nos parents ayant tout fait afin de préserver notre pureté, c'est notre devoir d'héritière que de réserver notre virginité à notre futur époux. On ne peut pas dire la même chose des héritiers, en tant qu'hommes, ils ont un peu plus de "privilèges" que nous.

Un nouveau geignement —oui, car la fille n'est visiblement pas très pudique— me tire de mes pensées. Je n'ai pas voulu regarder jusqu'ici par l'entrebâillement de la porte, mais maintenant que mes yeux sont « accidentellement » tombés dessus, difficile de les en dévier. Le fautif est debout, j'ai un gros plan sur son dos musclé et sur ses... fesses ?! Oh roi divin, quelle horreur ! Je me retourne vivement, voulant quitter tout de suite cette vision des plus gênantes, mais dans la précipitation, mes pieds se prennent dans mon châle. Je hoquette de surprise, me retrouvant alors étalée de tout mon long sur le sol.

Bien évidemment, et puis quoi encore ? J'hésite entre partir en courant ou faire la morte, afin de m'éviter une telle honte, alors que la porte s'ouvre sur les deux canailles.

— Oh par les divinités ! Votre majesté !

Cette voix, je la reconnais, c'est Noëlla, la fille de l'aubergiste. J'inspire profondément, confuse, et me relève, le plus dignement possible, prenant soin de ne pas croiser leur regard, ou plutôt, évitant de poser les yeux sur leurs corps nus. Quelle honte ! Pourquoi faut-il que je me retrouve tout le temps dans ce genre de situation incongrue ? Par tous les saints !

— Je suppose que l'on ne vous a jamais appris qu'il est extrêmement malpoli d'écouter aux portes, encore plus de faire preuve de voyeurisme !

La voix de l'homme tranche dans le silence pesant de la pièce. Je me hérisse, partagée entre l'humiliation et l'indignation face aux insinuations que ses paroles suggèrent.

— Je n'étais nullement en train de vous espionner ! Et, oh, pitié couvrez-vous ! dis-je portant une main devant mes yeux. Il se trouve que si vous aviez fait moins de bruit et que votre porte avait été fermée, nous n'en serions pas là. Ni vous ni moi ! Et croyez-moi, j'aurais aimé me passer d'une telle scène !

Je souffle d'indignation, car bien que mes yeux soient couverts, l'image de ce corps masculin nu ne semble pas vouloir s'effacer de ma mémoire pour autant. Cela m'apprendra à me lever en pleine nuit, au lieu de rester sagement dans mon lit !

— Noëlla, veuillez couvrir cet homme avec un drap ou n'importe quoi, mais effacez-moi cette image désagréable au plus vite, je vous prie ! Et... Et vous aussi, mettez quelque chose de convenable !

Je tente de garder un ton assuré, mais je me sens, surtout, extrêmement gênée, troublée aussi. Comment vais-je me sortir de cette impasse ? Pourvu que ma sœur ou Annie n'aient rien entendu !

— Oui Majesté...

Je l'entends renifler. Ne me dites pas qu'elle pleure ! Il ne manquerait plus que ça ! Je soupire, la culpabilité me tordant le ventre. Il n'y a que moi pour me sentir coupable dans de tels moments.

— Je n'ai guère besoin que l'on me materne ! Je sais tout de même m'habiller tout seul !

L'homme (qui n'est visiblement pas l'un de nos gardes) a l'air de plus en plus agacé. Mais je m'en fiche, il n'avait qu'à garder son membre sagement dans son pantalon après tout. Cela nous aurait évité tout ceci ! Je l'entends se diriger vers l'autre extrémité de la chambre, avant d'entendre le bruit caractéristique d'un tissu que l'on froisse.

— Vous pouvez regarder, votre majesté…

La petite voix de Noëlla me fait presque de la peine, si ce n'est que je lui en veux terriblement de m'avoir réveillée, mais aussi, d'entacher sa dignité avec pareil bourrin.

— Bien, dis-je baissant mes mains avec précaution. Voilà qui est déjà mieux.

Noëlla porte désormais les habits que je lui avais vus un peu plus tôt. Quant à lui, il porte un pantalon et une chemise en ce qui s'avère être du coton et de la soie. Je fronce les sourcils, car seuls les plus nobles peuvent se permettre de porter ce genre de matière.

— Qui êtes-vous ? Et que faites-vous à cet étage ? N'étiez-vous donc pas au courant que pour cette nuit, il nous est réservé à ma sœur et à moi ?!

Noëlla écarquille les yeux, ouvre la bouche pour parler, mais se tait sous le regard menaçant du brun. Quelque chose m'échappe, je dois mettre le doigt dessus. L'inconnu s'incline devant moi, en faisant une révérence, un sourire narquois aux lèvres. Qu'est-ce qu'il peut m'agacer !

— Navré d'avoir troublé votre sommeil ma dame. Keylian, pour vous servir.

Il n'y a pas, dans ses paroles, une once de sincérité. Je ne l'apprécie guère, c'est un fait. Croisant les bras devant ma poitrine, je le toise.

— Cela n'explique en rien ce que vous faites ici ! Avec cette jeune femme qui plus est, vous devriez avoir honte de la souiller ainsi ! Et gardez vos moqueries pour quelqu'un d'autre.

Il ne semble pas le moins du monde impressionné par ma petite personne, avec son air condescendant, cela a le don de m'agacer davantage. J'inspire, m'exhortant au calme.

— Je suis... Il marque une pause en lançant une œillade à la jeune fille, encore une fois. Je suis l'un des messagers du Roi Kroan d'Agraam.

Un simple messager ? J'ai un tantinet du mal à le croire. Il a trop de prestance pour être juste quelqu'un du petit peuple. Pas que j'ai envie de le gratifier d'un compliment, loin de là, mais c'est simplement la vérité. Je l'observe avec attention, le détaillant de bas en haut, jusqu'à croiser son regard. Je me fige un instant, n'ayant remarqué que maintenant la couleur de métal fondu de ses iris. Il a beau avoir un corps parfaitement bâti, des traits fins et un visage d'ange, ce sont ses yeux qui me font le plus d'effet. D'effet ? Attendez ! Qu'est-ce que je raconte ? Je secoue la tête, je n'ai décidément pas les idées très claires ce soir ! Qu'est-ce qui me prend ?!

Je me racle la gorge, mal à l'aise, resserrant davantage mon châle autour de moi, barrière inutile contre cet étrange magnétisme que le regard du dénommé Keylian exerce sur moi...

— On ne m'a jamais laissé entendre que quelqu'un d'Agraam viendrait à notre rencontre. Je me demande pourquoi ils n'ont pas envoyé l'un des fils du Roi, ou du moins, des sentinelles de leur garde royale. Quoi qu'il en soit, nous en reparlerons demain, sur ce, tâchez d'être plus discrets à l'avenir ! Je n'ai vraiment pas besoin d'entendre ni d'assister, à vos ébats intimes, par tous les dieux ! C'est indécent !

Rougissant, je me détourne vivement, quittant la chambre à toute vitesse, entendant le bougre s'esclaffer. Arrivant dans la mienne, je m'écroule sur le lit et ferme les yeux, me giflant mentalement au fur et à mesure que les images de cette drôle de rencontre défilent dans ma tête. *Idiote !* me sermonné-je en soupirant.

Je réussis tout de même à me rendormir pour quelques heures, bien que mes rêves soient troublés par un certain regard d'acier.

Le réveil fut une torture. Si Annie ne m'avait pas forcée à quitter mes draps, j'y serais encore. C'est donc d'humeur exécrable que je quitte l'étage, afin de rejoindre ma sœur et les autres, pour prendre le premier repas de la journée.

Les odeurs de pain grillé, d'œufs et de lard fumé font gronder mon ventre affamé. Je n'ai, pour ainsi dire, pratiquement rien avalé la veille. Je meurs de faim et mon ventre me le fait savoir.

Lorsque je rejoins le bas des escaliers, tous les yeux convergent vers ma personne, à mon plus grand désarroi. J'ai opté pour une robe brodée en noir, qui s'accorde parfaitement à mon humeur ce matin, des arabesques dorées ornent le corsage. La forme du bustier dénude un peu mes épaules, mais couvre tout de même mes bras. Je tiens une cape épaisse en laine entre mes bras, que je mettrai au moment de partir. Cette soudaine attention me raidit, moi qui déteste être l'objet de l'attention de qui que ce soit.

Il y a beaucoup plus de monde que la veille. Ils semblent tous d'humeur joyeuse, enfin, tous à l'exception du fameux Keylian dont le regard perçant me traverse telle une lame aiguisée. Il est donc là ! Il m'observe, calculateur et froid, comme il l'avait fait cette nuit. Qu'est-ce qu'il veut ? Mon portrait peut-être ?!

Je m'avance dans sa direction. Non pas que j'aie une quelconque envie de respirer le même air que ce scélérat, mais parce qu'il est installé face à ma sœur. D'ailleurs, je me demande ce que cet insignifiant messager fait là, assis à notre table. D'habitude, je ne suis pas du genre à tenir compte du rang social de qui que ce soit, mais il m'insupporte tellement, que je ne peux pas m'empêcher de pester en sa présence. C'est plus fort que moi.

— Anya ! Ce n'est pas une heure pour déjeuner. J'ai craint que tu sois souffrante.

La voix aiguë de ma sœur, de si bon matin, me tire une grimace. J'ai horriblement mal à la tête.

— Et bien, figure-toi que cela n'aurait pas été le cas, si des imbéciles m'avaient laissée correctement me reposer cette nuit.

— Anya ! me réprimande Elenna. Excusez-la, elle ne s'exprime pas de la sorte d'habitude, c'est sûrement le manque de sommeil…

Depuis quand lui doit-elle des explications ? Et pour quel motif semble-t-il tout à coup amusé ce faquin ?

— Oh, je suis certain que le voyage est éprouvant pour tout le monde.

Il regarde son assiette sans piper un mot de plus, un sourire au coin des lèvres. Je prends place à leur table, seulement car je n'ai pas le choix, lui faisant face, aux côtés de ma sœur. On nous sert à manger, au plus grand bonheur de mon estomac.

— Sir Alexander, enchaîne ma jumelle, me faisant sursauter et quasiment recracher la bouchée d'œufs brouillés que je suis en train d'avaler.

— Alexander, la coupe le concerné faisant rougir les joues d'Elenna, alors que je fronce de plus en plus les sourcils, sans saisir ce qui se passe.

Pourquoi l'appelle-t-elle ainsi ? Comment ça Alexander ? Il me fixe de ses yeux gris, je le dévisage à mon tour, puis je comprends : il s'est totalement moqué de moi. Mon cerveau se met à fonctionner à plein régime, recollant les morceaux du puzzle.

Le bougre ! Il s'est joué de moi ! Encore pire, j'ai devant moi l'un des héritiers d'Agraam. Bien que la dernière fois que nous nous sommes vus, nous n'avions pas plus de treize ans, tout Llyrh connaît le nom de ses héritiers. Comment se fait-il que je ne l'aie pas reconnu ? Je déglutis malgré moi, partagée entre le devoir de m'excuser pour mes manières et l'envie de lui balancer à la figure l'assiette d'œufs que l'on a déposée devant moi. Il n'a plus rien du petit garçon avec qui j'avais joué autre fois, loin de là.

Dites-moi que c'est un cauchemar, pitié...

— Alexander Keylian pour être plus exact, mais Alexander suffira.

Visiblement, c'est bel et bien réel. Je frissonne en comprenant que par conséquent, il s'agit-là de l'un de nos prétendants, ce qui explique pour quelle raison ma sœur est dans tous ses états. Comment lui en vouloir ? Il a tout pour plaire, les manières et son caractère mis à part, bien entendu. Il ne manquerait plus qu'on me condamne à faire ma vie aux côtés d'un homme pareil, plutôt mourir ! Ai-je déjà mentionné que je le méprise ?

Je regarde mon assiette en silence, essayant de ne pas laisser mon trouble transparaître. Je suis confuse et dans ma tête, tout se bouscule une nouvelle fois. Mes craintes refont surface les unes après les autres, j'en ai la nausée. Je n'écoute plus ma sœur, qui m'explique les raisons de la présence du prince, je n'entends même plus l'agitation autour de nous. J'ignore Elenna, qui tente vainement de me ramener au présent et de me faire participer à la conversation. Je me lève subitement, manquant de tout renverser sur la table.

— Veuillez m'excuser.

Je quitte précipitamment l'auberge, sans un regard en arrière, malgré le froid qui mord ma peau. Je trouve refuge dans notre fiacre, où je demeure enfermée jusqu'au moment de repartir. Je fais ce que je sais mieux faire quand quelque chose me dépasse : fuir.

 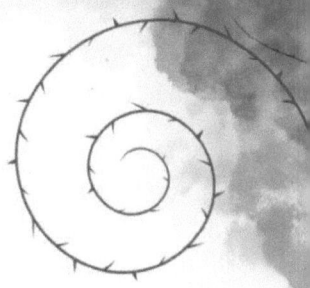

4

ANYA

Deuxième journée de péripéties. Je suis restée murée dans le silence depuis notre départ d'Oras, n'ayant aucune envie de déblatérer sur les événements de la veille, même si je sais que ma sœur n'est pas de cet avis. La connaissant, elle ne tardera pas à me demander des explications quant à mon comportement envers le prince. En attendant, je préfère ne rien dire. Cela fait trop de choses à assimiler en peu de temps et la présence d'Alexander dans les parages n'arrange rien. Heureusement, le petit rebelle semble préférer voyager à dos de cheval que dans notre fiacre. Tant mieux, autrement, j'aurais eu du mal à tolérer sa compagnie, tous deux confinés dans un si petit espace.

J'ai entendu dire que le prince était venu dans le but de nous guider jusqu'à Agraam. Devant clôturer quelques affaires diplomatiques dans le continent, son père l'aurait prié de faire le voyage de retour avec nous.

J'aurais souhaité être mise au courant avant ! pensé-je pensé sur le moment.

Puis, ce n'est pas comme si nous avions vraiment besoin d'un guide pour nous rendre où que ce soit, les soldats de notre père connaissent la contrée comme leur poche. Ce n'est sûrement qu'un prétexte, j'en suis certaine, afin de nous espionner. *Là, je deviens complètement anxieuse sans raison valable.*

Je soupire, mon regard las se posant de l'autre côté de la vitre. Il est là, sur son cheval, qui a une robe noire bleutée. Il faut avouer qu'il est majestueux. *Le cheval, pas le cavalier, bien évidemment.* Cette petite précision mentale me semble pertinente. L'étalon me rappelle Céleste, ma propre jument. Si ce n'est que cette dernière a une petite tache blanche, en forme de lune, sur le front. Je me revois, il y a encore quelques jours, cavaler sur son dos, flâner dans les montagnes, jouer avec elle près du ruisseau glacé. Toute cette nostalgie me déprime. Pensive, je fixe Alexander sans même m'en rendre compte. Je le regarde sans réellement le voir, errant dans le labyrinthe qui est devenu mon esprit, ressassant sans cesse le passé et ces moments perdus à tout jamais. Ce qui était et qui ne sera plus.

Toc, toc... Je sursaute, clignant les yeux, prise de court. Je me retrouve nez à nez avec le prince, qui m'observe à travers la vitre, m'interrogeant du regard. Je fronce les sourcils et détourne les yeux de sa personne. Je croise les bras sous ma poitrine, fixant un point imaginaire devant moi, d'un air boudeur. *Bourrin, crapule, menteur, manipulateur, bougre, id...* Je l'insulte mentalement de tous les noms que je connaisse, ce n'est pas grand-chose en soi, mais c'est apaisant tout de même comme méthode.

— Anya ? Tout va bien ?

Elenna me scrute amusée, mais je ne vois pas du tout ce qu'il y a de divertissant de mon côté.

— Quand ferons-nous la prochaine pause ? dis-je afin de dévier son attention. La nuit ne va pas tarder à tomber.

— Aucune idée, pose-lui la question.

Elle désigne du menton Alexander, un sourire en coin aux lèvres. J'ignore ce que ma jumelle s'imagine, même si j'ai ma petite idée, mais elle a tout faux, absolument tout ! Croit-elle vraiment que je pourrais m'enticher d'un homme comme lui ? Ça, jamais !

Quelques bribes de souvenirs me reviennent, de la dernière fois où je l'avais vu, on était à peine des adolescents. Son père avait pour habitude de nous rendre visite à Ursaa, amenant ses enfants avec lui. Il devait négocier avec mon père quelque traité ennuyeux et voulait que ses fils connaissent les responsabilités qui leur incomberaient un jour, lorsque leur tour viendrait de gouverner. Quoi qu'il en soit, il a beaucoup changé, autant physiquement que mentalement. Ce n'était plus le petit garçon gringalet et insouciant, qui me suivait en riant, alors que nous jouions dans l'enceinte du manoir. Quelque chose dans son regard s'était éteint depuis, je ne saurais dire quoi exactement.

Soudain, le carrosse s'immobilise et la portière s'ouvre quelques secondes plus tard, me tirant de mes pensées.

— Mesdames...

Le regard impénétrable du prince se pose sur moi une nouvelle fois. *Pourquoi m'observes-tu ainsi ?* j'aurais voulu le lui demander, mais je garde silence. Je n'aime pas son regard inquisiteur, tout simplement, car je n'arrive pas à lire en lui, il semble inaccessible et cela me contrarie. Il me tend la main, sûrement car je suis la plus proche de lui, parmi ma sœur et nos dames de compagnie. Je l'ignore superbement et descends moi-même du fiacre, sans lui adresser le moindre mot. Je détaille l'endroit où nous nous trouvons. Nous sommes au beau milieu de nulle part, en haut d'une colline, entourés d'arbres d'un côté et totalement à découvert de l'autre.

— Pourquoi nous arrêtons-nous, si ce n'est pour nous reposer dans une auberge ? le questionné-je en lui faisant face.

Je n'ai pas particulièrement envie de lui parler, mais les autres sont occupés ailleurs. Alexander soupire, comme s'il avait affaire à un enfant. *Insolent !* me dis-je en le toisant. Je me demande ce qu'Elenna peut bien lui trouver, son physique mis à part, cela va sans dire.

— Venez, je vais vous montrer.

Je regarde autour de nous, même ma sœur s'est éloignée avec Annie et Lucie, nous laissant parfaitement seuls. *La traîtresse*, pesté-je en mon for intérieur. Je me tourne à nouveau vers Alexander, mais ce dernier s'est déjà éloigné de plusieurs pas. J'avance tant bien que mal, m'enfonçant dans la neige, essayant de ne pas tomber alors que le crépuscule obscurcit lentement le sommet des montagnes. L'héritier s'arrête au bord de la colline, le vertige me saisit lorsque j'arrive à sa hauteur. Nous sommes à plusieurs centaines de mètres au-dessus de La Grande Vallée, ma tête se met légèrement à tourner.

Une main saisit mon bras dans le but de me soutenir, je relève mes prunelles vers le visage du brun. Je lis dans ses yeux un mélange de mépris, mais aussi de curiosité, comme s'il essayait de me percer à jour, même s'il ne m'apprécie pas. *Au moins, nous avons cela en commun.*

J'inspire longuement afin de calmer mon vertige, puis dévie le regard vers ce qui se trouve devant moi, me dégageant en douceur de son emprise.

— Donc, vous disiez.

— Vous voyez le canyon en contrebas ?

J'acquiesce, pressée d'en finir.

— Toute la neige tombée ces derniers jours l'a obstrué. Il nous faut trouver un autre chemin pour rejoindre le littoral où le navire nous attend. Un des hommes de votre père est parti en éclaireur. Il me semble que l'on peut le contourner, mais il est préférable d'être sûr que c'est sans danger avant de prendre une décision.

Je l'écoute et hoche la tête une nouvelle fois. C'est logique, j'aurais dû y penser. Je contemple le ciel, où quelques étoiles nous font déjà grâce de leur lumière, puis me tourne vers lui, tout à coup paniquée.

— Il va bientôt faire nuit, cela veut dire que nous allons camper ici ?! Ma sœur ne s'en remettra jamais ! m'écrié-je.

Il hausse un sourcil, puis enchaîne, ironique :

— Votre sœur, ou vous ?

Je rêve où il se moque de moi ? pesté-je intérieurement en lui lançant un regard mauvais. Il ne me connaît pas. Il m'imaginait sûrement être une de ces petites princesses, qui n'ont jamais quitté le confort de leur palais, n'osant pas me salir les mains. Il ignore à quel point il est loin du compte.

Je me contente de lui adresser le sourire le plus hypocrite que je puisse lui offrir et le plante là, allant rejoindre Elenna.

La concernée m'adresse un regard affolé. C'était à prévoir.

— Surtout, ne panique pas ! lui intimé-je avec douceur.

— Comment veux-tu que je reste calme alors que nous allons dormir ici, à la belle étoile ? Il doit y avoir des bêtes sauvages tout autour de nous ! Nous allons nous faire dévorer ! Oh, Roi divin, pourquoi moi ?!

C'est du grand Elenna ça, elle en fait toujours trop. Je pince les lèvres, me contenant de lui rire au nez, elle le prendrait sûrement très mal. Je plains la pauvre Lucie, qui va devoir supporter ses jérémiades toute la soirée.

— Je vais aller parler à Neil, normalement nous devrions avoir prévu de quoi monter des tentes et nous avons autour de nous, de quoi faire un bon feu. Ne t'en fais pas Elenna, tout va bien se passer !

Je l'entends geindre une litanie de plaintes alors que je m'éloigne. Je la comprends, car il fait froid, sans compter le vent glacé qui me gifle le visage. Bien que j'aie l'habitude de traîner dehors l'hiver, ce n'est rien comparé au fait de devoir passer toute une nuit à découvert. Imaginez ma jumelle, qui ne quitte que rarement le confort du manoir.

Neil m'explique que nous ne pouvons effectivement pas rejoindre le village de Tulxa, même si cela avait été prévu au départ. Mais nous pourrions le contourner au petit matin, lorsque nous aurions un peu plus de visibilité. La sentinelle me montre du doigt l'attelage transportant notre équipage.

— Nous avons pris quelques tentes, par précaution, me dit-il. On va les monter pour que vous ayez un toit sur la tête.

Je l'en remercie, reconnaissante. Quelques minutes plus tard, plusieurs soldats s'attellent au montage de tentes, tandis que d'autres ramassent des branches aux abords de la petite forêt de pins au sud, afin d'allumer un feu. N'aimant pas me sentir inutile, je décide de les aider. À la lisière des arbres, je collecte le bois que la neige n'a pas encore occulté, malgré le froid qui engourdit mes membres.

Je zigzague entre les troncs d'une épaisseur étonnante, un petit monticule de branches se formant peu à peu entre mes bras.

— Que faites-vous ?

Sa voix me fait me redresser comme un "i", je viens de frôler la crise cardiaque.

— Est-ce que vous faites toujours ça ? Apparaître là où l'on ne vous attend pas ? Et cela ne se voit pas ? Je ramasse des branches pour le feu !

— Vous n'avez donc pas peur de salir votre corsage ?

Je le considère avec flegme, empêchant les insultes que j'ai en tête de franchir mes lèvres. Inutile de rentrer dans son petit jeu. À croire qu'il adore me contrarier.

— Vous n'avez rien de plus intéressant à faire que de m'importuner sans cesse ?

Je préfère ne plus le regarder, continuant à faire ce que je faisais avant qu'il ne m'interrompe. C'est tellement satisfaisant de l'ignorer. *Cela lui apprendra !* Mais, visiblement, il est long à la détente celui-là. Il s'approche à nouveau de moi, me prenant le bois des mains, sans me demander mon avis. Puis s'éloigne, me laissant seule à l'injurier mentalement.

Quand je reviens enfin au campement, le soleil s'est couché et deux grandes tentes se dressent en haut de la colline. Au milieu des deux abris, le feu de camp éclaire tout le petit groupe. Elenna est assise face au brasier, aux côtés d'Annie et de Lucie, tandis que les soldats font tourner des lapins embrochés au-dessus des flammes. Je me perds quelques instants dans la contemplation du paysage autour de nous, lequel a quelque peu changé depuis notre arrivée. Je suis émerveillée par ce que je vois : nous sommes en hauteur, par conséquent la vue sur la vallée glacée est imprenable, et ce, malgré la nuit, car la lune reflète au loin ses rayons argentés sur le drap immaculé qui recouvre le sol. Mais le plus impressionnant, c'est ce qui se passe au-dessus de nos têtes. Mille et une aurores boréales colorent le ciel d'encre. C'est merveilleux, je ne sais plus où porter mes yeux. Plusieurs constellations ont fait leur apparition au nord-ouest, celle du crabe et celle du poisson s'entremêlent dans une danse lascive, s'alignant de façon à faire et à défaire leur forme initiale. C'est impressionnant, il est rare que l'on puisse assister à ce genre d'événement. Je regrette de ne pas pouvoir immortaliser ce moment sur une toile.

Je souris, sans entendre ma sœur approcher. Elle se place à mes côtés et observe longuement le ciel.

— Magnifique n'est-ce pas ? soufflé-je au bout de quelques minutes de silence apaisant, sans me départir de mon sourire enfantin.

— Oui, tu as raison, murmure Elenna. Allez viens, tu es gelée.

Elle m'entraîne près du feu. Je ne m'étais pas rendu compte à quel point j'étais frigorifiée, du moins, jusqu'à ce que nous approchions les flammes. Je frotte ardemment mes mains, l'une contre l'autre, dans l'espoir de les réchauffer. Une buée blanchâtre s'échappe de mes lèvres, alors que la senteur de bois brûlé et la chaleur du brasier me bercent doucement. Je suis épuisée.

À travers les braises, je surprends deux billes grisâtres en train de m'observer. Il me scrute si intensément, que le rouge me monte aux joues. De gêne ou d'autre chose, ça, je l'ignore. Il a cette façon bien à lui de me regarder, comme s'il avait le pouvoir de transpercer mon âme. Rien que pour ça, je le déteste, car je me sens mise à nue en sa présence. Je me détourne et après avoir avalé quelques morceaux de viande cuite, je rejoins ma tente pour un sommeil bien mérité.

Plus tard, dans la nuit, le hurlement d'un animal sauvage me réveille. Je grelotte de froid, une brise glacée se faufilant par l'ouverture de la tente et venant infiltrer mes os. Je scrute l'obscurité, attendant que mes yeux s'y habituent. Elenna est blottie entre Annie et Lucie, leur chaleur corporelle la plongeant dans un sommeil paisible. *La veinarde.*

Je me relève, ma robe est toute froissée et mes cheveux sûrement dans un état lamentable. Mon chignon est défait, si bien, que je décide d'en enlever les épingles. Mes cheveux se déversent en une cascade sombre le long de mon dos, c'est déjà mieux que le nid de poule qui s'est formé au-dessus de ma tête en dormant. J'enfile ma cape par-dessus mes épaules et me faufile dehors. Une fois réveillée, il m'est difficile de me rendormir, à mon plus grand regret.

Le vent hostile des montagnes m'accueille, j'inspire profondément malgré cette sensation de brûlure au creux de ma gorge et de mes poumons. Mon regard se tourne vers le ciel, où mille points scintillants parsèment les ténèbres au-dessus de ma tête, même si à l'horizon, le ciel commence lentement à s'éclaircir.

Quelques effluves de bois brûlé assaillent mes narines, le feu s'étant sûrement éteint quelques heures plus tôt. Tout est paisible, si ce n'est quelques ronflements qui me parviennent depuis la tente où Alexander et plusieurs soldats ont la chance de dormir. Le reste des gardes sont, pour la plupart, affalés à même le sol, sur des sacs de couchage, serrés les uns contre les autres, transis de froid. Je ressens de la peine pour eux.

Je resserre ma pelisse en laine autour de mon corps, puis me dirige vers l'attelage où nos affaires sont entassées. Je fouille le plus discrètement possible les caisses, en sortant des couvertures que l'on a soigneusement pliées à l'intérieur. J'avance tant bien que mal vers les soldats endormis, faisant attention à ne pas me prendre les pieds dans ma cape ou à ne pas trébucher, étant donné que je n'y vois pas grand-chose. Je ne veux surtout pas les réveiller, eux, ou le prince, il se moquerait encore de moi et la dernière chose dont j'ai besoin c'est de son ton méprisant. Je déplie les couvertures, lesquelles s'étalent en douceur sur ceux qui assurent si bravement notre voyage, je peux au moins faire cela pour eux. Il me semble entendre un bruit sur ma gauche, mais je mets cela sur le compte du vent. Aucun d'eux ne bouge, sûrement aussi exténué que je le suis, si ce n'est plus.

Soudain, un craquement un peu plus loin sur ma droite m'interpelle. Je me baisse prudemment, ramasse un bout de bois qui a échappé au feu de camp, puis m'avance vers la lisière de la forêt de pins. Ma sœur m'aurait empêchée de faire pareille bêtise, mais elle n'est pas là et je suis du genre à foncer tête baissée avant de regretter mon acte. Alors que je contourne un buisson, un grognement un peu plus loin devant moi me fait sursauter et avant que je n'aie le temps de réagir, une main s'abat sur ma bouche, m'empêchant de demander de l'aide. Malheureusement pour moi, mon arme de fortune vient de m'échapper sur le coup de la surprise.

— *Shhh*, souffle-t-on au creux de mon oreille, tandis que mes yeux s'écarquillent de stupeur et que mon cœur se lance dans une course folle.

ANYA

L'homme, car c'en est un, j'en suis certaine, me tient fermement par la taille de sa main large, tandis que l'autre main bâillonne ma bouche. Il m'est impossible de bouger. Son torse, qui semble taillé dans le marbre, colle mon dos. Je recule malgré moi. Non, plus précisément, mon assaillant me traîne en arrière. Je regrette de ne pas avoir réveillé l'un des gardes, au lieu de m'enfoncer bêtement seule dans les bois. Mon cœur bat la chamade, je m'attends au pire. Je gigote, essayant de me dégager en vain, il est bien plus fort que moi.

— Arrêtez de bouger bon sang, vous allez les effrayer !

Le ton de sa voix oscille entre un murmure et un grognement exaspéré. Je me fige, car je reconnais celui qui se tient derrière moi. Il serait difficile d'oublier sa voix. *Comment ose-t-il ?! Il n'a tout de même pas fait ça ? Je vais le tuer, je le jure !*

Ignorant mes protestations, il me plaque contre le tronc d'un arbre, m'obligeant à lui faire face. Je lui lance un regard assassin, tandis qu'il me toise de toute sa hauteur. J'ai l'impression qu'une tempête se déchaîne dans ses iris, la lumière du soleil levant commençant à se refléter dedans. Je n'ai jamais vu des yeux pareils ! Mais ce n'est pas le moment de me laisser attendrir par ce regard envoûtant, oh non ! Il m'a tout de même infligé une peur bleue, j'ai cru qu'on me kidnappait !

Je le dévisage avec colère, éprouvant une forte envie de lui mordre un doigt ou encore, lui placer un coup de genou dans les parties, afin qu'il me lâche enfin.

— Si vous me promettez de ne pas faire de bruit je vous libère, sinon…

Il me lance un coup d'œil entendu, je grogne de frustration, n'aimant guère me retrouver en position de faiblesse face à lui, mais finis par hocher la tête, résignée. *Il ne perd rien pour attendre, un jour, il va me le payer !* Il lâche doucement sa prise, sans quitter mon regard. Mes lèvres sont engourdies, car il a fortement appuyé dessus. Je glisse la pointe de ma langue sur ces dernières, pour refaire circuler le sang, mais m'arrête en remarquant que les yeux d'Alexander suivent le mouvement. *Quel goujat !*

— Qu'est-ce qui vous prend de me faire pareille frayeur ? J'ai cru que l'on m'attaquait, j'ai failli faire une crise cardiaque ! le sermonné-je d'un ton accusateur.

Il sourit en coin, visiblement fier de lui. Je ne vois pourtant pas ce qu'il y a de drôle, j'ai une forte envie de le frapper. Je veux reculer, prendre mes distances, mais l'arbre me bloque. *S'il voulait bien me laisser un peu d'espace...* Il est bien trop proche à mon goût. Il a le don de me déstabiliser autant qu'il m'agace, et justement, cette proximité me perturbe plus que de raison.

— Regardez, au lieu de piailler sans cesse.

Quel rustre ! Je le hais ! J'observe néanmoins l'endroit qu'il désigne du menton : un petit buisson derrière moi. J'examine avec attention l'arbuste glacé qui bouge, comme si l'on était en train de le secouer. Deux paires d'yeux, d'un bleu azur, apparaissent alors et nous fixent : des louveteaux ! J'esquisse un léger sourire, me retenant d'aller caresser leur pelage blanc, ne souhaitant pas me faire arracher un membre par leur mère, qui doit sûrement vadrouiller dans les parages. C'est probablement d'elle qui provenait le grognement que j'ai entendu un peu plus tôt. Je pardonnerais presque à Alexander ses manières, presque.

— Oh ! Ils sont... Splendides, soufflé-je émerveillée.

Pourquoi suis-je obligée de m'attendrir devant n'importe quelle bête, un tant soit peu mignonne ? Là, je devrais être sacrement en rogne contre lui, à cause de ce qu'il a fait. Mais non, me voilà à sourire comme une enfant. *Ma pauvre fille, tu es dans un sacré pétrin.*

— C'est vrai, répond-il à son tour.

Je me tourne à nouveau vers lui, son visage est à quelques centimètres du mien et il m'observe intensément, comme s'il était en pleine inspection. Je sens son souffle chaud caresser ma peau, nos nez se frôlent pratiquement. Il dégage avec douceur une mèche rebelle qui colle à l'une de mes joues, me faisant fortement rougir. Je détache mon regard du sien, déconcertée. *Pourquoi a-t-il fait cela ?*

Comme s'il s'était, à son tour, rendu compte de notre proximité gênante et de son geste déplacé, il recule, reprenant son expression implacable habituelle. Je consens enfin à respirer.

Un silence de mort s'installe entre nous, ni l'un ni l'autre n'osons prononcer un mot. Je soupire et m'écarte, mettant le plus de distance possible entre moi et cet homme, qui s'avère bien trop dangereux et pas dans le sens où je l'aurais cru.

— Je devrais y retourner...

Je me dirige hâtivement vers les tentes, suivie par le prince qui marche un ou deux mètres derrière moi. Je mordille nerveusement mes lèvres, ne sachant que penser de ce qui vient de se passer, rien de tout cela ne faisait partie du plan.

Je me souviens subitement de quelque chose, alors, je lui fais face une nouvelle fois.

— Le garde de mon père, est-il revenu ?

Comme si tout à coup, il venait de se souvenir d'un fait important, il secoue la tête, une expression grave au visage.

— Non et cela m'inquiète. Il devait revenir avant l'aube, or, aucune trace de lui, alors que le soleil est en train de se lever.

— Peut-être est-il simplement coincé quelque part, à cause de la neige, proposé-je optimiste.

Il me sonde et hoche la tête, guère convaincu. À vrai dire moi non plus je ne le suis pas.

Nous regardons longuement le chemin sinueux par lequel la sentinelle était partie, tout semble si calme, trop calme. *Me fais-je de fausses idées ?* À mes côtés, Alexander semble tendu, raide comme un piquet et silencieux. Il paraît vraiment soucieux, cela ne me dit rien qui vaille.

— Que faisons-nous s'il ne revient pas comme convenu ?

Il hésite, me jaugeant quelques instants, son visage affiche une expression déterminée.

— Nous rejoindrons le littoral, comme prévu. Vos hommes connaissent ces terres et moi aussi.

J'arque un sourcil interrogatif.

— Vous ?

— Oui, moi. Ce n'est pas la première fois que je me déplace à Ursaa, à vrai dire, j'y viens souvent, afin de seconder mon père. C'est une contrée assez... intéressante.

Il sourit, je ne peux m'empêcher d'associer ce côté "intéressant" à la nuit qu'il avait passée avec la fille de l'aubergiste. Je lève les yeux au ciel.

— Oui, c'est ce que j'ai pu constater. Des affaires diplomatiques, ah ?

Je penche la tête sur le côté, en le dévisageant, soupçonneuse. Il s'esclaffe, je crois que c'est la première fois que je l'entends rire sincèrement.

— Ce n'est pas ce que vous croyez. Pas ce genre d'affaires là, pas souvent du moins.

Je l'observe, dubitative. *À d'autres* ! pensé-je sceptique. Comme si j'allais croire ses facéties.

— Si vous le dites. Ce ne sont guère mes affaires de toute manière. Vous êtes libre de faire ce qui vous chante, après tout. Je plains juste celle qui deviendra votre épouse. Il n'y a rien de plus humiliant pour une femme, que d'avoir un mari infidèle.

Sur ces mots, qui je l'avoue, n'étaient pas réellement justifiés, je reprends la route en direction de la tente où dorment Elenna et nos dames de compagnie. Mais, au milieu du chemin, un hennissement à ma gauche me fait sursauter. Un cheval, à la robe grise galope tout droit vers moi, affolé. J'écarquille les yeux et m'écarte juste à temps avant qu'il ne m'écrase. Me jetant à terre, je lâche un gémissement de douleur, lorsque mes mains s'écorchent contre le sol, dont les morceaux de roche glacée sont semblables à des lames aiguisées. Le vacarme réveille les quelques gardes qui dormaient encore autour du feu éteint. Neil se précipite sur l'animal effrayé, afin d'essayer de le tranquilliser. Alexander, lui, s'élance vers moi, soucieux.

— Vous allez bien ?

J'acquiesce en me mordant la lèvre jusqu'au sang, ne voulant pas me plaindre, même si mes paumes me font terriblement souffrir. Pas dupe, le prince prend mes mains entre les siennes et observe la peau éraflée avec attention. Il retire une gourde de sa ceinture, à l'odeur lorsqu'il fait sauter le bouchon, je devine que c'est de l'alcool. Je me tends et geins lorsque le liquide se déverse sur ma peau meurtrie, la sensation de brûlure est difficilement supportable. Il vaut toute foi mieux cela, à ce que les plaies s'infectent. Il attend quelques secondes, le temps que la douleur s'estompe un peu, puis tire une lame de sa botte, avant d'arracher d'un coup sec un morceau de tissu du bas de ma robe. *Eh !*

Concentré, il l'enroule ensuite autour de mes mains, tel un bandage.

— Merci, soufflé-je partagée entre la gratitude et l'indignation, car il s'agit-là de l'une de mes robes préférées.

Il hoche la tête et m'aide à me relever, puis sans me lâcher, m'accompagne à l'endroit où Neil et deux autres gardes peinent à tenir le cheval tranquille. Elenna nous rejoint juste après, s'inquiétant de mes blessures. Je la rassure rapidement, davantage préoccupée par ce que je vois. La pauvre bête semble terrorisée. Alexander vient de remarquer, lui aussi, les traces de sang sur la monture.

Je prends une pomme des mains de l'un des soldats qui tentait maladroitement d'amadouer l'animal et tente de m'approcher avec précaution du cheval. Je m'avance lentement, pour ne pas l'effrayer davantage. Ma sœur essaye de m'en empêcher, car c'est dangereux, mais je ne l'écoute pas, lui demandant de me faire confiance. Elle recule finalement, me laissant faire.

— Je sais ce que je fais, n'intervenez pas, chuchoté-je à l'intention des gardes.

Je pense à Céleste, qui n'a pas toujours été aussi calme. À vrai dire, quand mon père l'a ramenée au manoir, c'était une jument sauvage et personne n'arrivait à la monter ni à la nourrir. C'est après plusieurs mois de persévérance, à lui apporter de quoi manger, à lui parler et à lui rendre tous les jours visite, que j'ai réussi à gagner sa confiance et à l'approcher. Bien sûr, la monter a été une tout autre affaire, mon coccyx en garde encore de douloureux souvenirs.

— Du calme mon beau, murmuré-je en avançant très lentement, sur la pointe des pieds. Personne ne te fera du mal, dis-je en essayant de l'apaiser.

J'arrive à sa hauteur et caresse tendrement ses narines frémissantes. L'animal se recule légèrement, puis me renifle nerveusement, je ne bouge pas d'un pouce, le laissant faire, afin qu'il se détende et accepte ma présence. Après quelques secondes d'hésitation, le cheval me laisse approcher à nouveau et enfonce ses naseaux dans la main où je tiens la pomme, qu'il dévore avec gourmandise. Je souris et flatte son encolure, sans cesser de lui parler doucement. Enfin, mon regard s'attarde sur les éclaboussures de sang, qui maculent la selle et les sangles, comme si le cavalier avait été touché de loin. Je me tourne inquiète vers Alexander, qui m'observe avec un mélange de surprise et d'admiration, mais qui semble penser la même chose que moi. Il se tourne ensuite vers nos hommes, leur donnant des ordres avec aplomb.

— Nous devons partir. Prévenez tout le monde, nous quittons la colline, maintenant.

6

ANYA

Une fois les tentes défaites, les affaires rangées, nous nous mettons en route. L'heure n'est plus à l'insouciance ni aux querelles, quelque chose cloche et l'un de nos soldats est perdu en pleine nature, blessé, si ce n'est mort. La question est : qui se cache derrière tout ceci ? Il est rare que nous entendions parler d'attaques de ce genre dans la contrée. Par moments, nous avons ouïe de vandalismes, parfois de vols, mais des tentatives de meurtre... Jamais.

Pourtant, Alexander me fait savoir que depuis peu, certains actes de violence ont été déplorés au nord-est de Llyrh, dans le royaume de Ghervos. Certaines maisons ont été saccagées, des habitants portés disparus, surtout des hommes jeunes et forts. Le bétail, lui aussi, a disparu en pleine nature. Les vols se multipliaient non loin des plaines arides de cette région guère accueillante de par son climat et ses habitants. Le prince pensait jusqu'alors, avoir affaire à un petit groupe de jeunes rebelles, sans d'autres motivations que de causer un peu de grabuge, mais le fait d'oser attaquer à un membre de la garde royale change la donne. Du moins, s'il s'agit bien du même groupe de bandits.

Dans le fiacre, personne ne pipe mot. Chacun étant perdu dans ses pensées moroses, seule Lucie a retrouvé le sommeil après de telles nouvelles. Quant à Elenna, je devine à sa façon d'agiter les pieds qu'elle est nerveuse. Annie, d'habitude si sereine, ne cesse de scruter les alentours à travers la vitre. Je pose ma main sur la sienne, la lui serrant légèrement afin de la rassurer.

— Tout ira bien Annie.

Ma voix se veut chargée d'optimisme, elle me sourit et hoche la tête, tapotant mes doigts affectueusement.

Je regarde une nouvelle fois l'extérieur, nous avons abandonné la colline et la vue de la vallée, pour une forêt dont l'épaisseur des feuillages est étonnante. Je frissonne, autant de froid que d'appréhension. Les branchages ne laissent passer que quelques minces rayons de lumière, rendant le paysage quelque peu lugubre. Le temps semble figé, seule la neige tombe à un rythme régulier, là où les feuilles lui permettent de se faufiler. J'ai la nette impression que nous ne devrions pas prendre ce chemin, une petite voix dans ma tête me souffle que c'est une mauvaise idée. Mais le canyon étant bloqué, nous n'avons d'autre choix que de passer par là.

Des lièvres d'hiver détalent sur notre passage, allant trouver refuge dans les arbustes environnants. Les troncs des arbres sont si rapprochés les uns des autres, que l'on peine à voir à travers. Les chevaux paraissent eux aussi nerveux, certains hennissent, d'autres piétinent l'herbe et les feuilles glacées sous leurs sabots, refusant d'avancer davantage. Ils semblent aussi peu rassurés que je ne le suis. On raconte, d'après de vieilles légendes, que cette forêt abrite des bêtes étranges et effrayantes, une chance que nous n'en ayons croisé aucune. Du moins, pour l'instant.

Je cherche Alexander du regard, comme s'il lisait dans mes pensées, il tourne son visage fermé vers moi. Il paraît très tendu, je le vois à la contraction des muscles de sa mâchoire. Mordillant l'intérieur de mes joues, je sens l'angoisse me gagner et doubler d'intensité. Perfide, elle se faufile dans mes entrailles tel du venin. Je ne sais que penser et j'ai horreur d'ignorer ce à quoi je dois m'attendre.

Tout à coup, un sifflement aigu nous parvient au loin, notre carrosse s'arrête brutalement. Nous sommes secouées de gauche à droite, manquant de nous tomber à la renverse, lorsque nos deux juments se cabrent sur leurs pattes arrière.

Elenna lâche un cri de panique, tout en s'agrippant à une Lucie désormais totalement réveillée. Annie me regarde, dans ses yeux noirs ronds et effrayés, j'y lis la peur.

— Restez ici, ne sortez surtout pas ! Je vais aller voir ce qui se passe.

Je me hisse dehors, malgré les protestations de ma sœur qui tente de me retenir à l'intérieur. Je lui ferme la portière du fiacre au nez, l'empêchant de me rejoindre. Si j'ai l'habitude de courir dehors et peux me défendre un minimum, ce n'est certainement pas le cas d'Elenna. Je me faufile entre deux chevaux, manquant de me faire piétiner par eux, quand soudain, des projectiles fusent dans tous les sens, dans notre direction. Ils ont un aspect verdâtre, de la fumée blanche s'échappe par les minuscules orifices creusés dans le tissu qui les enveloppe : des plantes toxiques.

J'arrache immédiatement le foulard que je porte à mon cou, et l'enroule autour de mon visage, couvrant mon nez et ma bouche. Au même moment, une lance surgit de nulle part, allant s'empaler droit dans la poitrine du garde qui conduit notre carrosse. Ce dernier s'écroule, la bouche grande ouverte dans une expression de surprise. Ma sœur crie, apeurée.

— Neil, dégagez d'ici ! crié-je à mon tour. Nous sommes attaqués ! Vite, filez, mettez Elenna à l'abri ! Il s'agit d'une embuscade.

— Mais Majesté ! proteste la sentinelle.

Il est peu disposé à me laisser ici, c'est compréhensible, mais le temps est compté et les projectiles qui volent autour de nous m'empêchent de rejoindre à nouveau le carrosse. Des grenades toxiques atterrissent à deux pas du fiacre, je lui ordonne une nouvelle fois de s'en aller, il m'écoute enfin. Il saute sur l'une des juments et le carrosse s'ébroue, s'éloignant à toute vitesse de notre groupe, dans le sens opposé d'où semble provenir l'attaque.

J'observe autour de moi, la visibilité est réduite. Une vapeur âcre et verdâtre émane de la terre sous nos pieds, les hommes n'ayant pas eu le réflexe de se couvrir le nez, tombent progressivement. Je distingue à peine ce qui se trouve à proximité, tant cette brume verdissante est épaisse. Je cherche désespérément le prince des yeux, en vain, il s'est évanoui dans la nature.

— Attention ! À terre, Majesté !

La voix paniquée de celui qui doit être l'un de nos soldats m'alerte, je me baisse juste à temps, alors qu'une lame passe à cinq centimètres de ma tête. Je roule au sol lorsqu'on me pousse, deux épées s'entrechoquent sous mon regard affolé. Le bruit de l'acier qui se heurte me fait frissonner de peur.

Ce garde vient de me sauver la vie, et pourtant, c'est avec effroi que je vois notre ennemi le décapiter sans la moindre pitié. Sa tête blonde roule jusqu'à moi, ses yeux paraissent vouloir sortir de leurs orbites. Je lâche un cri de terreur, manquant de vomir face à ce cauchemar, qui malheureusement est bel et bien réel.

Il faut que je sorte de là !

Je tente de ramper loin de la bataille, n'ayant rien pour me défendre, même pas un bout de bois. *Par toutes les divinités, aidez-moi,* prié-je intérieurement. Je regrette de ne pas être restée dans le fiacre, je ne me retrouverais pas dans cette position.

Soudain, on m'attrape la cheville, un des bandits m'a mis la main dessus et me tire sans aucune délicatesse jusqu'à lui. Je hurle, terrorisée, essayant d'agripper quelque chose, en vain. Il me retourne sans ménagement, je remarque maintenant que la fumée s'est légèrement dissipée, que la plupart des assaillants portent un masque. En me tirant, mon foulard glisse de mon visage. C'est en sentant mes muscles s'engourdir que je comprends avoir inhalé du gaz. C'est rapide, comme du poison. *Combien de temps tiendrais-je avant que je ne sombre, moi aussi ?*

— Qu'avons-nous là ? Hmm. C'serait pas l'une des petites princesses du Roi Richard ? Intéressant...

L'homme lâche un rire mauvais, un ricanement qui me donne envie de fuir. Je me crispe, regardant autour de moi à la recherche d'une issue. Ce que je vois me brise le cœur. *Nos soldats*...Ils ont pour la plupart été massacrés, ou gisent à terre étourdis par le gaz toxique, attendant leur sort funeste. Pour ceux qui restent debout, leur nombre est bien trop inférieur à celui des brigands. Ils ne pourront jamais prendre le dessus, c'est peine perdue. J'essaye de localiser Alexander, mais il n'y a aucune trace de l'héritier dans les parages. Est-il blessé quelque part dans cette mare de sang ? Ou pire... Ma sœur et Annie, ont-elles réussi à prendre la fuite ? Une larme roule sur mon visage, tandis que je sens la bile monter le long de mon œsophage, laissant une traînée brûlante sur son passage. C'est dans une dernière tentative désespérée pour sauver ma peau que mes doigts trouvent comme par magie un gros caillou au sol. Alors que l'homme se penche sur moi, je grogne de fureur et l'assomme de toutes mes forces. Le bruit d'un craquement d'os se fait entendre, dans d'autres circonstances j'aurais vomi jusqu'à mes tripes, mais aujourd'hui il n'en est pas question. Il le mérite, pour nos sentinelles tombées, pour Elenna, pour Annie, je dois survivre.

Je me redresse, titubante, tentant de courir sans m'arrêter, bien que l'effet du poison soit de plus en plus présent dans mon organisme. J'ai l'impression que mon corps pèse soudainement une tonne, comme si mes jambes n'arrivaient plus à me porter. Ma vue se trouble davantage à chaque seconde qui passe, j'ai du mal à distinguer ce qui se trouve devant moi et mes poumons sont en feu.

Une main me saisit brusquement l'épaule. Je tente de lâcher un cri d'alerte, mais même ça, je n'en ai plus la force.

— Ce n'est que moi, souffle sa voix familière.

Je faillis presque en pleurer de soulagement. Je me détends imperceptiblement, avant que tout autour de moi ne se mette à tourner, le gaz ayant raison de mes dernières forces, endormant mes membres et mes sens un à un. Ces maudites plantes sont redoutables, tant par leur efficacité que par la rapidité avec laquelle elles font effet. Je me laisse aller contre mon gré, tandis que ses bras me hissent sur son cheval, empêchant mon corps anesthésié de s'écrouler par terre.

J'émerge lentement, mon dos me fait souffrir atrocement. Je cligne des yeux plusieurs fois, alors que mes pupilles s'habituent peu à peu à l'obscurité ambiante. Je gémis de douleur tant ma tête me lance, le froid qui s'insinue dans mon corps n'arrange pas mon état. J'observe les alentours, un peu sonnée.

Subitement, tout me revient en mémoire : l'embuscade, les projectiles, l'attaque, le sang... Puis, le noir total. J'ai beau tenter de me souvenir de ce qui s'est passé par la suite, je n'en récolte qu'une atroce migraine.

— Elenna... Annie..., soufflé-je encore dans les vapes, ayant du mal à me remettre des effets des toxines avalées.

Des pas se font entendre, quelqu'un approche, mais le son est irrégulier, comme si la personne boitait. Je remarque enfin que je suis dans une grotte, allongée à même le sol, ma cape me servant de couche de fortune. Mon cœur s'emballe, et si je m'étais fait attraper par un brigand ? La logique voudrait que je sois ligotée si cela avait été le cas, mais dans le doute, je fais semblant de m'être évanouie à nouveau.

— Anya ? Êtes-vous réveillée ?

La voix ne m'est pas inconnue. J'ouvre un œil, méfiante, puis l'autre me retrouvant face à un Alexander à la mine sombre. Je suis tellement soulagée de le voir que j'éprouve l'étrange envie de me blottir dans ses bras, c'est pour dire à quel point ces foutues plantes sont efficaces ! Mais très vite, la réalité me rattrape.

— Ma sœur ? Les autres ?

Il baisse les yeux quelques instants. *Oh non... pas ça, ne faites pas ça, ne m'annoncez pas ce genre de nouvelle, s'il vous plaît !* Je ne sais si je le prie lui ou quelqu'un d'autre. Mon ventre se serre douloureusement, mon cœur bat tellement fort, que j'ai l'impression qu'il va quitter ma poitrine d'un moment à l'autre.

Il plante son regard dur dans le mien, s'accroupissant à mes côtés. Je n'aime pas qu'il fasse comme s'il allait s'adresser à un enfant qu'il faut ménager, je ne suis pas en sucre. Il grimace et je remarque seulement la tache de sang sur son flanc. Il a été blessé lors de l'attaque, peut-être même en me sauvant la vie. Mais là, tout de suite j'ai surtout besoin de savoir que mes proches sont en vie.

— S'il vous plaît, ne me dites pas qu'elles sont...

Je m'interromps, incapable d'articuler la fin de ma phrase, c'est inconcevable pour moi qu'elles soient mortes.

— Non. Elles ont réussi à s'échapper, dit-il à mon plus grand soulagement, même s'il est de courte durée. Neil a réussi à les emmener avant qu'on nous attaque, j'ai fait diversion autant que j'ai pu. Je pense qu'à l'heure qu'il est, ils sont proches des côtes. Néanmoins… Nous avons perdu beaucoup d'hommes hier... Nous avons réussi à nous en sortir in extremis. Mais nous sommes seuls, blessés et sans défense. Ceux qui nous ont assaillis ne doivent pas être bien loin.

— Hier vous dites ? J'ai dormi aussi longtemps ?! Et... vous voulez dire que tous les gardes sont...

— Morts, oui. Je suis désolé. Ils étaient bien trop nombreux, nous avons failli tous y passer, leur stratégie était assez efficace, admet-il à contrecœur.

Une larme roule le long de ma joue, je me redresse lentement, les effets du gaz se dissipant au fur et à mesure.

— Qui ? Dans quel but ?!

Je suis désormais animée par la colère, ou plutôt, par la haine. Tant de vies prises injustement. La plupart de ces hommes, je les connaissais depuis mon enfance. Ils avaient toujours accompagné notre famille lors de nos déplacements.

— Je l'ignore, malheureusement. Mais certains d'entre eux avaient l'accent du nord de Ghervos. Quelque chose me dit que nous ne tarderons pas à connaître leur identité de toute façon. Le plus important pour le moment est de trouver de quoi allumer un feu pour ce soir, sans quoi, nous mourrons sûrement d'hypothermie.

Je n'ai aucune envie de rester dans cette grotte les bras croisés, tandis que ces monstres prennent des vies là dehors. Mais ne pas l'écouter, étant donné nos états respectifs, serait une erreur. Il laisse échapper un gémissement de douleur, il se tient le flanc, transpirant. Je m'approche lentement de lui.

— Laissez-moi examiner votre blessure avant toute chose, vous saignez. Et si vous mourez, vous ne me serez d'aucune utilité, lancé-je.

Il proteste, mais je ne lui laisse pas le choix, le poussant doucement contre la paroi. Je me penche vers lui, défaisant les boutons de son chemisier. Cette proximité me gêne fortement, davantage que le fait de le dévêtir, ce qui me semble un peu trop intime comme geste. Mais si je ne le soigne pas, il risque de mourir et alors, nous serions tous les deux condamnés. J'ai du mal à l'admettre, mais j'ai besoin de lui.

Il m'observe faire, crispé, tandis que j'écarte les pans du tissu. Je découvre un torse aux muscles saillants et bandés, un fin duvet recouvre ses pectoraux harmonieusement dessinés et chute le long de son ventre, allant se perdre sous son pantalon. Je sens une douce chaleur gagner mes joues à la vue de ce corps de guerrier, mais m'efforce tant bien que mal d'en faire abstraction et de me focaliser sur ma tâche, en me rappelant toutes les raisons qui font que je ne l'apprécie pas. Rien de bien simple, puisqu'il vient de me sauver la vie et que son visage se trouve tout près du mien. Je sens même ses boucles rebelles chatouiller ma peau.

— Vous tremblez, me surprend-il

Il ancre ses prunelles aux lueurs argentées dans les miennes, lorsque je tourne mon visage vers lui. Il me fixe, ne m'aidant guère à me concentrer sur ce que je suis en train de faire.

— J'ai froid, mens-je.

Je reporte à nouveau mon regard sur sa blessure, l'ignorant, alors qu'à l'intérieur ma poitrine s'agite nerveusement. La plaie ne semble pas très profonde, bien heureusement, mais elle saigne abondamment. Il faut désinfecter l'entaille, je n'ai cependant pas grand-chose pour lui prodiguer correctement des soins. Je plisse les yeux, pensive, à la recherche d'une solution. Je me souviens de la dague qu'il a l'habitude de cacher dans sa botte, je l'en extrais tandis qu'il me scrute avec curiosité. La lame est sale, des taches rougeâtres séchées, dont je devine la provenance, maculent l'acier. Je grimace écœurée.

— Elle sert à ça aussi, dit-il haussant un sourcil.

Je lève les yeux au ciel, comme si j'étais à ce point naïve pour ne pas le savoir.

— Ah vraiment ? Moi qui pensais qu'elle ne vous servait qu'à déchirer les jupons de pauvres demoiselles en détresse.

Mon ton est ironique, mais lui, il ne me donne pas l'impression d'être amusé par la plaisanterie. Bien au contraire. *Il n'a vraiment aucun humour...*

— Ne bougez pas, dis-je avant qu'il n'ouvre la bouche.

Il semble surpris par mon ton autoritaire. Ce serait mentir que de dire que je ne m'en délecte pas. Je m'en réjouis, pour toutes les fois où il a pu me mettre en colère ces deux derniers jours.

— Qu'allez-vous faire avec ça ?

Je hausse les épaules en m'éloignant, il a l'air inquiet et il n'a pas tort de l'être, en réalité.

— Vous verrez bien.

ANYA

Je sens son regard peser sur moi pendant quelques minutes, mais n'y prête pas attention, ma priorité étant de faire un feu. Heureusement, ce ne sera pas une première. J'en ai fait souvent, lors de mes escapades l'hiver, afin de me réchauffer. C'est mon père qui m'a appris à créer des flammes à partir de bois séché, seul bémol, tout ici semble humide et dehors tout est glacé. Je soupire, n'ayant pas, de toute manière, trop d'options qui se présentent à moi.

Alexander vient d'appuyer la tête contre la paroi rocheuse, sûrement trop exténué par le manque de sommeil et par sa blessure, qui saigne depuis la veille. C'est un miracle qu'il ait tenu debout aussi longtemps. Je l'observe à la dérobée, en y prêtant attention, je me rends compte qu'il n'a pas tant changé depuis la dernière fois où nous nous sommes vus. Mais ses traits se sont considérablement durcis, son visage est plus austère. Pour autant, à cet instant, il a à nouveau cet air que je lui connaissais étant enfant, lorsque nous courions dans les jardins du Manoir et nous cachions dans les écuries, forçant les soldats à partir à notre recherche. Je souris imperceptiblement, me rappelant qu'il a toujours eu plus ou moins un caractère de cochon, un brin capricieux, mais était beaucoup plus jovial, plus souriant. Je me demande ce qui a bien pu lui arriver.

Ai-je vraiment envie de le savoir ?

Je referme autour de moi la cape et m'aventure à l'extérieur de la cavité qui nous sert une nouvelle fois d'abri. Devant moi s'étend la forêt, cette fois moins épaisse que la précédente. Je me demande où nous nous situons. Je m'avance prudemment, faisant attention à ne pas glisser. Mes sens sont en alerte, mais je n'entends d'autre bruit que celui du cheval du prince, qui piétine le sol enneigé, à l'entrée de la grotte. Quelle idée de le laisser là, à la vue de tous ! Je secoue la tête.

Je ramasse quelques branches glacées. Au bout de quelques secondes, je ne sens plus mes doigts, ils sont engourdis par le froid. Loin de me décourager et avec l'aide de mes bottes, je creuse un peu plus le sol, afin d'accéder à des branchages plus propres. Je sens l'air froid me piquer les yeux et le nez, mes joues sont rouges, le bas de ma robe trempé. J'espère seulement ne pas tomber malade, ce n'est pas du tout le moment.

Au bout de ce qui me semble une éternité, je retourne dans la grotte avec mon petit butin et en profite pour y faire rentrer le cheval, à l'abri des regards. Je suis frigorifiée, à chacune de mes expirations une fumée blanchâtre s'échappe de ma bouche, je tremble comme une feuille. Je dépose le tout par terre, les branches les plus humides au-dessus, les plus sèches en dessous. J'y rajoute quelques brindilles récoltées au passage. Comme allume-feu, j'utilise du bois gras, la résine qui l'enveloppe aidera à ce que le feu prenne rapidement. Bien évidemment, il me faut plusieurs tentatives avant de réussir à créer la moindre étincelle, mais au bout de plusieurs minutes d'acharnement, les flammes jaillissent enfin. Je les observe se propager lentement au cœur du petit foyer, faisant fondre la glace. Je souris, fière de moi.

Je me tourne vers Alexander, ce dernier m'observe avec étonnement. Je me doute bien qu'il ne s'attendait pas à ce que je sache allumer un feu de mes petites mains délicates. *Cela lui apprendra au bougre.* Je me mords la langue, me sermonnant, après tout, je lui dois la vie. J'essayerai d'être moins ingrate à l'avenir promis, quand bien même cela me coûtera.

— Comment ? demande-t-il en me dévisageant.

J'esquisse un sourire espiègle, puis trempe la lame de sa dague dans les flammes.

— Vous apprendrez bien vite mon cher, que nous les femmes d'Ursaa, nous sommes pleines de surprises.

Sur ces mots, je m'approche de lui, me délectant de ce qui va suivre. *Serais-je tout à coup devenue sadique ?* Disons plutôt qu'il s'agit-là d'une petite vengeance personnelle, après je serai gentille avec lui, j'en fais la promesse. Je le vois écarquiller les yeux, en comprenant ce que je m'apprête à faire.

— Je vous conseille vivement de mordre quelque chose, de préférence pas moi, bien évidemment. Ça risque de hum...vous faire mal ?

Ma mine est des plus innocentes, alors que je me penche au-dessus de lui, j'ose même papillonner des cils. Je l'entends murmurer un "*sans blague*", avant de me prendre rageusement des mains la cape que je lui tends, afin qu'il morde dedans. Il me lance un regard mauvais, plein d'amertume.

— Finissons-en. Ayez au moins la décence de cacher votre enthousiasme.

Je ne peux retenir un rire, tandis qu'il enroule le tissu autour de ses mains et qu'il y plante les dents. Il sursaute face à la sensation de brûlure provoquée par l'alcool que je déverse sur sa blessure, afin de la désinfecter. J'imagine que cela ne doit pas être très agréable, mais le pire reste à venir. Je prends la dague, dont la lame est ardente et la pose contre sa peau. Tous ses muscles se contractent sous la douleur, il grogne, se retenant de hurler, mais à mon plus grand désarroi, aucun mot ne franchit ses lèvres. *Brave garçon*, pensé-je ironiquement. *Ah, les hommes et leur fierté...* Pourquoi nos mâles s'entêtent-ils à ne pas montrer aucun signe de faiblesse ? Pourtant, c'est tout simplement humain. Cela ne les rend pas moins forts, pour autant.

Lorsque j'écarte enfin la lame de sa peau, ses membres se relâchent. Il se laisse aller une nouvelle fois contre la paroi, épuisé. Des gouttes de sueur perlent sur son front, il ne semble pas en forme, il a l'air à bout de forces. Un brin de culpabilité pointe le bout de son nez, mais je la chasse tout aussi rapidement. Après tout, c'est la seule façon que nous ayons de lui éviter une septicémie. Prenant sur moi, j'enroule sa cape tel un oreiller, afin de la caler entre la paroi et son dos, de façon à ce qu'il soit un peu plus confortablement installé. Il suit chacun de mes gestes entre ses cils, car ses yeux sont à demi fermés. Je prends ensuite à nouveau la lame et déchire (encore) une partie du bas de ma robe. À ce rythme-là, je n'aurai bientôt plus rien sur la peau, mais c'est pour la bonne cause. Je coupe le tissu en deux parties égales, imbibe à nouveau un morceau avec de l'alcool et m'attelle à nettoyer les contours de la blessure.

Penchée au-dessus de lui et étant donné la coupe de mon bustier, je n'ai pas besoin de le regarder pour savoir où son regard est fixé. Je le toise et appuie légèrement sur sa blessure, ce qui le fait gémir de douleur.

— Ce n'est pas une façon courtoise de regarder une dame !

J'ai, bien évidemment, rougi sous son regard appréciateur, mais hors de question de le lui montrer. Je devine au pli de ses lèvres, son sourire amusé, qui creuse des fossettes sur ses joues, ce que je n'avais pas remarqué jusqu'ici. *Ce n'est pas comme si nous avions échangé beaucoup de sourires amicaux, en même temps ! Puis... Pourquoi faut-il qu'il soit si... séduisant et agaçant à la fois ? Par les divinités, je ne remercie pas les dieux d'avoir mis pareil homme sur mon chemin,* pensé-je exaspérée par mes propres réactions.

Je finis les soins, en couvrant son flanc avec un bandage de fortune réalisé avec le reste du tissu. Ses cheveux humides collent à son front, je les dégage d'un geste doux, son regard trouve le mien. Je suspends mon geste, troublée, puis me relève.

— Vous devriez vous reposer, je vais monter la garde cette nuit.

Il ne répond pas, je me dirige alors vers le feu et m'affale avec autant de grâce qu'un ours sur l'un des rochers, puis fixe obstinément les flammes, refermant ma cape autour de moi.

Je me réveille en sursaut, totalement désorientée. La première chose que je perçois est la chaleur agréable du feu qui me berce, ainsi que l'odeur de viande grillée, à laquelle mon ventre répond par un grondement. Je suis affamée, c'est le cas de le dire. Je me redresse, laissant mes yeux s'habituer à la lumière du jour qui s'infiltre par l'entrée de la grotte. Alexander se tient devant moi, son regard boudeur m'apprend qu'il est de mauvaise humeur.

— Heureusement que je ne comptais pas sur vous pour veiller sur notre sécurité. Je vous ai retrouvée endormie, tel un nouveau-né !

Je vire écarlate, honteuse de m'être assoupie. Je ne me souviens pas du moment où j'ai sombré, sûrement trop éprouvée par tout ce qui est arrivé ces derniers jours. Mais, est-ce une raison pour me parler de la sorte ? *Eh bien, il semble aller mieux en tout cas ! Surtout, ne me remerciez pas ! Pauvre ingrat !*

— Je m'en excuse.

Ces mots me coûtent, étant donné son comportement. Je relève mon visage vers lui et nous nous défions du regard quelques secondes, avant qu'il ne secoue la tête et me montre du menton ce qui ressemble à un lapin enfourché dans un bout de bois. *Il a chassé ?*

— Mangez !

L'ordre me fait grincer des dents, mais je meurs de faim, une chance pour lui. Je ravale ma fierté et m'approche de la pauvre bête qui nous servira de repas. Je détache un morceau de viande du reste du corps et me force à l'ingérer. Ce n'est pas mauvais en soi, mais la vue du cadavre calciné du petit animal me dégoûte. Alexander s'approche et fait de même, s'asseyant à mes côtés. Nous mangeons dans une atmosphère tendue. Je remarque qu'il n'a plus de bandage autour de la taille, à la place, une mixture jaunâtre est étalée sur la plaie. Il suit mon regard.

— Des plantes médicinales, j'en ai trouvé ce matin en allant chasser, grommelle-t-il.

Je hoche la tête, tant mieux pour lui. Cela le tuerait de se montrer un minimum agréable ? J'aurais certainement dû faire durer davantage sa souffrance la veille au soir. Cela l'aurait peut-être rendu agréable, allez savoir !

Il me tend la bouteille contenant de l'alcool, j'y trempe précautionneusement les lèvres, mais c'est de l'eau qui se déverse dans ma gorge. Il a sûrement fait fondre de la neige dedans.

— Merci. Qu'allons-nous faire maintenant ? Nous devons rejoindre ma sœur et les autres sur le littoral.

J'espère de tout cœur qu'ils y seront. Je m'accroche à cet espoir, car c'est le seul qui me fait tenir debout et me permet de ne pas m'effondrer après les horreurs que j'ai vécues ces derniers jours. Il considère ma question quelques instants, puis secoue la tête d'un air réprobateur.

— Je suis certain que votre sœur et vos dames de chambre se portent bien. Mais nous avons cavalé dans le sens opposé, il serait stupide et surtout périlleux de revenir sur nos pas. Ceux qui nous ont attaqués doivent être à notre recherche. Nous les retrouverons à Agraam ou enverrons nos gardes les chercher.

Je me redresse, secouant négativement la tête.

— Il est hors de question que je parte où que ce soit, sans être certaine qu'ils vont bien. Nous n'avons aucune certitude qu'ils sont arrivés à bon port ! Vous me demandez-là de les abandonner à leur sort, vous m'en voyez navrée, mais je m'y refuse.

Son regard s'assombrit, il se lève à son tour, me dominant de toute sa carrure imposante. Il se rapproche à quelques centimètres de mon visage, son regard sévère plongé dans le mien. Je retiens mon souffle et déglutis difficilement.

— Je ne vais pas risquer ma vie pour des caprices ! Nous emprunterons le chemin que j'aurai choisi, quand je l'aurai décidé. Et si cela ne vous convient pas ma chère, libre à vous de partir ! Vous m'êtes davantage un poids qu'un cadeau, croyez-moi !

Le bruit de la gifle résonne dans la cavité. C'est comme si ma main avait pris vie et avait agi par elle-même. Surprise, je le dévisage autant avec stupeur qu'avec de la colère. Je regrette mon geste, bien que ses mots aient été blessants. Cela ne me ressemble pas. Je n'arrive pas à comprendre pourquoi, en sa présence, je deviens aussi agressive. Est-ce par peur d'être face à mon futur époux sans le savoir ? Est-ce parce que je trouve son comportement et ses manières à mon égard inappropriés ? Je sais pourtant, au fond de moi, que c'est un homme d'honneur. Pour preuve, il m'a sauvé la vie et s'est occupé de moi, sans rien demander en échange. Mais je n'arrive simplement pas à contrôler ce ressentiment qui m'habite depuis mon départ d'Ursaa.

Alexander semble aussi sidéré par ma conduite que je le suis. Ses narines frémissent de fureur, une lueur sauvage et inquiétante anime son regard lorsqu'il me toise.

— Je...

Je quoi ? Que pourrai-je dire afin de justifier mon attitude ? Je pince mes lèvres, partagée entre la culpabilité et la fierté. Il a tenu des mots durs, des mots qui m'ont blessée, qui m'ont fait me sentir insignifiante. Je ne suis pas la seule fautive si nous en sommes arrivés là, lui et moi. Pour autant, je m'en veux énormément de l'avoir frappé ainsi, j'aurais dû me contenir.

Ses doigts empoignent mon visage, me faisant sursauter, car je ne m'attendais pas à ce contact. Je frémis, l'appréhension et autre chose que je ne saurai identifier m'assaillent. Il efface, en une enjambée, les millimètres qui nous séparent, si bien, que son nez frôle le mien, que sa bouche caresse la mienne, mais c'est loin d'être un moment romantique, non, il est en colère, vraiment en colère et je ne donne pas cher de ma peau à cet instant, s'il décide de s'en prendre à moi. Si la paroi de la grotte n'était pas là pour me soutenir, j'aurais défailli. Son regard se perd dans le mien, je lis dans le sien un tourbillon d'émotions que je ne peux actuellement déchiffrer. Il se contracte et expire, s'exhortant certainement au calme, afin de ne pas commettre un acte qu'il pourrait par la suite regretter.

— Plus jamais.

Sa voix n'est qu'un murmure entre ses dents serrées et pourtant j'ai l'impression qu'elle résonne dans tout mon être, faisant écho à mon cœur affolé. Ai-je totalement perdu la raison si je désire qu'il écrase ses lèvres sur les miennes, là, maintenant ? Qu'est-ce qui ne tourne pas rond chez moi ? Il faut être déjà fou pour vouloir se mettre à dos un homme pareil, à mon grand désarroi, j'ai l'impression d'avoir plutôt bien réussi cet exploit. À ce moment précis, tout chez lui respire le danger et la menace, tel un loup prêt à fondre sur sa proie, en l'occurrence : moi.

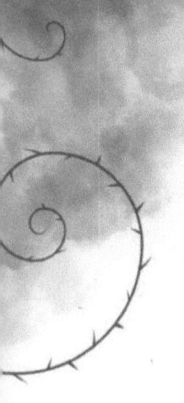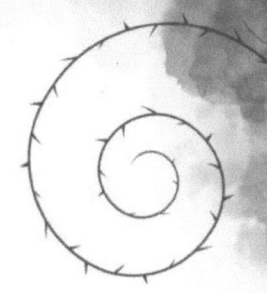

ALEXANDER

Je suis tout contre elle, je la domine et peux lire la peur dans son regard. Sa poitrine se soulève à la vitesse saccadée de ses respirations, je sens son cœur battre contre mon torse. Cette fille... Que dis-je ? Cette femme est en train d'avoir raison de moi. Elle me fascine autant qu'elle m'agace.

Lorsque je l'ai revue dans l'auberge, je l'ai mal jugée. Je l'ai prise pour l'une de ces ridicules précieuses, comme le sont quasiment toutes les héritières d'Agraam. Ces dernières ont toujours été plus préoccupées par leurs toilettes luxueuses, que par le monde qu'elles sont censées gouverner. J'ai toujours su, pourtant, que l'une d'entre elles était destinée à devenir ma femme et cette idée me révolte.

Je les méprise toutes, je m'en méfie. Les femmes sont comme des serpents venimeux, dont le poison pénètre chaque cellule de votre corps, vous marquant au fer rouge pour le restant de vos jours. Je suis bien placé pour le savoir. J'ai voulu jouer avec le feu, et effectivement, je me suis brûlé les ailes. Alors, je me suis promis que plus jamais, je ne tomberai dans leur piège, c'est moi qui tirerai les ficelles à leur place maintenant. Ce seraient elles les pions et moi le maître du jeu.

Tout ceci, c'était avant que je ne la revoie, elle. Avant qu'elle ne croise à nouveau mon chemin. Son regard de biche m'a hypnotisé, transpercé. Dès que je l'ai revue, ce soir-là dans l'auberge, j'ai su que je la voulais, pour moi. Je me demande encore la raison de ce changement d'attitude à son égard. Pourquoi elle ? Pourtant, j'ai essayé d'y résister, je l'ai vexée, je me suis comporté comme le pire des abrutis et même blessée pour l'éloigner de moi. Or, là maintenant, ce sentiment étrange me submerge, ayant raison de mon bon discernement. J'ai voulu me voiler la face, la comparant au début à toutes les autres, me disant qu'Anya devait être exactement comme *Elle.* Quelle erreur... J'aurais pourtant dû m'en douter, maintenant que mes souvenirs d'enfance en sa compagnie me reviennent.

Son expression farouche, son caractère rebelle, la façon dont elle s'est mise en danger afin de protéger les siens, elle ne craint pas de se salir les mains. Elle a tout pour me plaire, tout pour être celle que la *Sphère* me choisira, mais je n'ai aucune certitude quant à cela et c'est finalement le plus effrayant. Et si je dois au bout du compte en épouser une autre ? Je redoute qu'en me rapprochant d'elle, nous ne finissions tous les deux brisés.

Je gronde, malgré moi. De colère ? De frustration ? C'est difficile à dire. Je la sens tressaillir entre mes mains, mais je suis hors de moi. Je me sais capable de lui faire mal, tout comme je suis conscient d'avoir mérité sa gifle, tant mes mots ont été vexants. Le pire dans tout cela est que je suis loin de les penser ces paroles, mais parfois, ma langue se délie plus vite que je ne réfléchis. Bien évidemment, je ne l'aurais pas abandonnée, seule, en pleine nature, quand bien même elle me l'aurait demandé.

— Plus jamais, répétai-je pour bien me faire comprendre.

Elle hoche la tête, ses lèvres sont entrouvertes dans une expression de surprise, elles me sont offertes. Sa bouche a la couleur et la délicatesse d'un bouton de rose. Ses prunelles, couleur noisette tachetée de vert, me scrutent avec attention, aux aguets. Je me retiens à grand-peine de l'embrasser, lorsque mon pouce suit la courbe de ses lèvres charnues. Je la sens frissonner, ou peut-être, l'ai-je tout simplement imaginé ? Qu'est-elle en train de faire de moi ? Tout ce que je ne veux pas. Ressent-elle aussi cette tension qui nous lie ? Je pourrais à tout moment céder et sombrer.

Soudain, des bruits à l'extérieur de la grotte viennent rompre l'atmosphère électrique qui nous entoure. Je me raidis et recule en fronçant les sourcils, puis m'approche de l'entrée de la cavité prudemment. Mes craintes se confirment, lorsque des voix à un accent mâché, typiques des nordistes de Ghervos, retentissent un peu plus loin. Par chance, ils n'ont pas encore atteint notre cachette, cela dit, nous n'avons pas beaucoup de temps devant nous, avant qu'ils ne nous trouvent. Je me tourne vers Anya qui se tient droite, tel un piquet, puis lui fais signe de me rejoindre et de garder silence. Elle s'approche à pas feutrés et dépose délicatement ma dague, qu'elle avait gardée, entre mes mains.

— J'ai repéré ce matin un passage au fond de la grotte. Je n'ai aucune idée de l'endroit où il mène, mais c'est notre seule chance. Nous ne sommes pas armés, du moins, pas suffisamment pour les affronter.

J'observe ses sourcils s'arquer dans un pli soucieux, je devine sans mal qu'elle pense à sa sœur.

— Anya… Nous n'avons d'autre choix. C'est ça ou vous n'aurez jamais l'occasion de la revoir. Nos assaillants sont bien trop nombreux pour qu'on les affronte, ce serait du suicide.

Elle plonge son regard innocent dans le mien, cherchant à lire en moi. Puis, résignée, elle acquiesce. Je remarque cependant l'humidité dans ses yeux et la tristesse qu'ils reflètent. Elle me tourne ensuite le dos, cachant sûrement les gouttelettes salées qui roulent sur sa peau albâtre. Je lui laisse quelques secondes, afin qu'elle retrouve son calme. Attrapant le cheval par son licol, je l'emmène avec nous, alors que nous nous enfonçons au fond de la cavité, après avoir éteint le feu. L'héritière marche derrière moi, le silence est pesant, mais je m'en contente.

Après plusieurs minutes à marcher dans de petits chemins humides et sinueux, voilà que d'immenses colonnes se dressent devant nous, elles sont faites en minéraux propres à la région. Je remarque un mince ruisseau qui traverse les immenses pylônes, faisant scintiller les mille et un cristaux dont ils sont composés. Je me sens minuscule face à tant de grandeur. Je jette un coup d'œil à Anya, elle paraît elle aussi émerveillée et j'en comprends la raison en suivant son regard. Au-dessus de nos têtes, des centaines de brèches dans la pierre abritent d'éblouissantes minuscules créatures. Des *silènes*, ces petites bêtes ont le corps d'un bleu scintillant, semblables à des lucioles, mais en beaucoup plus grandes. C'est la première fois de ma vie que j'en vois, je les observe quelques instants, frappé par leur beauté avant que la réalité ne puisse nous rattraper.

— Allons-y.

Nous avançons côte à côte sans dire un mot, seuls les bruits des sabots et de nos pas sur les flaques d'eau viennent troubler le silence qui règne dans cet endroit.

Partout où notre regard se pose, des éclats argentés illuminent chaque recoin, tandis que les silènes dispensent une lueur bleutée dans les hauteurs de la grotte. Je n'avais jamais aperçu pareil spectacle, notre belle planète semble encore posséder de merveilleux secrets qui ne demandent qu'à être découverts.

Nous longeons le cours d'eau, qui nous guide jusqu'à des catacombes, pendant ce qui me paraît une éternité. Une ville entière pourrait tenir dans ce refuge tant il est grand. Nous avançons prudemment sur le sol aqueux, faisant attention à ne pas glisser. Je sens ma blessure me tirailler sous l'effort, m'arrachant parfois des grimaces de douleur. Anya me regarde par moments avec inquiétude, elle aussi semble à bout de forces. Pour autant, aucune plainte ne lui échappe.

Un peu plus loin, une étrange réverbération sur les parois de la grotte attire mon attention : de l'eau ? Une douce chaleur nous enveloppe tandis que l'on s'en approche, et étant donné que nous sommes frigorifiés, je force le pas. L'eau qui miroite sur la façade provient des sources chaudes, nous avons atteint sans conteste, le cœur de la cavité. De la fumée épaisse flotte, vacillante, au-dessus d'un petit lagon. Le liquide transparent laisse entrevoir le fond du bassin naturel, d'un bleu turquoise.

Soyez bénis, me dis-je à moi-même, remerciant les divinités et laissant une agréable sensation de bien-être m'envahir.

J'attache la longe du cheval à l'une des colonnes en cristal, dépose nos affaires au sec, au-dessus de la monture, puis déboutonne ma chemise.

— Que... qu'est-ce que vous faites ? balbutie Anya écarquillant ses grands yeux.

Je remarque que les reflets qui nous entourent baignent son regard d'une lueur ambrée, tandis que ses joues prennent une couleur coquelicot.

— À votre avis ? Nous sommes frigorifiés et j'ignore quand nous aurons à nouveau l'occasion de nous laver. Alors, à votre place, j'en ferais de même.

Je détache ma ceinture et fais glisser mon pantalon sous le regard effaré de ma compagne d'infortune. Elle jure et se retourne vivement.

— Vous auriez pu me prévenir ! se plaint-elle, mécontente.

Je ris et dépose sur la selle du cheval mes habits, afin d'éviter qu'ils ne soient mouillés, avant de me glisser à l'intérieur du bassin.

— C'est bon, princesse, vous pouvez regarder, me moquai-je, un sourire narquois au coin des lèvres, puis grimace, car ma blessure n'apprécie visiblement pas la chaleur de l'eau, elle.

Anya me fusille du regard.

— Je n'apprécie pas ce ton condescendant, excusez-moi seulement de vouloir me préserver pour l'homme qui partagera ma vie ! Je n'ai pas pour habitude de me balader nue devant des inconnus, contrairement à vous !

Sa petite voix fluette monte dans les aigus alors que le rouge de ses joues s'intensifie. *C'est adorable*, pensé-je, avant de me sermonner d'être aussi faible face à sa candeur. Au lieu de ricaner, comme je l'aurais fait en temps normal, je hoche la tête avec une mine sérieuse. Sa phrase me fait intérieurement grincer des dents, je contracte la mâchoire lorsque la douleur me rappelle à l'ordre.

— Vous avez mal ?

Elle mordille nerveusement sa lèvre inférieure, ignorant à quel point ce petit geste entraîne des répercussions sur mon propre corps. J'acquiesce une nouvelle fois, sans la quitter du regard. Elle se dandine d'un pied sur l'autre, indécise quant au fait de me rejoindre ou non. Je soupire et tourne le dos, ce qui finit visiblement par la convaincre, puisque je l'entends alors se déshabiller. De fines vaguelettes se forment à la surface de l'eau lorsqu'elle y pénètre, je lui fais face à nouveau. J'aurais peut-être dû m'abstenir, en fin de compte.

Son regard me sonde, sa crinière ébène ondule sensuellement le long de son buste, dissimulant sa poitrine. Je la préfère ainsi, au naturel, nue, c'est le plus beau spectacle qu'il m'ait été donné de voir. Malgré la petite distance qui nous sépare, l'eau est tellement limpide, que j'aperçois chaque courbe de son corps. Sa peau claire et veloutée est un appel au péché, j'ai une soudaine envie de la couvrir de baisers. *Bon sang, je vais devenir fou*, pensé-je sans arriver à la quitter des yeux. Tendu comme un arc, je la laisse approcher lentement et plus elle est près de moi, plus les battements de mon cœur s'intensifient. J'ai l'impression d'être une vierge effarouchée et cette constatation me consterne. *Comment peut-elle prétendre ignorer l'effet qu'elle fait aux hommes ?* Arrivant à ma hauteur, elle baisse les yeux sur ma blessure, même si en la voyant pâlir de surprise, je devine sans mal que son regard est tombé ailleurs.

— Laissez-moi… Regarder.

Sa voix n'est qu'un murmure et lorsqu'elle pose ses mains sur mon flanc, je me rends compte qu'elle tremble. Elle semble si pure et innocente, c'est fichtrement excitant ! Mes muscles se bandent sous son toucher, elle frémit, tandis que ses doigts contournent la plaie.

— Vous savez, souffle-t-elle sans oser croiser mon regard, je suis désolée pour ce matin. Je sais que vous pensez que je vous déteste, mais il n'en est rien. Seulement...

— Seulement ?

Je l'encourage à poursuivre, sachant que nous nous aventurons dangereusement sur un terrain glissant. Elle pince l'ourlet de ses lèvres roses, puis lâche un soupir résigné. Je suis de plus en plus curieux de connaître ce qui la taraude autant.

— J'ai toujours gardé espoir en me disant que ce jour n'arriverait jamais. C'était totalement stupide, bien évidemment, j'en suis consciente. Mais l'idée que l'on choisisse l'homme avec qui je passerai le restant de mes jours m'a toujours répugnée. Je me sens telle une marionnette, sans libre arbitre. Alors, quand j'ai compris qui vous étiez, j'ai... Je n'ai pas su comment réagir, je vous ai fait payer ma condition, alors que vous en souffrez tout autant. Ce n'était pas juste de ma part. Vous n'y êtes pour rien, car nous n'avons d'autre choix que de nous plier aux règles. Je... Je suis vraiment désolée Alexander.

Je la crois sincère étant donné la peine que je lis dans son regard. Ce serait hypocrite de lui en vouloir, alors que je ressens exactement la même chose. Je cueille son visage entre mes mains, l'obligeant à soutenir mon regard. Sa lèvre inférieure tremble, je plonge mon regard dans le sien, humide.

— Je ne vous en veux pas, tout simplement, car il en est de même me concernant. Si j'avais pu changer les choses, je l'aurais fait. L'idée que l'on choisisse à ma place la femme que j'épouserai m'a toujours écœuré, tout comme vous. Cela explique en partie mon comportement de goujat à votre égard. Mais sachez en tout cas, que si la *Sphère* venait à vous choisir pour compagne lorsque mon tour viendra, ce serait un honneur pour moi, que de vous avoir à mes côtés et de faire de vous ma reine.

L'émotion et la surprise se reflètent dans ses traits délicats, ses doigts remontent le long de mon torse, me faisant à mon tour frissonner. Sans dévier ses yeux des miens, elle écarte quelques mèches rebelles qui tombent sur mon visage, détaillant chacun de mes traits. Puis elle me sourit, un sourire éblouissant qui me fait perdre raison. Je me baisse imperceptiblement, souriant à mon tour, approchant avec une douloureuse lenteur, mes lèvres des siennes. Je sonde son regard, lui demandant la permission d'aller plus loin, elle ne recule pas. Alors, je l'embrasse. C'est doux, mais cruellement excitant. Une onde de plaisir traverse mon corps sans que je m'y attende, me coupant le souffle. Lorsqu'elle répond à mon baiser, je presse son corps nu contre le mien. Elle soupire d'aise, se hissant sur la pointe des pieds afin d'approfondir notre étreinte, lorsque ma langue se fraya un chemin entre ses lippes, allant explorer sa bouche. Elle a cette saveur acidulée qui n'arrange en rien mon état. Ses ongles se plantent dans ma peau, tandis que ma main se perd dans sa chevelure de jais et que nous échangeons le baiser le plus passionné qu'il m'ait été donné de recevoir. Je sens le désir me foudroyer au creux de mon ventre, elle doit d'ailleurs le sentir, tant nous sommes collés l'un à l'autre. Nos corps s'entremêlent dans une danse lascive, cherchant à se fondre entre eux. Comment résister, alors qu'elle s'offre à moi de la sorte ? Je fais glisser mon autre main le long de sa taille, dessinant la cambrure de ses reins, palpant ses formes sensuelles qu'il me tarde de choyer. Mes doigts caressent ses fesses rebondies, un grognement m'échappe lorsque, par mégarde, j'effleure son intimité. Ce petit geste suffit à redoubler mon ardeur, alors qu'elle se colle davantage contre moi, lâchant à son tour un gémissement de plaisir. Combien de temps pourrai-je tenir, avant que le besoin de la faire mienne ne prenne le dessus ? Autant elle que moi ne contrôlons plus rien. Pourtant, ses mots me reviennent en mémoire, elle se préserve, je n'ai pas le droit de lui voler cela, du moins, pas sans être certain que ce sera moi que la *Sphère* lui choisira.

Je m'écarte légèrement d'elle, lui arrachant un petit grognement de protestation qui me fait sourire. Lorsqu'elle rouvre les yeux, ces derniers sont animés par le désir. Je déglutis péniblement, alors que je ne rêve que de la posséder à cet instant.

— Anya..., dis-je d'une voix rendue rauque par la soif qu'elle a su éveiller en moi.

Elle fronce les sourcils, sûrement aussi frustrée que je le suis, puis se recule, reprenant son souffle après notre baiser. Ses lèvres sont gonflées, je dois me faire violence pour ne pas l'embrasser à nouveau, j'imagine très bien comment cela finirait si je perdais totalement le contrôle. Ses cheveux en bataille, sa bouche en cœur, sa poitrine tendue par l'excitation, tout chez elle m'attire inexorablement. Je me maudis intérieurement d'être celui que je suis, de devoir nous priver d'assouvir ce besoin qui nous tiraille tous les deux. Je finis par prendre sur moi et recule, afin de mettre de la distance entre la tentation qu'elle représente et moi. Je sors du bassin, essayant de calmer mes ardeurs, tentant de faire abstraction de son regard, lequel je sens peser sur moi.

— Ne tardez pas trop, j'ignore combien de temps nous devons encore marcher pour sortir d'ici... Nous allons suivre le cours d'eau, il doit bien mener quelque part.

Je me retourne, ne recevant pas de réponse de sa part, mais avale difficilement ma salive en la voyant sortir de l'eau, exposant son corps dénudé. J'inspire profondément face à cette vision de rêve, mais heureusement (ou malheureusement, tout dépend si l'on écoute mon désir ou ma raison), elle se rhabille assez rapidement.

Je secoue la tête, me donnant du courage pour ne pas céder à la tentation, je suis un homme, pas un saint. Je détache le cheval, puis lorsqu'elle me fait face, j'ai cette impression désagréable qu'elle m'en veut.

— Quelque chose ne va pas ? demandé-je en arquant un sourcil.

— Non. Tout va bien.

Sa voix est dure, j'ai du mal à la croire. Son regard et ses paroles ne concordent pas. Peut-être l'ai-je vexée tout à l'heure en m'écartant d'elle, peut-être a-t-elle mal interprété mon geste. Finalement, c'est sûrement mieux ainsi, inutile de se voiler la face, notre condition ne nous laisse pas le luxe de suivre nos sentiments. Alors, peut-être vaut-il mieux qu'elle croit que je ne la désire pas, c'est la meilleure des solutions dans notre cas.

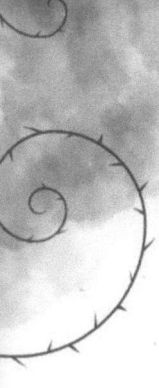

ALEXANDER

Les heures se succèdent au cœur de l'immense grotte. Nous avons pour seule lumière, les milliers des *silènes* qui répandent une lueur bleuâtre, éclairant notre chemin. Sans doute, la nuit est-elle tombée depuis un moment, difficile de se repérer ici-bas, peut-être même que l'aube a-t-elle déjà pointé le bout de son nez. Nous n'avons aucune possibilité de le savoir. Nous avons suivi pendant quelque temps le cours d'eau qui s'écoulait du bassin, puis nous avons entrepris de remonter le chemin étroit et glissant qui se dessine en pente. Épuisés, nous nous sommes reposés quelques heures, et avons fait boire le cheval afin qu'il reprenne des forces. Nous en avons besoin.

Je regarde Anya du coin de l'œil. C'est à peine si elle m'a décroché un mot depuis l'épisode dans les sources chaudes. Elle évite à tout prix de croiser mon regard, et bien que j'aie du mal à l'admettre, cela me dérange fortement. J'ai agi comme un idiot, me laissant guider par un instinct primaire et l'envie de goûter à ses lèvres roses, de sentir sa peau nue contre la mienne, de la posséder. *Bon sang ! Qu'ai-je fait ?!* Un goût acide se répand dans ma bouche, le goût de l'inachevé, le goût de la frustration, celui d'avoir été trop faible et cédé à la tentation. Mais il est trop tard, revenir en arrière m'est impossible, nous allons donc devoir faire avec.

Je me dégourdis les jambes, essayant de décoller en même temps le tissu de mon pantalon et de ma chemise de mon corps. La sueur à force de marcher et l'humidité des lieux les ont trempés, ce qui n'est guère agréable pour avancer. Anya aussi a de plus en plus de mal à supporter le poids de sa robe, qui a subi le même sort que mes habits, sur elle. Sa coiffe n'en est plus une, ses cheveux sont éparpillés sur ses épaules et son dos, quelques mèches collant à son visage. Mais malgré cela, je la trouve belle, au naturel, même davantage que lorsqu'elle porte ses habits luxueux et que ses cheveux sont impeccablement remontés en un chignon. Je fais claquer ma langue d'impatience, ne supportant plus ce silence ni la tension qui s'est installée entre elle et moi. Anya me regarde, affichant une mine interrogative.

— Allez-vous me dire ce qui vous préoccupe ? Vous ne m'avez pas adressé un seul mot depuis...

Je n'ose pas finir ma phrase et elle arque un sourcil, me défiant de la terminer. Je grogne et regarde droit devant moi. *Tant pis pour le bavardage.*

— C'est bien ce que je me disais.

Son ton se veut sarcastique, mais je discerne une certaine amertume dans la façon dont elle les a prononcés.

— Que voulez-vous dire ?

Je m'arrête pour la toiser, afin qu'elle me dise réellement le fond de sa pensée. Je me doute que cela ne doit pas être bien glorieux, qu'elle doit se faire une piètre opinion de l'homme que je suis. Elle n'a peut-être pas tort en fin de compte. Nous avons peut-être le même âge, mais je lis dans son regard une certaine innocence que j'ai perdue voilà une année. Fut un temps où je croyais à l'amour, aux sentiments, puis cela m'a détruit, alors j'ai tout simplement choisi de les fuir. Les éviter n'a jamais été très difficile, chaque femme que j'ai pu fréquenter était au courant de ce qu'elle obtiendrait de moi, ou plutôt, de ce qu'elle n'obtiendrait pas. Face à Anya, la tâche s'avère un peu plus compliquée. J'ignore quoi exactement, mais quelque chose en elle me touche profondément, je ne saurais l'expliquer.

— Je veux dire que vous êtes le genre d'homme qui se sert sans permission et qui n'assume pas ses actes par la suite. Qui prend, puis qui laisse sans plus de cérémonie une fois qu'il a obtenu ce qu'il convoitait. Il y a eu l'aubergiste, et par les divinités, je ne veux songer un seul instant au nombre de femmes tombées dans votre piège. Si vous croyez que je suis assez idiote, pour vous laisser comme elles vous servir de moi le temps de vous satisfaire quelques instants, vous avez tout faux Alexander.

Je la regarde déconfit, mais surtout consterné par ses paroles. C'est donc cela, je souris malgré moi, mais mon sourire n'a rien de chaleureux ; mon regard loin de là, est très froid. Je la fixe avant de froncer les sourcils.

— Vous ignorez tout de moi. Je n'aurais certes jamais dû vous embrasser, ce que je regrette profondément, mais je n'étais pas seul. Pas un instant, vous m'avez refusé ce baiser, pas un instant vous m'avez demandé d'arrêter. Alors, ne faites pas de moi l'idéal coupable quand vous-même, ma dame, avez répondu à mes avances.

Offusquée par mes paroles, je la vois pâlir, puis ses joues rougissent fortement. Il se pourrait que j'aie été un peu trop direct, comme d'habitude. Elle se détourne de moi, ses prunelles se ferment quelques instants, le temps d'une profonde inspiration, puis son regard me perce à nouveau, mais cette fois, il est glacial.

— Ne vous en faites pas, je ne ferai pas deux fois cette erreur, croyez-moi.

C'est la première fois qu'elle me dévisage ainsi, je prends conscience de l'avoir blessée, encore. Un soupir m'échappe, pourquoi faut-il que tout soit si compliqué avec elle ? Anya reprend sa marche d'un pas décidé, animée par la colère ou tout autre sentiment négatif de ce genre à mon égard. Je la suis sans dire un mot, lorsque soudain au loin, un puits de lumière attire mon attention. Elle se précipite dans sa direction, tout comme moi, c'est alors que l'on débouche sur une mare d'un blanc laiteux que je reconnaîtrais entre mille : la Baie d'Opale.

Anya

Devant nous, se déploie à perte de vue une étendue d'eau opalescente qui scintille au moindre rayon de soleil qui se reflète dessus. Je suis émerveillée par ce que je vois. Si bien, que pendant quelques instants, j'oublie la peine qui m'étreignait la poitrine quelques secondes auparavant. Des vaguelettes ondulent sur la surface, venant caresser la petite crique sur laquelle la grotte se dégorge. Je suis certaine, à en juger par l'état du chemin emprunté, que peu de personnes connaissent ce passage qui est un vrai gain de temps. Nous ne sommes certes, pas encore, sur les Terres de Celair, mais tout de même plus proches de notre objectif qu'en contournant Ursaa, comme nous l'avions prévu au départ.

Seul problème à l'horizon : comment traverser sans un bateau à portée de main ?

Alexander semble pourtant remarquer quelque chose qui m'a échappé, puisqu'il enlève ses bottes et son haut, puis se jette dans l'eau. Je le dévisage comme si j'avais affaire à quelqu'un qui a complètement perdu l'esprit. C'est alors que je me rends compte que sur une partie de la crique l'eau est plus foncée qu'ailleurs, comme une ombre cachée sous le liquide blanchâtre qui nous entoure. Et si c'était une bête ? Un de ces monstres marins des légendes dont les vieux livres parlent ? Et s'il se faisait dévorer ?

— Attendez ! Ne fai…

Je m'interromps lorsque d'un geste triomphant il soulève la forme en bois immergée. Un radeau, quelqu'un a dû le cacher ici pour que personne ne le trouve. Mais ce qui compte est que nous pourrons l'utiliser pour gagner la terre ferme ! Je m'élance à mon tour, après avoir laissé mes chaussures sur un rocher. Avancer avec une robe dans l'eau glacée ce n'est pas ce qu'il y a de plus facile ! Lorsque je l'atteins, il me sourit fièrement. J'ai un peu de mal à lui en vouloir lorsqu'il me regarde de la sorte, aussi, je concentre mon attention sur cette trouvaille.

— Aidez-moi à défaire les liens qui le maintiennent immergé !

En effet, des cordelettes rattachent notre embarcation de fortune à de lourdes pierres au fond de l'eau. Nous nous attelons à notre tâche pendant cinq bonnes minutes, après quoi le radeau se met à flotter à la surface. Je manque de sauter de joie dans les bras d'Alexander, mais ma raison me rappelle à l'ordre.

— Sortez vos sales pattes de là !

Une voix caverneuse derrière nous nous fait sursauter. Nous nous retournons comme un seul homme pour faire face à... *un nain* ? Le petit homme doit m'arriver à peine à la taille, ses cheveux, tout comme sa barbe, jadis marron, sont grisonnants, son ventre arrondi tire le tissu de sa chemise de façon grotesque. Ses yeux de fouine nous transpercent avec hargne, il semble furieux, mais est loin d'être intimidant. Néanmoins, Alexander sort sa dague et se place entre ce drôle de bonhomme et moi, pour me protéger. Le geste me touche, autant que sa proximité me trouble. Son dos nu, aux muscles saillants, frôle ma cape, je sens son parfum musqué qui m'enivre réveillant mes sens malgré moi. *Quelle idée de rêvasser de la sorte dans des moments pareils !*

L'homme, pas plus haut que trois pommes, lance un regard courroucé au prince.

— Voleur ! Bandit ! C'est mon radeau ! Vous n'avez aucun droit de me le prendre !

Il s'égosille en lançant des jurons à qui veut bien l'entendre, je me retiens à grand-peine de rire. Il n'est guère menaçant, loin de là.

— Savez-vous à qui vous parlez ? dit Alexander d'un ton rude.

L'étranger nous observe avec circonspection, s'attardant davantage sur le corps dénudé de mon compagnon de route, que sur moi.

— Ma foi, on dirait deux amoureux, pris en flagrant délit de luxure.

Je rougis de plus belle, tandis qu'Alexander se crispe à son tour.

— Nous ne sommes pas des….

— Peu importe. Ce radeau m'appartient, il est hors de question que vous le preniez.

Il semble déterminé, je regarde Alexander désespérée. Ce dernier range sa dague, puis s'approche du vieil homme.

— Nous devons traverser la Baie sans délai, le temps nous est compté ! Y a-t-il d'autres issues qui nous permettraient de rejoindre Celair rapidement ?

L'homme semble réfléchir, puis son regard passe de nous au cheval, puis au radeau. Un sourire en coin se dessine sur ses lèvres. Je le dévisage, méfiante.

— Oui, mais à deux voire trois jours à dos de cheval. Alors que le radeau, c'est une affaire de quelques heures. Et si nous procédions à un échange ?

— Un échange ? interviens-je soupçonneuse.

— Un échange ma petite dame ! Votre cheval contre mon radeau !

J'écarquille les yeux face à l'absurdité d'un échange si peu équitable.

— Mais ce n'est qu'un tas de bois ! m'insurgé-je en croisant les bras sur ma poitrine.

— Certes, mais il se trouve que vous avez besoin du tas de bois et moi d'un cheval. Tout le monde est servi non ?

Il affiche un sourire angélique qui ne lui va pas du tout ! Alexander me fait face me consultant du regard. Je hausse les épaules, ne sachant que faire. Le prince soupire, puis abdique.

— D'accord, marché conclu !

Le petit homme saute de joie en tapant des mains, on dirait un enfant qui vient de recevoir un trop-plein de sucreries. Je lève les yeux au ciel, doutant du bien-fondé de ce plan. Certes, nous avons un radeau, mais une fois sur place il va falloir rejoindre la capitale. Quelques minutes plus tard, nous nous retrouvons à bord de cette embarcation miteuse, après que Gun le nain, nous ait déposé à chacun une rame entre les mains.

ANYA

C omme Gun nous l'avait annoncé, il nous a fallu plusieurs heures pour effectuer la traversée. Mes bras sont actuellement en piteux état, mes muscles douloureux m'empêchent le moindre mouvement, m'arrachant à chaque geste, une grimace. Mais l'effort en valait largement la peine, tant nous avons croisé de merveilles.

Malgré la couleur laiteuse de l'eau, nous pouvions apercevoir les récifs, qui eux, formaient un puits d'une lumière mauve, colorant ainsi le liquide blanchâtre par endroits de cette même nuance. Ils abritaient des poissons de diverses espèces, tous aux couleurs incandescentes. Ces derniers se sont amusés à nager sous notre embarcation tout au long du voyage et quelques téméraires ont osé nous approcher, lorsque nous avons plongé les doigts dans l'eau. Leur peau était douce comme de la soie, leurs écailles venant chatouiller nos mains, cela me faisait glousser comme un enfant, ce qui amusait mon camarade.

Ce fut un petit moment d'insouciance, de répit, après les dures épreuves traversées ces derniers jours. Nous avons même croisé une Opaline, nom donné à la tortue que l'on ne trouve que dans cette baie. Sa carapace dure et imposante ressemble à une immense chaumière faite en opale. Sa taille gigantesque dépassait quasiment celle de notre embarcation, je suis certaine de pouvoir tenir dedans si je m'allongeais dessus ! Nous avons aperçu d'autres poissons dont j'ignorais jusqu'alors l'existence, les uns plus étonnants que les autres. Notre planète est tellement diversifiée, elle ne cesse de nous surprendre, c'est pourquoi nous mettons un point d'honneur à la vénérer. C'est pour ces mêmes raisons que la pêche n'est autorisée que dans le large, en pleine mer et sous certaines conditions. Les animaux marins de la baie sont protégés par nos lois afin de les préserver.

Lorsque nos pieds frôlent enfin le sable de Celair, la nuit commence déjà à tomber. Mes yeux sont grands ouverts découvrant chaque recoin de cette région qui m'est étrangère. Autour de moi s'étend une petite dune puis, une plaine dont l'herbe s'agite au rythme du vent marin qui la secoue. Au loin, on aperçoit les lumières du village de pêcheurs qui longe la baie. J'inspire profondément, me délectant de cette sensation de bien-être, une irrésistible envie me fait plonger les doigts dans le sable, accrochant au passage quelques jolis coquillages. Un grand sourire orne mon visage, Alexander m'observe avec une certaine curiosité, un sourire aux lèvres.

— Bienvenue chez moi.

Sa voix me tire de mes rêveries, il s'approche et sa main se glisse au creux de mon dos, tandis que de l'autre, il pointe du doigt les premières maisonnées qui se dessinent sous nos yeux. Je frissonne, autant à cause de la brise marine qui caresse ma peau, que de ses doigts qui m'effleurent lentement. Son visage est appuyé sur le haut de mon crâne, il me tient dans une étreinte un peu trop intime et je sens mon cœur s'affoler. Avec lui, je ne cesse de passer du chaud au froid et inversement, comme si notre dispute quelques heures auparavant avait été balayée d'un coup de vent. Le pire, c'est que cela me plaît. Décidément, il a une mauvaise influence sur moi !

— Nous sommes à Lazaé, l'une des villes côtières de Celair. Il y a ici surtout des familles de pêcheurs et de petits commerçants. C'est un charmant village, très chaleureux, suis-moi.

Il sourit et me tend la main. J'hésite, mais finis par la lui prendre, notre périple est loin d'être terminé, alors autant ne pas la rendre davantage difficile en créant d'autres tensions inutiles. Il m'entraîne en remontant la petite colline sablonneuse, puis parmi l'herbe haute. Je n'y vois plus grand-chose, me fiant alors à Alexander qui lui, semble connaître le chemin par cœur.

Les premières lumières des maisons nous éclairent au bout de quelques minutes de marche. Quelques barques sont posées sur les bas-côtés, ainsi que des rames, des filets et toutes sortes de matériels de pêche qui me sont inconnus. Ce n'est pas une activité courante à Ursaa, comme peut l'être la chasse.

Le petit comté semble jouir d'une agitation permanente, les maisons arborent fièrement les couleurs de leur royaume : le vert et le jaune prédominent. C'est comme si ici, la saison chaude était éternelle. D'ailleurs, le climat est beaucoup plus clément, nous avons facilement gagné plusieurs degrés en température, si bien, que je commence à avoir chaud.

— Où allons-nous ? demandé-je, regardant avec curiosité autour de nous.

— À l'auberge du village, c'est un vieil ami qui la tient, nous y serons en sécurité et nous pourrons nous reposer cette nuit.

Je hoche la tête, heureuse de pouvoir enfin assouvir mon besoin de sommeil, même si ma sœur et Annie ne quittent mes pensées. J'ai espoir que nous les retrouvions en arrivant à Agraam. J'observe le brun, ma main est toujours dans la sienne, brûlante, et il ne me lâche pas, alors même que nous pénétrons dans la taverne.

Dedans, c'est bondé. Si bien, que je crains qu'il ne reste aucune chambre de libre cette nuit. Alexander semble penser la même chose que moi, puisqu'il regarde autour de nous, yeux plissés.

— D'habitude c'est plus… calme, marmonne-t-il.

— Monseigneur ! s'exclame une voix robuste derrière moi.

Nous nous retournons et faisons face à un homme d'une cinquantaine d'années. Ses yeux ont une couleur vert olive et son teint typique de la région est hâlé, quant à ses cheveux et sa barbe, ils tirent plutôt vers le poivre et sel. Le prince sourit, gratifiant d'une accolade l'étranger, ils semblent assez proches, ce qui me rassure. Ce dernier affiche un sourire amical et chaleureux, avant que ses yeux ne se posent sur moi, puis sur nos mains encore liées. Un sourire encore plus éclatant éclaire son visage, je rougis de gêne.

— Ma foi, j'ignorais que la cérémonie avait déjà eu lieu. Mes félicitations !

Alexander vire écarlate à son tour, puis secoue la tête, lâchant ma main. Quelque peu déçue par son geste, je souris néanmoins à l'homme.

— Ce n'est pas ma femme. Voici Anya, fille de l'empereur Richard d'Ursaa. Anya voici Fëanor.

Pourquoi suis-je si déçue ?

— Oh ! s'exclame l'homme dont le sourire pâlit. Mille excuses madame.

Il s'incline et je me contente de lui offrir un sourire contrit.

— Ce n'est rien, ne vous en faites pas. Dites-moi, c'est toujours aussi animé ici ? Vous resterait-il deux chambres pour cette nuit ?

Son regard s'assombrit, il soupire puis nous fait signe de le suivre jusqu'à l'une des tables inoccupées au fond de la pièce. Il nous fait ensuite servir par un jeune homme qui lui ressemble vaguement, trois verres d'une boisson brune qui m'est inconnue. Je grimace à l'odeur, n'aimant pas le goût de l'alcool. Mais je meurs de soif et aussi par politesse, je bois quelques gorgées avec eux. Le liquide ambré coule dans ma gorge, il est pétillant et me picote quelque peu la langue. Cela dit, il me permet tout de même de me désaltérer.

— Vous n'êtes pas au courant altesse ? chuchote-t-il sous le ton de la confidence.

— Au courant de quoi ? s'enquiert le prince avec intérêt. J'étais à Ursaa pour des affaires diplomatiques, mais nous nous sommes fait attaquer sur le retour par des brigands.

Anya et moi avons été séparés du reste du cortège, dont la plupart sont morts. Le visage de l'aubergiste devient grave, une lueur de colère illumine son regard jusqu'ici chaleureux. Il tape d'un poing ferme sur la table en bois, me faisant sursauter.

— Saleté de Ghervos. Plusieurs granges ont brûlé au nord du village, vers Cahlaar. Nous n'avons heureusement déploré aucun mort, mais les habitants n'ont plus de toit sur la tête, sans compter qu'ils ont été pillés jusqu'au dernier sou. Du coup, je les accueille, tels des pauvres réfugiés. C'est écœurant. Votre père a envoyé des gardes, mais ils s'étaient déjà enfuis, nous ignorons où ils sont et ce qu'ils préparent, mais d'après ce qu'on raconte au nord de Llyrh, des événements de ce genre ont aussi été signalés ces dernières semaines.

Il soupire, passant une main lasse sur son visage fatigué. En quelques secondes, il paraît avoir vieilli de plusieurs années. Alexander de son côté semble furieux, j'observe ses poings se serrer avec force plusieurs fois, comme si garder son sang-froid lui demandait beaucoup d'efforts. Je pose avec précaution ma main sur son bras, il plonge son regard tourmenté dans le mien.

— Nous allons les arrêter Alexander, je suis certaine que mon père a dû avoir ouï des attaques et s'est joint au vôtre.

137

Mais pour le moment, nous avons besoin de repos, ensuite, demain, nous partirons pour Agraam.

Mes mots se veulent rassurants, bien que fermes. Je me tourne vers Fëanor.

— Auriez-vous eu vent de l'arrivée de ma sœur dans ces terres ? demandai-je pleine d'espoir. Nous avons été séparées lors de l'attaque, elle a réussi à s'enfuir avec nos dames de compagnie et un garde.

L'homme réfléchit quelques instants puis hoche la tête.

— Oui, ils ont filé il y a une lune vers la capitale. Une partie des gardes envoyés par l'empereur les ont d'ailleurs escortés, puisqu'ils n'ont réussi à trouver aucune trace de ces criminels. L'autre partie a pris le large, je suppose qu'ils sont à votre recherche.

Je lâche un petit couinement de soulagement. *Elles vont bien, grâce aux divinités.* Un énorme poids semble quitter ma poitrine. Alexander serre la main, qui n'a pas quitté son bras, avec un mince sourire.

— Venez, suivez-moi, dit l'aubergiste en se levant, finissant son verre d'une traite. Malheureusement, il ne nous reste qu'une seule chambre avec tous ces pauvres gens à héberger, nous affichons complet depuis plusieurs jours.

— Ne vous en faites pas Fëanor, c'est déjà bien d'avoir un toit sur la tête cette nuit.

L'intéressé hoche la tête, puis une fois devant la chambre il ouvre la porte me laissant entrer. L'homme retient cependant Alexander, en posant sa main large sur son torse. Je me tourne, mais ne souhaitant les importuner, me fais discrète. J'entends néanmoins quelques bribes de leur conversation.

— … Frère… souffrant… empoisonné… palais.

Je vois tout le corps du prince se tendre au fur et à mesure que les secondes s'écroulent. Les muscles de sa mâchoire sont contractés au maximum et lorsque l'aubergiste nous quitte enfin, sa mine est sombre, il est fou de rage, mais aussi d'inquiétude, je le crains.

La porte se ferme, le silence s'abat dans la pièce. Cette dernière n'est pas très grande, mais il y a un grand lit et de quoi faire une toilette. Je reporte à nouveau mon regard sur lui, il se tient toujours près de l'entrée immobile, le regard dans le vague. Je m'approche précautionneusement.

— Alexander… Vous allez bien ?

Je penche mon visage en le regardant, alors que ses yeux rencontrent les miens. J'y lis de l'angoisse, de l'affliction et de la colère. Il m'observe, plongeant ses prunelles grises dans les miennes, comme s'il cherchait à lire en moi. Après ce qui me semble une éternité de silence, il consent enfin à me répondre.

— Quelqu'un a empoisonné mon frère.

Les mots jaillissent de sa bouche, hachés, une fureur sans précédent le consume, une envie de vengeance assurément. Je le comprends totalement, à sa place, je n'aurais eu aucune pitié non plus.

— Est-ce qu'il est…

— Non ! me coupe-t-il me faisant tressaillir. Non…

Il se radoucit en se rendant compte de m'avoir quelque peu effrayée.

— Une servante l'a trouvé à temps, ils ont réussi à le sauver, mais il n'est pas encore complètement tiré d'affaire d'après Fëanor. Mais ils n'ont pas pu s'infiltrer au château sans aide, ce qui veut dire que quelqu'un nous a trahis.

Je pose ma main sur son avant-bras dans un geste réconfortant. Il suit le mouvement des yeux, puis soupire de lassitude.

— Je suis désolé pour ce que je vous ai dit avant que nous quittions la grotte. Je suis maladroit, je ne réfléchis pas toujours aux répercussions que mes mots peuvent avoir. Mais je ne les pensais pas, loin de là.

Il cherche mon regard, je sens mes joues s'empourprer comme à leur habitude. *Pourquoi faut-il que mes émotions se lisent sur mon visage comme dans un livre ouvert ?*

— Ce n'est rien. Oublions cela voulez-vous ? Nous avons plus important à faire. Je suis désolée pour Logan, je suis certaine qu'il va s'en sortir. Nous devons dès demain trouver un moyen de nous rendre au palais, afin que vous puissiez retrouver votre frère et moi les miens. Ensuite, il faut mettre un terme à toute cette barbarie et les coupables devront   payer.

Mon ton est déterminé, un éclat farouche perce mon regard. Alexander m'observe puis se penche, afin de susurrer quelques mots à mon oreille.

— Vous rendez-vous compte à quel point vous êtes fascinante ? Si forte et si fragile à la fois. Vous ne cessez de me surprendre Anya d'Ursaa, chaque jour un peu plus.

Je me sens troublée par ses paroles, mais surtout par sa proximité. Je sais que tout mon visage a viré rouge pivoine, mais il m'est impossible de cacher ce que je ne ressens, du moins, pas en sa présence. Je retiens ma respiration, son parfum a bien trop d'effet sur moi. Par tous les saints, comment faire alors que cet homme a deux visages qui m'ébranlent autant l'un que l'autre ? Je n'ai jamais rencontré quelqu'un comme lui, je n'ai jamais souhaité le faire non plus à vrai dire. Mais, pour une raison que j'ignore, il a ce quelque chose qui me fait perdre tous mes moyens. Être aussi proche de quelqu'un, comme je l'ai été avec lui, m'était impossible. Il est mon exception.

Le souvenir de notre baiser dans le bassin me submerge, je me noie dans le plaisir que ses caresses sensuelles ont pu me procurer. Je suis condamnée, je le sais, depuis que nos regards se sont croisés.

Toc, toc... Je suis sauvée par quelqu'un qui toque à la porte. Je ne reprends mon souffle, que lorsque le prince se recule pour aller ouvrir.

Je me détourne d'eux tandis qu'une petite femme gringalette dépose un plateau sur la table en bois qui trône à côté du lit. J'exhale, m'incitant au calme, mon regard se perdant au-delà de la vitre, où des plaines vertes s'étendent à perte de vue. La femme s'affaire à faire couler un bain, ce qui me rappelle que nous serons seuls toute la nuit dans la même pièce. *Pas de panique, tout ira bien...* Pourquoi cette pensée sonne si faux dans mon esprit ? *Eh bien, tant qu'il ne me touche pas, je suis à peu près sûre de garder le contrôle de la situation.*

J'entends la jeune femme nous souhaiter une agréable nuit. *Rien n'est moins sûr...* La porte se ferme dans mon dos et je me tends à nouveau. Je n'ai guère besoin de me retourner pour savoir qu'il me scrute attentivement, le reflet de la vitre suffit à me le confirmer. Prenant mon courage à deux mains, je lui fais face. Un ange passe, tant le silence est pesant. J'humecte mes lèvres sèches et regarde la baignoire.

— J'aimerais... Un peu d'intimité si cela ne vous dérange pas. Juste quelques minutes, afin de me rafraîchir.

Il acquiesce, mais un faible sourire étire ses lèvres. Je ne prends pas le risque de lui en demander la raison. Il sort de la chambre me laissant seule, je me détends enfin, comme lorsque Annie me retire ces immondes corsets bien trop serrés qui me laissent à peine respirer.

Je me dévêts, puis me glisse dans la petite baignoire dont l'eau chaude soulage chacun de mes muscles endoloris. Un soupir de bien être m'échappe, je ferme les yeux, frottant distraitement ma peau avec l'éponge mise à notre disposition.

— Anya ?

Je manque de faire un bond de trois mètres lorsque la voix d'Alexander me réveille. J'ignore à quel moment exact je me suis assoupie. Gênée par ma nudité, je me recroqueville tant bien que mal, ramenant mes jambes contre ma poitrine.

— Je suis désolée, je ne me suis pas rendu compte m'être endormie. Pouvez-vous… ?

Il rit légèrement et tourne sur lui-même, me laissant face à son dos. Je me redresse rapidement et attrape la serviette, afin de sécher mon corps. Je m'enveloppe dedans, cachant le minimum, me tortillant afin de couvrir ce que je peux. Ce n'est que maintenant que je remarque qu'il sent le propre et qu'il a changé d'habits. Je préfère ne pas savoir où ou avec qui il a pu faire sa toilette.

Une robe de nuit est étendue sur le lit, je l'interroge du regard.

— La femme de Fëanor, elle vous apportera une robe plus… Convenable pour le voyage demain matin.

J'acquiesce, car effectivement le tissu blanc est un peu trop fin pour que je me pavane dehors avec. Alexander s'approche de la fenêtre à son tour, j'en profite pour me revêtir, puisqu'il me tourne le dos. Je laisse glisser ma serviette au sol, nue comme un ver et m'empresse de mettre la robe. Cette dernière est faite d'un tissu guère épais, du moins à mon goût, j'ai l'impression d'être quasiment nue avec, tellement il épouse mes formes. Je comprends mon erreur lorsque le prince se retourne et me détaille, une flamme de désir illuminant son regard gris.

— Je…, bégayai-je, croisant les bras sur ma poitrine. Je suis affamée.

Ce n'est pas un mensonge, mon ventre gargouille de protestation pour appuyer mon affirmation.

— Moi aussi.

Sa voix est grave, il se racle la gorge et je me demande si on parle du même genre de faim. Je m'assois sur le bord du lit et pioche dans l'assiette, évitant de croiser son regard. Je le sens pourtant peser sur moi, et mon corps en traître semble y réagir. Je maudis mes hormones incapables de lui résister, hors de question que je flanche maintenant.

— V... vous en voulez ? Demandé-je essayant de faire diversion.

Il hoche la tête, puis prend le pain et le fromage que je lui tends. Je me prépare un casse-croûte en coinçant un morceau de fromage et de gibier séché entre deux tranches de pain. Ce n'est pratiquement rien, mais j'ai tellement faim que je ne peux retenir un gémissement de plaisir lors de ma première bouchée. Alexander rit, puis nous sert un verre de jus de fruits pressés à chacun. Nous mangeons en silence, jusqu'à ce qu'il ne reste plus une seule miette dans l'assiette ni une goutte de jus dans la carafe.

Rassasiée, je lâche un soupir de contentement me laissant retomber lourdement en arrière, sur le lit. Mes membres sont engourdis par la fatigue, mon corps réclame repos. Rien ne remplace une bonne nuit de sommeil.

— Par les divinités, j'avais oublié à quel point c'était agréable de manger à sa faim et de pouvoir s'allonger sur un vrai lit.

Le prince sourit à nouveau, puis enlève ses chaussures avant de m'imiter et de se tourner vers moi.

— Vous avez raison.

J'esquisse un sourire et nous nous observons quelques secondes en silence. Puis sa main vient frôler ma joue d'un geste tendre, laissant une traînée brûlante là où ses doigts se posent, me marquant au fer rouge.

— Je crois bien que c'est la première fois de ma vie où je regrette amèrement mon statut d'héritier.

Je ne réponds pas, car je sais exactement ce qu'il ressent. Son sourire est triste, résigné. Il nettoie une petite miette à la commissure de mes lèvres, je le laisse faire sans oser effectuer le moindre mouvement, si ce n'est ma poitrine qui s'agite un peu plus vite que d'habitude. Son pouce dessine le contour de ma bouche entrouverte et son regard plonge dans le mien, me faisant perdre pied avec la réalité. Ses yeux sont sombres, d'un gris profond qui tend à se confondre avec le noir de ses iris. J'ai beau tout faire pour lui résister, pour ignorer les sentiments qui m'assaillent dès qu'il est près de moi, je n'y arrive pas. Comment en si peu de temps, peut-il avoir une telle emprise sur moi ? Le repousser, c'est comme lutter contre une partie de moi-même, c'est perdu d'avance.

Maintenant, je le sais.

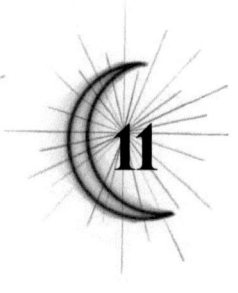

ALEXANDER

Je suis du regard le mouvement de mes doigts sur sa peau albâtre, ils tracent le contour de son visage fin. Elle retient son souffle, je le sais. J'ignore exactement où cette histoire va nous mener, avons-nous seulement un avenir ensemble ?

Tellement de questions me tourmentent l'esprit. Malheureusement à l'heure actuelle, il m'est impossible d'en obtenir les réponses.

À ma grande surprise, elle pose sa main sur mon torse sans dire un mot, je sens un léger éclair de désir me traverser, faisant écho à la lueur dans ses yeux sombres. Elle se tourne vers moi imperceptiblement, rapprochant ainsi son corps du mien. Je peux sentir la chaleur qui irradie de sa peau malgré nos habits, ces foutus habits qui font barrière entre son corps et le mien. Quelques secondes plus tard, la voilà blottie dans mes bras, son parfum délicat

147

embrume mes sens, ses lèvres frôlent mon cou me provoquant mille et un frissons. Mes doigts se referment alors sur sa taille fine dans un geste possessif, je la serre contre moi de peur qu'elle m'échappe. Nos regards se rencontrent, me faisant plonger dans l'abîme qui est le sien. Je pourrais m'y perdre pendant des heures, tant il me fascine. J'aimerais lire en elle à cet instant, savoir si elle me désire autant que moi je la veux, elle. Je pense sans aucune prétention que oui. Je suis quasiment certain que dans un autre monde où je ne serais pas celui que je suis aujourd'hui ni elle l'héritière qu'elle est, nous aurions pu être ensemble. Jamais, auparavant, je n'avais ressenti ce besoin impérieux de posséder quelqu'un, même pas avec *Elle*.

On se sourit mutuellement, mais nos sourires n'ont rien de joyeux. Je suis certain que l'on pense à la même chose elle et moi, j'espère qu'elle ressent aussi ce poids dans la poitrine, lorsqu'elle me regarde sans pouvoir me toucher, sans savoir de quoi demain sera fait. Elle est mon fruit interdit, elle est ma tentation. Et pourtant, ce soir, nous voilà ici, partageant la même couche, en étant obligés de cloisonner nos sentiments.

J'inspire lentement pour calmer mon imagination qui a tendance à devenir trop fertile en sa présence, puis effleure tendrement son nez avec le mien, avant que mes lèvres ne viennent capturer les siennes avec douceur. Elle n'y résiste pas, au contraire, sa main se perd dans ma chevelure pressant davantage nos lèvres les unes contre les autres, comme si comme moi, elle avait attendu ce moment depuis longtemps. Je me détends, tandis que ma langue se fraye un chemin dans sa bouche corail, rendant notre baiser plus intense, plus puissant. Elle se colle un peu plus à moi, réveillant mon érection, alimentant l'appétit qui me consume de l'intérieur, ce besoin animal qui ne demande qu'à se déchaîner. Ma main quitte sa hanche pour son cou, avant de glisser lentement sur son buste. Je défais un à un les boutons de sa robe, doucement je découvre son corps. Sa peau est douce, je saisis en coupe l'un de ses seins ronds, caressant le petit bouton de chair qui se love au centre de ce dernier. Elle gémit, une douce mélodie dont je me délecte à chaque fois qu'elle me donne l'occasion de l'entendre. Mon prénom, qu'elle murmure quelques secondes plus tard, est suivi d'un mouvement qui attire mon corps sur le sien, ce qui ne calme en rien le tourbillon d'émotions qui me secoue ni la soif que nous avons l'un de l'autre. Dans ses bras, je sens que je perds pied, je suis incapable de réfléchir correctement, d'écouter la voix de la raison. Pourtant, il le faudrait. On prend ce soir le risque qu'au cours de cette folle aventure, nos âmes en sortent davantage brisées.

Je détache avec lenteur mes lèvres des siennes, collant nos fronts ensemble. Ses merveilleux yeux en amande sont fermés, nous tentons tous les deux de reprendre notre souffle après pareil baiser. Appuyé sur mon coude, pour ne pas laisser tout mon poids peser sur elle, ma main quitte sa poitrine et glisse le long de son ventre jusqu'à son genou. Elle esquisse un léger sourire amusé, je suppose que j'ai dû la chatouiller par inadvertance. J'adore voir cette expression de bonheur illuminer son visage, mon cœur se serre lorsque je réalise à quel point je la trouve belle.

— Tout va bien ? me demande-t-elle avec une moue inquiète.

Non rien ne va, en réalité. Je suis en train de tomber amoureux de la seule femme que je n'ai pas le droit de posséder. Cette constatation m'effraie, car si je la perds, je sais aussi que je risque de me perdre moi-même. Je ne veux pas revivre ça une nouvelle fois. Le pire, c'est que si cela arrivait je n'aurais pas mon mot à dire. Si demain, lors de cette maudite cérémonie, elle était liée à un autre homme, aucun de nous deux ne pourrait aller contre cela, quand bien même nos sentiments sont sincères, dans notre condition, ils importent peu. Je préfère ne pas y songer et me voiler la face. Du moins, ce soir.

Je grogne, excédé par mon propre raisonnement et dans un geste un peu brutal m'empare de sa bouche une nouvelle fois. Elle hoquette, prise de court, mais y répond avec ferveur. C'est un besoin presque vital, totalement irrationnel que nous ressentons. Je sens ses doigts fins tirer sur ma chemise, ses paumes allant à la rencontre de ma peau. Ma main remonte sa robe au fur et à mesure que je découvre la chaleur entre ses cuisses. Elle se cambre contre moi, écartant imperceptiblement ses jambes. J'arrive au coin de paradis qui se loge dans la moiteur de son bas-ventre, il est à la merci de mes cajoleries, puisqu'elle ne porte aucun sous-vêtement. Je peine à garder le contrôle de moi-même, un grondement rauque remonte le long de ma gorge. Elle mord ma lèvre inférieure lorsque, du pouce, je fais pression sur le point sensible qui est son intimité. Un petit cri de plaisir lui échappe, elle porte sa main à sa bouche, honteuse, je ris tendrement et baise cette dernière, mon regard enflammé la parcourt.

— N'ayez honte, susurré-je d'une voix plus grave qu'à l'accoutumée.

Mes lèvres glissent le long de sa gorge délicate, puis ma langue découvre le goût de ses seins fermes, lui soutirant un nouveau soupir de plaisir. Son bassin se meut au rythme des ondulations de mes doigts sur sa chair sensible et de ma langue humide sur sa peau. Plus mes gestes se précisent, plus je la sens se tendre entre mes mains. Son plaisir atteint son paroxysme au moment où elle geint mon prénom et qu'elle s'arc-boute contre mon corps, lâchant prise. Son corps retombe las sur le matelas, sur son front perlent quelques gouttes de sueur. Elle déglutit, tandis que je dépose un baiser chaste sur ses lèvres et que j'écarte quelques mèches qui collent sur son visage.

— C'était…

Je la fais taire, en frôlant de mon pouce le contour de sa bouche en cœur. Mon désir à son encontre devient presque douloureux, à la limite de l'insupportable. Mais pour cette nuit, je décide d'en rester là. Je veux la faire mienne, je le souhaite plus que tout, mais je ne le ferai que lorsque je serai certain qu'elle sera à moi pour l'éternité et non juste le temps d'une nuit éphémère.

— Dormez maintenant, un long voyage nous attend demain.

Elle sonde mon regard, je lui souris pour la rassurer, puis l'attire dans mes bras. Nous nous endormons enlacés, rêvant pour ma part de ce que l'avenir pourrait être à ses côtés.

Je me réveille à l'aube, alors que les premières lueurs du soleil peinent à percer les nuages sombres. Nous sommes dans la même position que la veille, si ce n'est qu'elle a dû se tourner pendant la nuit et qu'au lieu de sa poitrine, c'est son dos qui est niché contre mon torse. Je soupire, préoccupé du peu de volonté que j'éprouve lorsqu'elle est près de moi. Pourtant, je serais incapable de regretter une seule seconde ce qui est arrivé.

Me dégageant de notre étreinte avec précaution pour ne pas la réveiller, je quitte à contrecœur notre couche et me dirige vers la bassine afin de procéder à une toilette minimaliste. Remettant de l'ordre dans mes cheveux, puis dans mes vêtements, je m'approche du lit où elle dort paisiblement. J'effleure sa joue du bout des doigts, une mine rêveuse au visage. Si je m'écoutais, je la réveillerais sur le champ pour poursuivre ce que nous avions commencé la nuit dernière. Je décide cependant d'écouter ma raison et me résigne enfin, non sans mal, à sortir de la chambre, j'ai à faire avant de quitter Lazaé.

Je retrouve Fëanor au rez-de-chaussée, en pleine discussion avec un autre homme. Lorsqu'il me voit, il se dirige vers moi, m'observant de haut en bas.

— La nuit a été courte ? lance-t-il avec humour.

Je lève les yeux au ciel et secoue la tête.

— Je vois très bien où tu veux en venir et non, ce n'est pas du tout à cause de ce que tu crois. Pas entièrement, en tout cas.

Il ricane, peu convaincu et nous sert à boire. Puis, son regard jovial s'éteint.

— Encore une attaque, à l'est cette fois. Trois morts, pris au piège dans les flammes.

J'avale amèrement ma boisson, fronçant les sourcils. Il faut à tout prix que je gagne la capitale, avant que la situation ne dégénère davantage.

— Sait-on leur mode opératoire ? Comment procèdent-ils ?

Fëanor pose son échoppe, puis soupire.

— La nuit généralement. Ils attendent que tout le monde dorme pour s'introduire chez eux, armés jusqu'aux dents. Ils pillent et mettent le feu ensuite, certains gamins ont disparu, des garçons. J'ai l'impression qu'ils cherchent à agrandir leur armée. Ça sent pas bon ! Ils ont pris apparemment deux femmes avec eux, elles n'avaient rien de particulier, si ce n'est qu'elles étaient jeunes et prêtes à marier.

Il grimace, je fais de même. Seuls les dieux savent à quelles affaires sordides ils livrent ces pauvres malheureuses.

— Je pars ce matin, je dois rejoindre Agraam et mettre mon père au courant au plus vite. Ensuite, nous lancerons une chasse à l'homme s'il le faut, il faut qu'ils paient. As-tu eu des nouvelles de mon frère ?

Il secoue la tête, navré. J'espère sincèrement qu'il s'en sortira, il est hors de question que je le perde. Quand je mettrai la main sur le responsable de son état, ce traître, je jure qu'il réglera sa dette avec son sang. Je pose mon verre sur la table, puis regarde mon vieil ami, ma main droite se posant sur son épaule.

— J'irai moi-même les arrêter s'il le faut et je traînerai à terre le salopard qui leur sert de chef. Il paiera de sa vie, pour toutes celles qu'il a prises. J'en fais le sermon.

156

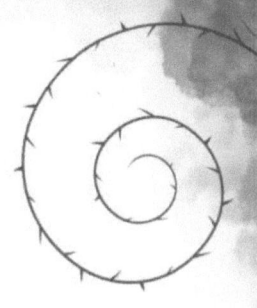

ANYA

Je me réveille légèrement étourdie, ne sachant plus où je me trouve. Mon regard discerne la plaine qui s'étend au-delà de la fenêtre, je me perds dans la contemplation du paysage verdoyant. Elles sont juste splendides ces différentes nuances de vert, tachetées parfois de jaune ou de rouge, là où quelques fleurs réussissent à percer le manteau d'herbe qui recouvre presque tout le sol.

Les événements de la veille me reviennent tout à coup en mémoire. Je rougis violemment ayant peur de me retourner et de me retrouver nez à nez avec Alexander. *Depuis quand suis-je aussi facile à séduire ?* me susurre ma mauvaise conscience, mais je balaye cette pensée d'un mouvement de cils. La vérité est qu'avec Alexander cela va au-delà de la séduction. Bien que j'aie du mal à me l'avouer, je crois qu'il est en train de se faire une place dans mon cœur, je m'en rends compte maintenant. Je soupire, comprenant l'ampleur, mais surtout la difficulté de la situation dans laquelle nous nous trouvons. Précautionneusement, je me retourne, prête à lui faire face. Mais à l'endroit où il aurait dû être, je ne trouve qu'un lit vide et froid.

Déçue, je fronce les sourcils, me demandant s'il ne regrette pas la nuit passée ensemble. Il s'est sûrement éclipsé à l'aube afin d'éviter d'avoir à m'affronter. Je mords ma langue, totalement perdue face à cet homme que je ne comprends pas. *Que dois-je en déduire ? S'est-il joué de moi ?*

Je secoue la tête, laissant de côté mon ressentiment. J'en aurai le cœur net assez tôt, de toute façon, inutile de me tourmenter avec cela.

De petits coups à la porte me sortent de ma torpeur momentanée. Je me redresse et refais les boutons de ma robe de nuit, qui avaient été défaits la veille. Quelque peu empourprée et troublée par ces images chimériques qui assaillent mon esprit en traître, j'humecte mes lèvres et me tourne vers l'entrée de la chambre.

— Entrez, dis-je d'une voix assurée.

Au pas de la porte, maintenant ouverte, se trouve la même femme que la veille. Je devine sans mal qu'il s'agit de l'épouse de Fëanor, une robe d'un vert émeraude plus distinguée que ce à quoi je m'attendais pend à son bras gauche. Elle me gratifie d'une petite révérence.

— Majesté… Je, je vous apporte de quoi vous habiller. La couturière du village a passé sa nuit à la coudre spécialement pour vous, elle n'est pas aussi luxueuse que vos toilettes habituelles, mais…

Je souris, touchée par ses mots. Puis me lève et secoue la tête en la faisant taire. J'extirpe la robe de ses bras et l'observe avec attention.

— Elle est parfaite, dis-je sans une once de mensonge. Comment avez-vous deviné qu'il s'agissait-là de ma couleur préférée ?

J'esquisse un sourire sincère, elle a l'air vraiment heureuse de me faire plaisir. Je suis émue par la bonté qui perce son regard. Je me tourne et me dirige vers le coin d'eau, posant la robe sur une chaise.

— Pouvez-vous m'aider à lacer le corsage ? demandé-je en lavant mon visage.

— Ce serait un honneur, madame.

Quinze minutes plus tard, je suis habillée et coiffée, mes cheveux ondulent le long de mon dos jusqu'à la naissance de mes reins en une jolie tresse confectionnée par Célia, qui a enfin voulu m'avouer son nom. Je lui fais cadeau de mon pendentif, à défaut d'avoir de l'argent sur moi, elle pourrait revendre les pierres précieuses en cas de besoin. Elle semble gênée, refusant dans un premier temps de l'accepter, mais je lis tout de même une joie immense dans ses jolis yeux indigo. C'est à force de persuasion que le collier pend à son cou maintenant.

Célia s'est éclipsée de la chambre il y a de cela quelques minutes, devant aller préparer le petit-déjeuner pour tous ces pauvres gens ayant trouvé refuge dans l'auberge. Je demanderai à mon père de leur faire don d'une bourse d'or pour les remercier de la solidarité dont ils ont fait preuve. Nous avons conversé pendant qu'elle me coiffait de l'état pitoyable dans lequel certains paysans se trouvaient en arrivant à Lazaé la veille. Il y avait même des orphelins parmi eux, ayant perdu père ou mère, parfois les deux, lors de l'assaut des barbares. Je suis estomaquée par tant de violence gratuite et ne comprends pas leur objectif, encore moins la cause qu'ils défendent. Mais la seule chose dont je suis certaine, c'est qu'il faut y mettre fin, avant que d'autres innocents n'en souffrent.

Mes yeux parcourent la petite salle principale de l'auberge. Je sens plusieurs regards peser sur moi, dont celui d'un homme brun à l'aspect un peu bourru. Son regard est implacable, il dépose des pièces sur la table, puis sort de la taverne sans un mot. Je fronce les sourcils, jusqu'à ce qu'une voix braillarde attire mon attention.

— Eh, ma jolie, ça te dirait de venir embellir ma journée ?

Je le dévisage, son nez est rouge, ses yeux vitreux, il est évident qu'il est sous l'emprise de l'alcool. Je m'apprête à lui cracher une réplique cinglante lorsqu'une puissante main se pose sur ma taille me faisant sursauter. L'homme blêmit, puis s'incline balbutiant des « majesté » et des « je suis navré » à tout va. Mon cœur, lui, papillonne déjà en sentant la présence familière et rassurante d'Alexander derrière moi.

Son souffle chaud caresse ma peau, j'avale difficilement ma salive ne sachant quel comportement adopter étant donné ce qui est arrivé au cours de la soirée. Ses lèvres se posent sur ma joue, effleurant le coin de mes lèvres. Je me sens rougir, d'autant plus que tous les regards sont braqués sur nous.

— Cette couleur vous va à merveille, chuchote-t-il m'entraînant vers une table un peu à l'écart.

Nous y prenons place, je me décide enfin à croiser son regard. Il a l'air heureux, ses yeux gris pétillent, ils ont quelque chose de différent. Je refuse de croire que j'en suis la raison, même si la façon dont il m'observe laisse ce mince espoir se faufiler dans les méandres de mon esprit embrouillé.

— Avez-vous bien dormi ?

Son éternel rictus joueur apparaît sur ses lèvres, me faisant avaler de travers la bouchée de bacon que je viens d'ingérer. Je toussote et suis obligée d'accepter le verre d'eau qu'il me tend. Il rit, amusé, je le fusille du regard, mais suis incapable de lui en vouloir bien longtemps.

— Très bien, merci. Et vous ?

J'arque un sourcil, dans une piètre tentative de ne rien laisser paraître. Son sourire s'agrandit, je suis bien obligée de rigoler.

— Parfaitement bien. Vous m'excuserez de m'être enfui au petit matin, mais j'avais certains préparatifs à régler avant notre départ.

Je hoche la tête, rassurée par ses mots. Ses doigts effleurent distraitement les miens posés sur la table, je plonge mon regard dans le sien. Je serais incapable de définir notre relation, si ce n'est que nous profitons de ce que l'instant présent veut bien nous accorder, de doux moments d'insouciance, avant que la réalité de notre position ne nous rattrape.

— Quel est le programme ? demandé-je, en reprenant une autre bouchée de mon petit-déjeuner avec appétit.

Il tire une carte de sa poche et l'étale sur la table. Je l'observe attentivement.

— Nous sommes ici, dit-il désignant du doigt un point où le nom de Lazaé est inscrit à l'encre noire. Nous contournerons la forêt, inutile de prendre le risque de recroiser nos assaillants. Du coup, nous passerons plutôt par les Plaines Verdoyantes, qui se trouvent à la frontière du lac Anoorien, puis nous traverserons la rivière située à plusieurs lieues de la muraille qui entoure la capitale.

Je l'écoute, suivant du regard les points que son doigt me montre sur le bout de parchemin. Je me mords la lèvre inférieure hésitante.

— Nous en avons pour combien de temps ?

Il referme la carte, puis repose son dos contre le dossier de la chaise. Les bras croisés sur son torse, le tissu de sa chemise est tendu au maximum, ne laissant aucune place à l'imagination concernant ses pectoraux.

— Si rien ne vient nous ralentir, entre quatre et cinq lunes je dirais. Il y a des habitations un peu plus bas, si nous longeons la forêt. Nous pourrons y trouver refuge. Pour ce qui est du reste, Fëanor s'est chargé de me le fournir.

— D'accord. Des nouvelles concernant votre frère ?

Son regard s'assombrit, tandis qu'il secoue la tête.

— Aucune.

— Et les attaques ?

Il soupire, tendu.

— Deux autres aux frontières de Lixia, nous devrons être extrêmement prudents. Ils peuvent se cacher n'importe où.

Son sérieux et ses mots font monter la tension d'un cran. J'essaye de ne pas montrer mon inquiétude, mais visiblement, il lit en moi tel un livre ouvert. Sa main se pose affectueusement sur la mienne, je scrute les traits de son visage.

— Je vous promets que rien ne vous arrivera tant que vous serez avec moi.

Je sais qu'il est sincère, pourtant, nous ne sommes sûrs de rien. S'ils sont aussi nombreux que ceux nous ayant attaqués dans la forêt d'Ursaa, nous n'avons aucune chance de les battre. Je hoche néanmoins la tête, entrelaçant nos doigts qu'il porte à sa bouche.

Un raclement de gorge me fait sursauter, Fëanor. Je rougis et retire ma main, alors qu'un discret sourire se dessine à la commissure de ses lèvres.

— Majesté, les chevaux sont prêts, ce que vous m'avez demandé aussi.

Alexander se relève pour le remercier pour toute son aide, ainsi que son épouse, qui me regarde les yeux brillants. Je fais de même et après avoir déposé une cape de voyage sur mes épaules, nous sortons de l'auberge. Dehors, le soleil brille. On entend le chant des hirondelles dans les arbres aux alentours. La douce chaleur du magnifique astre caresse ma peau, la légère brise marine me berce lentement. Je n'ai pas envie de quitter cet endroit paisible, pourtant, il le faut.

Le prince me tend la main et je chevauche l'étalon blanc, dont la crinière est tachetée de noir. Il glisse sa main sous mon jupon, j'écarquille les yeux, gênée, car nous ne sommes pas seuls. Il rit et secoue la tête.

— Une dague ma chère, détendez-vous.

Je sens effectivement le métal froid se nicher au creux de ma botte, même s'il en profite pour me caresser la cheville discrètement en retirant par la suite sa main. Je pince mes lèvres pour m'empêcher de rire, tandis qu'il me gratifie d'un sourire angélique. Il sait visiblement se servir de ses charmes.

Une fois les sacs accrochés de part et d'autre des flancs de nos chevaux respectifs, nous reprenons notre chemin. Ce dernier s'annonce long et éprouvant, mais il le faut, pour nos peuples, pour Llyrh.

Voilà quasiment deux lunes que nous cavalons sous une météo moins clémente que les jours précédents. Le jour, la chaleur devient suffocante, la nuit, la pluie prend le relais. Exténués, nous avons trouvé refuge la nuit dernière dans une vieille bâtisse qui longeait la forêt, quelques lieues au sud de Lazaé. Elle appartient à un noble et par conséquent nous avons joui de nombreuses commodités, dont un bon festin et deux chambres. Cela n'a pas empêché Alexander de se faufiler au milieu de la nuit dans la mienne, à mon plus grand bonheur. J'ai pu profiter de la chaleur de ses bras et du goût exquis de ses lèvres encore une fois. Nous ne sommes pas allés plus loin, il met un point d'honneur à me respecter et je lui en suis reconnaissante. Puis, il aurait été fâcheux de se faire prendre.

Le crépuscule laisse désormais ses dernières couleurs peindre le ciel, l'azur s'éclaire peu à peu d'un millier de points lumineux. D'ici deux lunes, nous aurons atteint la rivière qui sépare la capitale des autres villes, j'ai hâte, mais en même temps, je suis effrayée face aux doutes qui me tourmentent. Une fois au palais, tout sera terminé. Ces moments à deux ne deviendront que des lointaines chimères évoquant ce qui aurait pu être, mais qui ne sera jamais. Cette idée me tord le ventre, je supporterais mal d'être unie à un autre homme, alors que tout mon être le réclame, lui.

Au loin, nous apercevons le scintillement de l'eau du Lac Anoorien, la lune et les étoiles s'y reflètent peignant un magnifique tableau. Un peu plus au sud-est, plusieurs nuages de fumée s'élèvent dans le ciel, témoignant des vestiges d'un petit village détruit par les rebelles. C'en est désolant.

Alexander m'annonce que nous allons passer la nuit à cet endroit. Nous sommes cachés par la lisière de la forêt de deux côtés et face à nous s'étend le lac. Nous attachons les chevaux à un tronc d'arbre, puis récoltons de quoi faire un feu. Pendant que je regarde le foyer de flammes prendre vie, il dresse une petite tente qui nous servira d'abri pour la nuit. Il a l'air d'avoir fait ça toute sa vie, puisqu'il la monte avec adresse. Je l'informe avoir besoin d'intimité, ma vessie est sur le point d'exploser. Du coup, je m'enfonce légèrement dans la forêt, afin de me dissimuler là où les feuillages sont un peu plus épais. Je grimace, guère habituée à faire ce genre de choses en pleine nature, mais le temps n'est pas aux caprices, je vais devoir faire avec.

Chose faite, je reviens sur mes pas, mais alors que je ne suis qu'à quelques mètres du petit campement, une main s'abat sur ma bouche et une autre pointe une lame contre ma carotide. Je me débats, en vain, puis déglutis en voyant les ombres se déplacer autour de moi.

— Tout doux. Tu croyais pouvoir nous échapper ? ricane l'homme qui me tient en joue.

Son visage, cette fois n'a aucun masque pour le couvrir. Lorsque son regard croise le mien, éclairé par la lumière d'une torche, je me rends compte qu'il s'agit de l'homme que j'ai vu à l'auberge avant que nous ne quittions Lazaé. Je m'en veux de ne pas avoir signalé à Alexander son comportement suspect. *Alexander... Oh par les divinités. Faites qu'il ne lui arrive rien, je vous en conjure !*

Je me débats de plus belle, avec rage. Mais ils sont maintenant plusieurs à me tenir, je sens un liquide chaud couler le long de ma gorge, il m'a entaillé ce goujat ! Je leur lance un regard mauvais, alors qu'eux, ils me dévisagent, affichant un rictus cruel qui ne me dit rien qui vaille. J'ai envie de leur cracher dessus, mais plus que tout, j'ai envie de crier à Alexander de fuir.

Trois hommes m'encerclent et m'obligent à avancer vers l'endroit où la tente est dressée. Je me sens impuissante, tout cela est ma faute ! Une fois à découvert, celui qui me tient se racle la gorge pour signaler notre présence au prince, qui nous tourne le dos, faisant face au feu.

— Tiens, tiens ! Alexander d'Agraam. Quand je vous disais que la chasse allait être bonne les gars.

Ils éclatent tous d'un rire sinistre, alors qu'Alexander fait volte-face, pris au dépourvu. Son regard affolé croise le mien apeuré. Je n'ai pas peur de ce qui peut m'arriver, c'est son sort qui m'inquiète.

— Lâchez-la ! ordonne-t-il, sortant son épée du ceinturon accroché à sa taille.

Nos assaillants lui lancent des regards moqueurs, puis celui qui semble être leur chef presse davantage la lame contre ma peau, m'arrachant un gémissement de douleur.

— À ta place, petit prince, je poserais ça au sol, sur le champ. Il serait dommage d'abîmer ce petit minois, tu crois pas ?

Tout en disant cela, il frotte sa joue râpeuse contre la mienne, j'ai envie de vomir. Alexander, lui, semble bouillir de l'intérieur. Je lis dans son regard une rage sans nom. Mais, malgré tout, il obtempère, resigné. *Non, non ! Ne fais pas ça, je t'en supplie !* Mais l'épée tombe dans un bruit sourd sur l'herbe, à mon grand désarroi. Il est maintenant aussi vulnérable que je le suis, si ce n'est plus. J'écarquille les yeux, essayant de crier afin de l'alerter, en vain. Au même moment, les hommes qui étaient jusqu'ici cachés dans la forêt s'abattent sur lui, le couvrant de coups. Il n'a aucune chance de leur échapper. Je le vois tomber au sol, essayant de protéger son visage et ses côtes. C'est en vain.

— Alexander ! crié-je désespérée. Lâchez-le bande de brutes ! Lâchez-le, vous allez le tuer !

Je m'agite, je me débats, je suffoque. *C'est un cauchemar !* Je pleure, comme jamais je n'avais pleuré auparavant. Je pleure de douleur, mais aussi de haine. Je les hais, je n'hésiterais pas à leur planter une lame dans le cœur si j'en avais le pouvoir.

D'horribles craquements d'os resonnent dans le silence de la nuit. Je frémis tandis que mes sanglots redoublent, impuissante. Je comprends leur objectif et pourquoi ils ne semblent pas vouloir arrêter : *ils veulent en finir avec sa vie.* Ils doivent en avoir reçu l'ordre. Aucun homme ne se risquerait à tuer un prince. Ils doivent être sûrs de leur coup.

Je mords la main de mon assaillant jusqu'au sang, qui

me lâche sur le coup de la surprise, en lançant des insultes à mon encontre. Je m'élance vers Alexander, consciente d'y trouver certainement la mort, mais peu importe, je ne peux les laisser l'assassiner. Cependant, quatre mains me coupent dans mon élan, me plaquant au sol avec force. La violence de la chute me coupe le souffle, je sens l'air quitter mes poumons. Je ne vois pas le coup venir, lorsqu'un poing s'écrase lourdement sur ma joue.

Je me sens sombrer, mon regard désormais flou ne distingue que la silhouette de l'héritier inanimée qu'on lance dans le cours d'eau. Et c'est vers cet homme courageux, qui a su toucher mon cœur, qui se dirige ma dernière pensée, avant que je ne perde connaissance.

— Alexander…, murmuré-je alors que tout autour de moi devient ténèbres.

13

ANYA

J e me réveille couchée sur un lit de paille, non, un tas de paille. Mes cervicales me font souffrir, ma tête est sur le point d'imploser, ma pommette droite n'en parlons pas. Je grimace, sans parvenir pour autant à ouvrir les yeux. Le souvenir de la veille se répand douloureusement dans mon esprit, me faisant revivre encore et encore la même scène. Mon cœur se fissure un peu plus à chaque fois que la conclusion de cette nuit sordide m'apparaît, telle une évidence que je ne suis pas prête à accepter : *Alexander est mort*. J'étouffe un sanglot, brisée.

Le cœur en miettes j'ai envie de crier, de hurler, mais tout son refuse de franchir mes lèvres, bloqué au fond de ma gorge. Ils l'ont tué, ils l'ont assassiné. La colère, le chagrin dû à sa perte et cette sensation d'injustice me nouent le ventre, faisant naître un tout autre sentiment en moi. C'est perfide, c'est malsain, c'est la haine, le besoin de leur faire payer. J'ai l'impression que, tout comme lui, la joie m'a quittée. J'ai froid, non pas car les températures n'arrivent pas à réchauffer mon corps, mais parce que mon cœur est comme glacé, anesthésié.

Je me redresse, malgré la douleur, refusant de rester une minute de plus roulée en boule, à me lamenter sur mon sort. Je pose un regard nouveau sur ce qui m'entoure, comme si, le voile avait été soudainement levé, me laissant face à une réalité différente, bien plus amère. Je remarque à peine la cordelette qui tient mes poings liés, mon attention est portée sur l'homme qui ronfle à quelques mètres de moi. Autrement, la pièce est vide. J'observe quelques tonneaux posés dans un coin de ma nouvelle tanière, ils servent de table de fortune, à observer les quelques verres vides qui trônent dessus. Tout est sale, poussiéreux, un vrai taudis. La crasse au sol semble ternir cet endroit depuis des mois, si ce n'est plus. Mais à vrai dire, là tout de suite j'ai une tout autre priorité que la propreté des lieux : *m'échapper*.

Je baisse mon regard vers le bas de ma robe en piteux état. Je remonte tant bien que mal cette dernière pour accéder à mes bottes. Je remercie le ciel qu'Alexander ait eu l'idée de cacher ce poignard-là. Rien que de songer à lui, j'ai l'impression qu'on m'assène un coup en plein ventre. Je serre les dents, extirpant en silence l'arme blanche, puis m'attelle à frotter la lame contre le toron, défaisant peu à peu les fils grossièrement tressés. Les poignets meurtris, mais libres, il me faut une bonne quinzaine de minutes avant d'arriver à couper entièrement les liens. Heureusement, à en juger par la bouteille de rhum vide renversée aux pieds de mon maton, ce dernier paraît profondément endormi. *Idiot !*

Sur la pointe des pieds, je me relève. Je plisse les yeux en examinant la porte qui me sépare d'un dédale de couloirs miteux, aussi crasseux que la pièce dans laquelle je me trouve. La serrure de la grille est rouillée, je crains qu'en l'ouvrant elle grince, réveillant le brigand. *Ai-je le choix de toute manière ?* Nul doute que non, à moins que je me résigne à moisir ici à leur merci. *Jamais !*

J'inspire profondément, enroulant la corde qui me tenait précédemment prisonnière autour de mes poignets. Je tire avec précaution dessus, m'assurant de sa solidité. Je déglutis, peu fière de ce que je m'apprête à faire, mais c'est sa vie ou la mienne. Après tout, il n'a pas hésité lui non plus à participer à la mort d'un innocent, d'un futur Roi. Il est condamné quoiqu'il arrive, son crime est passible de peine de mort, pour haute trahison envers Llyrh.

Je contourne l'homme, qui ne doit pas dépasser la trentaine. J'observe une dernière fois ses traits figés avant d'enrouler la corde autour de son cou d'un geste précis et assuré. Sur le coup de la surprise il ouvre les yeux, dans un sursaut. Il porte ses doigts à son cou, essayant vainement de crier ou d'avaler une goulée d'air ou encore de se libérer de la corde qui l'étrangle. Je le prive de ce qui lui permet de rester en vie, l'oxygène, comme eux, ils m'ont privée de lui. Son regard se fait suppliant, le mien est froid et distant. Je resserre ma prise avec toute la force dont je me sens capable, m'aidant de la grille contre laquelle mon dos repose et prenant appui avec mes pieds sur le dos de sa chaise. Je tire, jusqu'à ce que son teint vire au bleu, jusqu'à ce que ses iris gris ne bougent plus, jusqu'à ce que sa poitrine s'affaisse pour de bon, jusqu'à son dernier souffle. Ses mains retombent mollement le long de son corps livide, je me laisse glisser épuisée et au bord des larmes à ses côtés. Je viens d'ôter une vie, je ne risque pas d'oublier cette image de sitôt, elle me hantera tout au long de mon existence. *À condition que je sorte vivante d'ici bien évidemment.*

Soudain, des jappements se font entendre au loin, j'ai l'impression qu'ils proviennent du couloir situé à ma gauche. Ce sont des pas qui n'ont rien d'humain, on dirait des griffes qui éraflent la pierre. Puis, une voix grave m'informe qu'un homme accompagne ce qui est en approche. Sans réfléchir j'extirpe de la ceinture de l'homme que j'ai tué le trousseau de clés, qui n'en contient que deux. Je me saisis de la plus grosse, vu la taille de la serrure de la grille et la glisse à l'intérieur de cette dernière, essayant de calmer mes tremblements. Un « clic » se fait entendre, me signalant que j'ai réussi à l'ouvrir. Je tire sur le battant et me rue dehors, comme si j'avais le diable aux trousses. *N'est-ce pas le cas ?*

Je m'engouffre dans le couloir de droite en courant. L'obscurité m'enveloppe, je n'y vois pas grand-chose, mais j'ai actuellement une seule idée en tête : ne pas m'arrêter ! Tout est humide, j'entends quelques gouttelettes que je suppose tomber de quelque part au-dessus de ma tête, avant de s'écraser au sol en une litanie régulière. Le bruit de mes pas m'indique que le sol est désormais mouillé, l'humidité ne tarde pas à pénétrer dans le tissu de mes bottes, mes pieds sont trempés. *Où suis-je ?* Je n'ai pas le temps de m'attarder sur la question que je me vois obligée de freiner ma course. À quelques mètres de moi, une paire d'yeux rouges me fixent avec animosité. Un grognement animal derrière moi me fait sursauter, ils ne sont pas un, mais deux et je n'ai aucune idée de quoi il s'agit, la noirceur ambiante ne m'aidant pas à les identifier. Au bruit, je dirais des loups ou tout autre canidé du genre, mais la hauteur de leur regard voudrait dire qu'ils sont immenses, de ma taille pour être exacte. Le cœur battant, je brandis ma lame, guère convaincue de son utilité face aux monstres qui m'encerclent. Je ne donne pas cher de ma peau s'ils m'attaquent.

J'ai entendu dire qu'à l'est, des monstres de sable se cachent dans les dunes et sous le sol aride de Ghervos, mais je n'en avais jamais vu de mes propres yeux. S'agirait-il de ces mêmes créatures ? Je n'en serais pas surprise, j'ai bien un griffon pour ami après tout. Seule différence, Sira, elle est libre, c'est elle qui m'a choisie pour amie. Alors que ces bêtes, elles sont domptées par quelqu'un.

Mes pensées se confirment lorsque la lueur d'une torche éclaire les alentours, me faisant découvrir avec horreur les deux colosses qui menacent ma vie. J'écarquille les yeux en découvrant ces deux chiens qui semblent tout droit sortis des enfers. Leur peau, au lieu de fourrure, est couverte d'écailles, leur couleur est sablonneuse. Leurs yeux rouge-sang me fixent avec… faim ? Les pattes sont immenses et quant à leur imposant gabarit, je préfère ne pas songer à ce qu'il se passerait s'ils décidaient de s'abattre sur moi, encore moins à leur immense gueule écumeuse, dont les rangées de dents acérées me font frémir d'effroi.

— Au pied ! lance une voix grave et autoritaire dans mon dos.

Je me tends, prise au piège. Quoi que je fasse, cette histoire ne peut que mal se finir. L'homme, qui semble être leur maître, s'avance suffisamment pour que je puisse découvrir ses traits. Je commence par deviner sa taille, d'un bon mètre quatre-vingt-dix, il me dépasse d'au moins une tête. Ses jambes, sûrement travaillées par des années d'effort tendent le tissu du pantalon en toile qui les couvre. Son torse, lui, est dissimulé par une chemise en peau d'animal, moulant des épaules larges et des pectoraux saillants. Je me fige sous son regard d'un vert luisant, sa mâchoire carrée s'harmonise avec la virilité qu'il dégage. Ses lèvres sont incurvées en un rictus amer. Mais si je suis autant sous le choc, c'est que mis à part la couleur de ses yeux et ses cheveux bouclés d'un noir de jais, j'ai l'impression de faire face au portrait craché d'Alexander. Ou plutôt, devrais-je dire son jumeau maléfique ?

— Comment ?

Je suis consciente de le dévisager de façon peu opportune, les convenances voudraient que j'arrête immédiatement de le toiser ainsi, mais je suis bien trop abasourdie par cette découverte pour me préoccuper de l'éthique. Il laisse échapper un rire grave, qui me rappelle douloureusement celui que j'ai récemment perdu. Un frisson glacé me parcourt l'échine et cela n'a rien à voir avec l'humidité des lieux ou mes bottes mouillées. Je me tiens immobile, mes jambes refusant de m'obéir, tandis qu'il fait un pas dans ma direction, puis un autre, jusqu'à se trouver à quelques centimètres de moi.

— Comment ? Figurez-vous ma chère que c'est la question qui me taraudait depuis vingt-et-un ans, avant que je n'en découvre la raison.

Je fronce les sourcils. Il me tourne autour tel un fauve. Je ne bronche pas, que puis-je faire de toute manière ? Je pourrais lui planter mon poignard en plein cœur, mais je me ferais aussitôt dévorer par ses chiens de garde. Sa main se pose sur la mienne, m'obligeant à libérer la seule arme que je possède pour me protéger. Ensuite, il glisse ses doigts sur mon épaule. Se tenant derrière moi, il les fait remonter lentement le long de ma gorge, jusqu'à ma joue, je frémis.

— Vous avez réussi à nous échapper la première fois et voilà que je découvre avec surprise que vous avez tué l'un de mes hommes ! Une petite princesse telle que vous, je ne vous en croyais pas capable. Je comprends mieux pourquoi mon petit frère vous a choisi.

Mon cerveau refuse d'assimiler ce qu'il vient de dire. Je me dégage de son emprise et me retourne lui faisant face. Les chiens s'agitent autour de nous, en grognant, mais un regard de cet homme suffit à les calmer.

— Balivernes ! Vous savez aussi bien que moi que c'est impossible. Alexander n'a qu'un frère, et ce n'est pas vous ! Chaque famille royale n'engendre que des jum…

— Des jumeaux et blablabla…, je sais, me coupe-t-il émettant un soupir las. Sauf si le roi décidait de prendre une maîtresse et de l'engrosser, bien évidemment. Cela fait donc de moi le bâtard qui aurait entaché sa réputation à tout jamais, celui dont il fallait à tout prix se débarrasser !

Ces derniers mots, il les a crachés avec véhémence et dégoût. Si bien, que je me suis reculée, me retrouvant acculée, dos à la paroi humide du couloir. Le Roi Kroan aurait transgressé les règles ? Aurait-il trompé la reine, puis mis enceinte une pauvre fille avant de l'obliger à abandonner l'enfant ? Je secoue la tête refusant de croire de telles inepties. Impossible ! Il mentait, il le fallait !

— Vous ne me croyez pas, ah ? Bien évidemment, je n'attendais pas moins de vous. Votre système est si parfait, impossible qu'il puisse y avoir une quelconque faille, n'est-ce pas ? Pourtant… ne me dites pas que l'idée qu'une stupide *Sphère* choisisse votre avenir vous enchante. Et si vous tombiez amoureuse du mauvais héritier ? Et si ce dernier en épousait une autre ? – Il se penche vers moi – Et si Alexander devait faire sa vie avec une autre sachant pertinemment que c'est vous qu'il aime et inversement ? Le supporteriez-vous ?! Ne seriez-vous pas tentée de laisser libre cours à votre passion mutuelle tant qu'il est encore temps ?

Je le regarde avec aversion, puis le gifle avec toutes les forces dont je me sens capable.

— Je vous interdis de mentionner son nom, de parler de lui ainsi. Vous l'avez fait tuer ! Alors qu'il s'agissait de votre frère ! N'éprouvez-vous donc aucun remords ?!

Une larme roule le long de ma joue, une larme de rage, de douleur. Cet homme insensible se recule en riant, comme si ma gifle n'avait été qu'une caresse.

— Demi-frère pour être exact. Dans toute guerre il y a des dommages collatéraux princesse, navré que cela soit tombé sur lui. Mais il est temps que je prenne la place qui me correspond. Ce ne serait que justice après tout !

Sur ces mots il m'attrape le bras sans ménagement, me tirant à sa suite. Je ne me débats pas, le regard assassin de ses monstres m'en dissuade. Je me jure seulement de lui faire payer. De le laisser croire à sa gloire, pour que la chute ne soit que plus brutale, pour qu'elle lui soit fatale. J'en fais le sermon.

ANYA

Voilà sept lunes, que je suis coincée ici, à en croire l'astre brillant que j'aperçois au loin, grâce à la minuscule grille au-dessus de la cage qui me retient prisonnière. Marcus m'a fait sortir du dédale de couloirs où il m'a trouvée pour m'entraîner au cœur de leur refuge, dans les catacombes. J'avais vaguement entendu parler des ruines au sud-ouest d'Agraam, je n'aurais jamais imaginé qu'elles puissent avoir une telle envergure. D'après mes geôliers, elles s'étendent sur des centaines de kilomètres dans plusieurs directions, c'est ce qui leur permet de rester cachés, sans que la garde royale n'arrive à leur mettre la main dessus. Ils se déplacent sous terre, sans être vus. Je dois avouer qu'ils sont rusés, à mon plus grand désarroi, aucune chance que l'on me retrouve ici.

J'ai compté une vingtaine de rebelles, comme ils se plaisent à appeler leur groupe de criminels. Mais je doute qu'ils ne soient au complet et que d'autres doivent, à l'heure qu'il est, causer des ravages dans les Terres de Llyrh. Je ne peux m'empêcher de craindre qu'ils n'aient atteint Ursaa, mon foyer. Je songe à mes parents, me demandant où ils peuvent bien être à l'heure qu'il est. Puis, Elenna, a-t-elle réussi à rejoindre la capitale avec Annie et Lucie sans subir d'autres attaques ?

Un grognement de frustration m'échappe, assise sur un lit sommaire qui me sert de couche, seul meuble de ma cellule, j'ai du mal à tenir en place. La grille grince dans mon dos, je me tends en découvrant celui vers qui toute ma haine est dirigée. Je me relève, me campant fermement sur mes deux pieds. Je le hais, je le déteste et non seulement pour ce qu'il a pu faire à son frère, ou pour toutes les personnes qu'il a privées de foyer, mais, car il ravive cruellement le souvenir et le manque d'Alexander. Pourtant, ils n'ont rien en commun, si ce n'est le physique et alors que je pleure chaque nuit la perte du prince, celle de son frère serait à mes yeux, la meilleure des consolations.

Il affiche un rictus amusé lorsque son regard perçant croise le mien fou de rage. Sa louve, comme il tend à m'appeler depuis quelques jours, a soif de vengeance, elle est prête à sortir les griffes et lui sauter à la gorge.

— Que voulez-vous ? dis-je d'un ton cinglant, en lui lançant un regard noir.

— Du calme ma douce, – il sourit en coin – j'ai supposé que vous apprécieriez peut-être un peu de compagnie.

Sa familiarité me révulse, davantage lorsque ses doigts se posent sur ma peau. Un frisson de dégoût me traverse lorsqu'il coince une mèche rebelle de mes cheveux derrière mon oreille, je m'écarte de lui, comme si son contact m'avait brûlée.

— Ne me touchez pas ! Et vous supposez mal, je n'ai guère besoin de compagnie, encore moins de la vôtre.

Une lueur de défi semble l'animer, il fait un pas dans ma direction, j'en recule de deux. Prisonnière de ses bras et acculée contre le mur de ma prison, je n'ai d'autre choix que de lui faire face. Il se penche vers moi, frôle mes lèvres, je retiens ma respiration, mais au lieu de m'embrasser, sa bouche glisse jusqu'à mon oreille.

— Bientôt, vous n'aurez d'autre choix que de vous soumettre à moi. Quand je les aurai tous tués, un à un, vous céderez, vous me supplierez de vous faire mienne.

Une larme perle au coin de mes yeux, puis dévale mon visage traçant un sillon sur ma joue. Je ferme les yeux et secoue obstinément la tête.

— Jamais ! Plutôt mourir !

Sa main encercle ma gorge, je sursaute, tel un lièvre pris dans le piège d'un chasseur.

— Regardez-moi Anya.

Je sens son souffle mentholé caresser ma peau, sa voix rauque me laisse entendre qu'il perd patience.

— Regardez-moi ! gronde-t-il me faisant tressaillir et m'obligeant à ouvrir les yeux.

Il sonde mon regard de ses yeux émeraude, leur couleur est étonnamment vive. C'est un bel homme, aucun doute là-dessus, mais sa cruauté l'enlaidit, je ne vois en lui qu'un monstre sans cœur. Comment peut-il croire un seul instant que je peux me donner à lui après ce qu'il a fait ? Je préfèrerais encore qu'il me tue, dans d'atroces souffrances, que de lui céder. Il finit par me lâcher, son visage est désormais fermé. Je souffle de soulagement, m'autorisant enfin à respirer.

— Ce n'est qu'une question de temps, je le sais.

Il marmonne ces mots pour lui-même, puis sans un regard, quitte la cellule, laissant la grille ouverte.

— Allez où bon vous semble dans les ruines, mais ne tentez pas de fuir, car peu importe où vous irez, je vous retrouverai.

La seconde d'après, il n'est plus dans mon champ de vision. Je sais que ses sbires sont postés un peu partout dans chaque sortie, sans compter ses molosses, des *hurleurs* comme il les appelle, qui pourraient retrouver ma trace en un clin d'œil. Il faut que je réfléchisse à un moyen de sortir d'ici, mais comment ? Découragée, je me laisse glisser le long de la paroi rugueuse. Il me faut une solution, surtout maintenant que j'ai compris ce que Marcus attend de moi.

Marcus

Le miroir de ma chambre me renvoie mon reflet. Je fulmine intérieurement, elle m'a repoussé, encore. Que diable pouvait-elle lui trouver que je n'ai pas ? Cet imbécile, après tout, il a pris ma place, il a volé ce qui m'était dû, il est alors normal que j'en fasse de même, non ? Lui prendre la vie, puis lui voler celle qu'il a aimée ! Je ne regrette pas de l'avoir éliminé, cette mascarade avait assez duré. Mon père devra répondre lui aussi de son acte odieux, il devra me reconnaître comme héritier de son trône et alors, Agraam sera à moi, bien que je ne compte pas m'arrêter là. Ils vont tous répondre de leurs crimes impunis, leur égoïsme, ils vont tous payer *sa* mort.

J'envoie valser de rage l'encrier et la plume posés sur la commode de ma chambre. J'inspire profondément, essayant de retrouver mon calme. C'est leur humiliation qui a eu raison de la santé de ma mère, de son bon sens, de sa vie. Ils croient pouvoir disposer de nos vies sans conséquence. À cause d'eux, elle est morte de chagrin.

Je me dévêtis, coléreux, je n'arrive pas à m'apaiser. Je n'avais connu une telle fureur depuis des mois. Tendu, je me laisse choir sur le lit, fixant obstinément le plafond. Des bruits légers de pas dans le couloir se font entendre quelques minutes plus tard, puis ma porte grince, quelqu'un y pénètre. D'un œil appréciateur je dévisage la créature qui se trouve devant moi.

— Sir...

Elle s'incline, sa chevelure de feu s'agitant lorsqu'elle se baisse. Son visage poupin me fait face, un sourire gourmand se dessine sur ses lèvres. Lyz, il n'y a qu'elle pour oser s'aventurer dans mes quartiers sans la moindre appréhension. Courtisane à la cour, déesse de la nuit, elle est à l'origine de l'empoisonnement de Logan. Elle a su séduire les deux frères, sous mes ordres, allant jusqu'à obtenir leur cœur, pour mieux les briser. Elle est ma plus chère alliée à Agraam. Personne ne peut se douter que, derrière ce masque angélique, se cache un visage beaucoup plus sombre. Ce n'est pas pour rien que nous l'appelons la veuve noire, son défunt ex-mari ne l'a découvert que trop tard. Pourtant, pour des raisons que j'ignore, elle m'est loyale, si ce n'est plus. C'est l'un de mes meilleurs atouts pour arriver à atteindre le trône d'Agraam.

— Lyz, que me vaut ce plaisir ?

J'arque un sourcil interrogateur, alors que d'une main elle défait le nœud de la cape qui recouvre ses courbes voluptueuses. Un seul geste et la voilà nue, offerte. J'inspire lentement, le fantôme d'Anya hantant encore un des recoins de mon esprit. Je fronce les sourcils, plantant mon regard dans le sien.

— Si tu crois qu'il est à ce point facile d'obtenir mes faveurs, tu te trompes.

Elle lâche un rire enjôleur, alors qu'elle s'avance d'une allure féline jusqu'à moi, m'offrant une vue panoramique de son corps de nymphe. Je comprends pourquoi mes frères ont flanché, ces faibles.

— J'ai cru comprendre que vous étiez stressé par cette petite g…

Elle s'interrompt, son regard lance des éclairs, je devine sans peine ce qu'elle doit penser d'Anya, je pourrais presque sentir la jalousie la consumer. Mais elle se reprend aussi vite et sourit à nouveau, comme si de rien était.

— Je souhaitais seulement apaiser vos tourments et vous offrir un peu de réconfort, ajoute-t-elle d'une voix mielleuse.

Pas dupe, je laisse mon rire grave emplir la pièce. Son regard s'attarde quelque part entre mon bas-ventre et mon entrejambe, mon sexe réagit aussitôt. Je ne suis qu'un homme après tout et conscient des merveilles que cette petite bouche rose peut faire qui plus est. Ce ne serait pas la première fois que cette diablesse et moi serions intimes, je connais les courbes de son corps par cœur.

Sans qu'elle s'y attende, je l'attire sur moi, avant de la plaquer au matelas. Un petit cri étranglé lui échappe sous le coup de la surprise, l'instant d'après mes lèvres capturent les siennes. Elle n'y résiste pas, s'abandonnant à mes baisers et à mes caresses. La rousse soupire d'aise, ignorant que je rêve du corps d'une autre à sa place. Je la pénètre sans tendresse, elle gémit de douleur encaissant mes coups de boutoir de plus en plus violents. Il n'y a pas de place pour la tendresse dans notre relation et c'est tout aussi bien. Lorsqu'elle atteint l'orgasme, pour la première fois depuis que nous partageons notre intimité, je ne l'y accompagne pas. Déçue, elle me fixe alors que je m'écarte et me relève. Son regard brille de colère, mais je m'en moque, entre nous ce n'est que du sexe, elle le sait depuis le départ.

— Qu'est-ce que t'attends ? J'ai des choses à faire ! dis-je d'une voix acide.

Si je m'en veux de la traiter avec rudesse ? Non, ce n'est qu'une putain et si elle m'est loyale, ce n'est sûrement que parce qu'elle pense pouvoir accéder au pouvoir grâce à moi. Elle croit avoir tout compris, mais elle se trompe, elle est la dernière personne à qui j'offrirais ma confiance. Sa loyauté tourne aussi vite que le vent. Puis, elle n'est pas digne d'une couronne, il se trouve que cette place est réservée pour quelqu'un d'autre désormais.

Sans un mot, elle se rhabille et quitte la pièce à toute vitesse, me laissant à nouveau seul avec ma conscience, du moins, de ce qu'il en reste.

ANYA

Ces ruines sont un vrai labyrinthe. J'ai subtilisé un crayon, ainsi qu'un bout de parchemin à l'un des rebelles pendant sa sieste afin d'essayer de faire un plan me permettant de mieux me repérer dedans depuis quelques jours. C'est vraiment compliqué, ces galeries se ressemblent les unes les autres. Heureusement, je ne suis plus suivie partout, Marcus semble aussi conscient que moi qu'il y a peu de chances que j'arrive à lui échapper. Il a suffi d'une petite démonstration de ce que ses *hurleurs* sont capables de faire, pour me faire réfléchir à deux fois avant toute tentative stupide d'évasion. J'ai enfin compris d'où vient leur nom. Leur cri est insupportable pour l'oreille humaine, si bien, que j'ai failli perdre connaissance lorsqu'il m'a offert un petit aperçu de leur pouvoir effrayant.

J'ai arrêté de compter le nombre de jours que j'ai pu passer ici, plusieurs lunes en tout cas, le constater ne fait que me déprimer davantage. Bien évidemment, je n'ai pas baissé les bras, je n'ai pas abandonné l'idée de fuir, seulement, je dois construire un plan habile, sans faille.

— Combien ?

— Quatre, Sir, d'après Lyz, six autres devraient rejoindre la capitale d'ici les deux prochaines lunes.

Je me tiens à l'embrasure de la porte de la grande salle, qui sert de bureau au chef des brigands. J'ai surpris la conversation entre Marcus et l'un de ses sbires par mégarde, je suis certaine qu'ils parlent des autres héritiers. Je note le nom de Lys dans un coin de mon parchemin et le range dans l'une des poches de ma robe. J'entends Marcus grogner.

— Fais en sorte qu'ils n'arrivent jamais à bon port.

Je porte une main à ma bouche, comprenant qu'il veut tous les éliminer. *Pitié, faites qu'Elenna soit saine et sauve !* prié-je, alarmée par ses paroles. Il souhaite à tout prix empêcher que le rituel ait lieu, mais dans tous les cas, il est impossible que la cérémonie soit célébrée, puisque nous ne sommes plus que onze, pour l'instant du moins. C'est à croire qu'il tue par pur plaisir.

— Et leurs parents ? poursuit-il.

Je me tends, redoutant la réponse.

— Les gouverneurs des autres contrées accompagnent leurs progénitures. À l'exception de ceux d'Ursaa, déjà présents au château avec le Roi Kroan. Une partie de nos hommes est en chemin comme vous l'aviez demandé, Lyz leur donnera accès aux souterrains, ils pourront s'y infiltrer sans encombre et tout préparer pour votre arrivée.

Je serre les dents, comprenant qu'il compte faire un coup d'État et prendre le château de force. Je me sens tellement impuissante, j'en ai la nausée. Ils vont capturer mes parents et Annie et... *Par les divinités, que vont-ils faire d'eux ?* J'ai la tête qui tourne, je m'agrippe à la paroi du corridor pour ne pas m'effondrer à cette perspective.

— Bien. Laisse-moi seul Ibrahïm.

La gorge nouée, je me faufile dans l'une des petites cavités du couloir lorsque le bandit prend congé. J'inspire lentement, essayant de réfléchir à une échappatoire. Il n'y a pas trente-six mille solutions. En me redressant, mon regard se voile quelques instants, puis je sors de ma cachette et me dirige vers le bureau de Marcus. Je le retrouve debout face à son écritoire, ses mains sont croisées derrière son dos, il fixe un point invisible. Je fais un pas, puis deux, il remarque ma présence et me fait face.

Il arque un sourcil, interrogateur, ne s'attendant sûrement pas à me voir ici de mon plein gré.

— Que voulez-vous ?

Je soutiens son regard, ravalant avec peine ma salive.

— Qu'allez-vous faire d'eux ?

— Eux ? demande-t-il, s'approchant de moi, je sens mes muscles se tendre un à un.

— Les héritiers capturés et mes parents ? Que comptez-vous faire d'eux ? Les tuer ?

Mon ton est froid, cinglant. Menton dressé, j'essaye coûte que coûte de garder une allure digne, même si mon monde est en train de s'effondrer.

— C'est possible, répond-il simplement.

— N'avez-vous donc aucun cœur ? explosé-je en le poussant.

Il accuse le coup et fronce les sourcils, comme s'il ne comprenait pas où je voulais en venir.

— Ils n'y sont pour rien ! Pourquoi tuer tant d'innocents inutilement ?! Ils sont aussi esclaves de leur condition que moi je le suis, que vous l'avez été lorsque l'on vous a abandonné ! Ils n'ont pas non plus eu le choix Marcus !

Il passe une main sur sa barbe naissante, comme s'il réfléchissait à mes propos.

— Je ne peux prendre le risque de les garder en vie. Navré. Chaque guerre fait ses victimes. Dans mon cas, j'ai juste le luxe de pouvoir choisir lesquelles.

J'ai envie de vomir en entendant ses propos. Une larme dévale ma joue, il la cueille avec son pouce, mais je détourne mon visage, ne supportant pas son toucher.

— Allons ma douce… Vous vous doutiez bien que c'était le sort que je leur réservais.

Je le fusille du regard et secoue la tête.

— Leur ? Je vous signale que je suis l'une d'entre eux aussi. Je ne mérite donc pas de vivre, moi non plus.

Il tique, puis sourit en coin, me forçant à le regarder.

— Vous êtes différente, vous l'avez toujours été. Croyez-vous que je n'aie pas pris la peine de me renseigner sur chacun d'entre vous avant de mettre mon plan à exécution ? Je vous ai espionnée, vous et tous les autres, je sais que vous refusiez catégoriquement de vous soumettre au destin qui vous attendait. Vous avez essayé de lutter, de l'empêcher. Vous n'avez jamais accepté ce soi-disant privilège que votre sang vous octroie. Et pour cela, j'ai choisi de vous épargner, entre autres, mais vous n'avez pas besoin d'en savoir plus. Pour l'instant.

Je ferme les yeux et secoue la tête, puis les rouvre et plonge dans son regard émeraude.

— Que dois-je faire pour que vous épargniez ma famille ?

Il semble surpris par mon audace. N'est-il pas évident que je donnerais tout pour sauver les miens ? Je le fixe durement, alors qu'il sonde mon regard, réfléchissant à son tour.

— Qu'est-ce qui vous fait croire que vous avez le pouvoir de les sauver ?

Ma gorge se noue en appréhendant ce que je m'apprête à faire. Si son plan réussit, je me condamne à tout jamais, j'en suis consciente. Mais ai-je d'autre choix que de me soumettre ? Je me refuse à courir le risque de voir ma famille mourir par simple fierté. Le sacrifice est grand, mais ce n'est rien comparé à ce que leur vie représente à mes yeux.

— Vous me voulez à vos côtés, n'est-ce pas ? Si vous les épargnez, si vous les libérez quand tout cela sera fini, je... - le nœud dans ma gorge se resserre - si vous leur laissez la vie sauve, alors je serais vôtre, je régnerai à vos côtés.

Je manque de vomir en prononçant ces derniers mots. J'ignore si j'ai perdu l'esprit, ou si j'essaye seulement de gagner du temps. De son côté, il me contemple, intéressé.

— Donc, si je comprends bien, vous acceptez d'être mienne si j'épargne votre famille ? Ces mêmes gens qui vous ont obligée à partir pour épouser un homme que vous connaissiez à peine ? Intéressant.

Je hoche la tête, détournant vivement mon regard. Il affiche un sourire en coin que j'aimerais effacer sur le champ. Je sursaute lorsque sa main se pose sur mon épaule, il passe derrière moi, me laissant face au miroir où se reflètent nos silhouettes.

— Fascinant même, susurre-t-il suivant du doigt la courbe de ma gorge.

Je ferme les yeux, refusant d'en voir davantage.

— Prête à tout ah ? Même à laisser votre pire ennemi prendre possession de votre corps ?

Je serre les poings, enfonçant mes ongles dans ma peau lorsqu'il glisse son pouce du creux de ma gorge à la naissance de mes seins. Il en dessine avec douceur leur contour. Je n'ai pas besoin d'ouvrir les yeux pour savoir qu'il se délecte du spectacle. Je mords ma lèvre inférieure, me retenant de pleurer, me contentant d'acquiescer. Un rire étonnamment enfantin lui échappe, il embrasse avec une étrange délicatesse mon cou, s'éloignant à nouveau.

— Je vais y réfléchir. Contrairement à ce que vous croyez ma chère, je ne suis pas pour le viol. Et si je vous fais mienne un jour, je tiens à ce que cela soit fait avec votre consentement.

Il s'écarte, me laissant pantoise, je déglutis, sachant que jamais je ne pourrai accéder à sa requête.

— Vous pouvez disposer maintenant.

Sans que je ne m'en rende compte, je me retrouve dehors, chassée de son antre. Je souffle, reprenant contenance. Ce n'est que maintenant que je me rends compte que je tremble comme une feuille.

Quand j'arrive dans ma chambre, ou plutôt devrais-je dire ma cellule, j'ai le déplaisir de constater que quelqu'un m'y attend. Une femme rousse s'y trouve, elle me toise froidement lorsque je pénètre dans la pièce.

— C'est donc vous ?

Son ton est dédaigneux, voire haineux. Je me demande de qui il s'agit, mais surtout ce que j'ai bien pu lui faire pour qu'elle me méprise de la sorte. Elle s'avance vers moi, me considérant avec dédain. Sa chevelure flamboyante s'agite au rythme de ses pas, sa démarche est féline, se voulant sûrement intimidante. Loin de me démonter, je soutiens son regard et arque un sourcil.

— Et vous êtes ?

Elle laisse échapper un rire, son désagréable qui remplit toute la pièce. Son regard se fait féroce, au bout de ses doigts parfaitement manucurés en une teinte grenat, pend une dague. Je fronce les sourcils, puis la dévisage.

— Si ce que vous souhaitez c'est me tuer, ne vous gênez pas, vous me rendriez service. Mais avant, permettez-moi de m'enquérir sur la raison du mépris que je lis dans votre regard.

— Je ne suis pas venue vous tuer. Voyez-vous, commence-t-elle d'une voix mielleuse. Cela me vaudrait les foudres de Marcus, qui pour une raison qui m'échappe, semble s'intéresser à vous. Mais...

Elle marque une pause, me dévisageant, avant de se placer à ma hauteur, jouant avec la pointe de sa dague.

— Il est hors de question que je vous laisse prendre ma place ! J'ai travaillé bien trop dur pour cela ! Je tenais juste à faire votre connaissance et à vous mettre en garde par la même occasion. Restez à votre place !

Je m'apprête à répliquer, réalisant que c'est la jalousie qui l'anime, mais elle poursuit son monologue avant que je puisse prononcer le moindre mot.

— Oh ne vous en faites pas ! Marcus souhaite juste s'approprier tout ce à quoi ses frères tiennent. Et Alexander semblait effectivement tenir à vous, pour une raison qui me dépasse.

Elle grimace, de mon côté, je perds patience.

— Et donc ? dis-je exaspérée. Où souhaitez-vous en venir ?

— Vous n'êtes qu'une passade, comme vous l'étiez pour Alexander qui ne vous a utilisée que dans l'unique but de m'oublier.

Je fronce les sourcils, serrant des dents.

— Pardon ?

Avec une fausse mine désolée, ses yeux verts brillent de satisfaction.

— Oh, vous ne saviez pas ? Eh bien… Il se trouve qu'Alexander et moi entretenions une relation pour le moins… passionnelle depuis deux ans. Il s'est épris de moi, il m'aimait, jusqu'à ce qu'avec des circonstances atténuantes, j'ai été contrainte de lui briser le cœur. Croyez-moi, cela n'a pas du tout été une partie de plaisir, il faut dire qu'il excellait dans l'art d'aimer. Mais je suppose que vous savez de quoi je parle, n'est-ce pas ?!

Je lui lance un regard assassin, j'ai du mal à l'admettre, mais ses paroles m'atteignent plus que je ne l'aurais voulu. Le doute s'insinue dans mon esprit, même si je sais que je ne devrais pas laisser pareille vipère me piquer à vif.

— Il ne m'a jamais oubliée, c'est vrai. Je sais qu'il m'aimait encore et que vous lui serviez de pansement pour soigner ses blessures. Je suis vraiment, vraiment désolée.

Son regard dit le contraire de ses paroles, je suis convaincue qu'elle jubile intérieurement et qu'elle n'a pas le moindre regret quant à l'effet que ses mots peuvent avoir sur moi.

— Cela n'explique toujours pas ce que vous faites ici ? À part pour cracher votre venin bien évidemment. Ne vous a-t-on jamais dit que la jalousie était un vilain défaut ma chère ? Vous en êtes le parfait exemple. Vous êtes pitoyable, à la merci d'un homme qui ne vous remarque même pas.

Elle vire rouge de colère.

— Comment osez-vous ? Petite garce, je vais vous faire regretter !

Sa main s'abat sur ma joue, me piquant à vif, je m'apprête à lui sauter à la gorge lorsqu'une main puissante m'en empêche, me plaquant contre le torse d'un homme.

— Lyz.

La voix de Marcus est froide, je sens dans mon dos que chacun de ses muscles est tendu à l'extrême et moi-même je tressaillis. L'intéressée pâlit, alors que de mon côté, je réalise que c'est d'elle qu'ils parlaient lorsque j'avais surpris leur conversation quelques minutes plus tôt. C'est donc elle qui leur sert d'informatrice au château.

— Traîtresse ! grondé-je sentant la haine prendre le dessus. Vous aussi vous l'avez tué ! Vous avez trahi votre peuple, votre roi, vous ne valez rien !

Je me débats essayant de me dégager de l'emprise de Marcus, mais rien n'y fait, il me retient contre lui, m'empêchant de m'abattre sur la rousse. Cette dernière fronce les sourcils, ses yeux lancent des éclairs. Elle relève son menton, plongeant son regard dans celui de Marcus.

— Elle va te trahir à la première occasion, tu le sais n'est-ce pas ? Elle ne sera jamais des nôtres ! C'est une femme qu'il te faut à tes côtés, pas cette…

— Lyz ! gronde le brun coléreux.

Il la fixe froidement, en guise d'avertissement. Elle contracte la mâchoire et avant de sortir de la pièce, me lance un regard glacial qui me laisse entendre qu'elle ne va pas en rester là.

ANYA

Je suis réveillée par une agitation inhabituelle. *Que peut-il bien se passer ?* Passant un châle par-dessus la robe de chambre que Marcus m'a fait apporter quelques jours auparavant, je me dirige sur la pointe des pieds vers la porte. Lorsque je l'ouvre, les hommes vont et viennent dans les couloirs, les mains chargées de provisions, d'armes et de caisses dont j'ignore le contenu. Ils portent à nouveau leurs masques, les mêmes qu'ils utilisent lorsqu'ils quittent les catacombes. Je fronce les sourcils, ignorant ce qui se trame. Inutile de leur parler, Marcus leur a interdit de m'approcher sans son consentement, craignant sûrement qu'ils n'en disent trop. Aucun d'eux ne risquerait de se faire trancher la gorge pour si peu de toute manière. Et en parlant du loup, le voilà qui apparaît au fond du couloir.

Il a l'air de bonne humeur, ce qui ne me dit rien qui vaille. Cela dit, le naturel revient très vite au galop et il se retrouve à aboyer des ordres à ses sbires à tout va. Son regard croise le mien, puis glisse le long de ma silhouette, appréciateur. Je frissonne d'appréhension et resserre davantage le châle autour de moi. Le souvenir de notre dernier entretien flotte encore dans mon esprit, tout comme le pacte que je lui ai proposé. J'ai encore des doutes sur le bien-fondé de notre petit marché, mais je ne vois pas réellement d'autre alternative pour maintenir les miens en vie.

En trois enjambées il me fait face, je recule d'un pas, il s'en approche de deux, ce petit jeu commence à me fatiguer. Acculée, je le fixe, croisant son regard émeraude, attendant qu'il se décide à dire ce qu'il me veut.

— Nous partons, vous avez une demi-heure pour vous préparer, pas une minute de plus. Je reviendrai vous chercher.

Je me tends, inquiète. *Comment ça nous partons ? Cela veut-il dire que leur plan a fonctionné ? Les autres sont-ils prisonniers ? Qu'a-t-il fait de mes parents, ma sœur, Annie…* Il me scrute, devinant la direction qui prennent mes pensées, puis sa main se pose sur ma joue, me faisant sursauter, puis reculer comme une biche apeurée. Il sourit, amusé, puis plonge dans mon regard, lisant en moi tel un livre ouvert.

— Ils sont vivants, pour l'instant. Alors, ne faites rien de stupide, où ils le paieront très cher, croyez-moi.

Je serre mes poings, plantant mes ongles dans mes paumes jusqu'au sang. Il me tient et il le sait. *Monstre !* Il recule d'un pas, mais se ravise, ensuite, il me lance un regard circonspect.

— Si vous souhaitez me convaincre d'accepter votre pitoyable marché, je vous conseillerai à l'avenir d'y mettre un peu plus d'enthousiasme. J'aime les femmes entreprenantes.

Dans un éclat de rire, il me plante là, alors que je suis partagée entre l'envie de crier face à tant d'injustice et celle de lui arracher les yeux.

Lorsque l'aube pointe le bout de son nez, nous délaissons les catacombes poussiéreuses pour les plaines verdoyantes d'Agraam, une bouffée d'air frais qui me fait le plus grand bien. Le groupe s'est scindé en deux, toute une cavalerie est partie un peu plus tôt au nord, sous les ordres de Marcus, avec la moitié des armes. Pour autant, notre groupe est encore nombreux, je suis surprise de découvrir le nombre absurde d'hommes ayant rejoint cette cause abjecte. J'ignore ce qu'il a bien pu leur promettre en retour : des richesses, du pouvoir ou tout simplement un but ? Allez savoir, je ne souhaite pas le découvrir, cela ne ferait que me dégoûter davantage de l'égoïsme de notre race.

Je cavale à droite du prince déchu, quatre ou cinq de ses chiens de garde m'entourent, je suppose que c'est afin de me dissuader de prendre la fuite. Ce n'est pas comme si ses *hurleurs* n'étaient pas eux aussi de la partie, ces bêtes terrifiantes suffissent à me décourager de toute tentative, ils me retrouveraient en un clin d'œil. Sans compter que Marcus détient sûrement ma famille, ne me laissant d'autre choix que d'obéir.

La boule au ventre, mon regard s'égare dans les profondeurs verdâtres au loin. Ursaa me manque, il me semble que cela fait une éternité que j'ai quitté mon foyer. Mais, en réalité, depuis combien de temps au juste suis-je retenue prisonnière ? Les souterrains m'ont fait perdre toute notion de temps.

Mes cheveux fouettent mon visage, s'agitant au gré du vent. Je songe à Annie, à Elenna et à mes parents. Ces derniers, je leur ai à peine adressé la parole en partant de la capitale nordique, leur en voulant de m'envoyer sceller mon destin sans prendre en compte mes sentiments. *Si seulement j'avais su...* Je soupire, lasse de tout cela. *Quand est-ce que cette histoire prendra fin ? Et surtout, quelle en sera l'issue finale ? Qui mourra, qui vivra ?*

Alors que mon regard vagabonde à l'horizon, un léger frisson parcourt mon échine, me sentant tout à coup épiée. Ce qui est totalement stupide, car le moindre de mes faits et gestes l'est depuis des jours. Mais là c'est différent, je sens un regard peser sur moi plus que les autres, sans arriver pour autant à en identifier la source. Je regarde derrière moi, scrutant les quelques arbres aux alentours. Je me fige soudain interdite, puis ferme quelques secondes les yeux pour être certaine de ce que je vois. Mais lorsque je les rouvre, il n'y a plus personne, il n'est plus là. Je fronce les sourcils, secouant la tête, mon imagination me joue encore des tours et celui-là est particulièrement douloureux.

Me reprenant, je me redresse sur mon cheval, Marcus me dévisage curieusement avant que son attention ne soit happée par un cavalier solitaire qui se dirige droit vers nous. Comme un seul homme, ses soldats forment une ligne défensive devant lui, afin de protéger leur maître. Je tends le cou, essayant de voir ce qui se passe. Lorsque l'étranger se trouve suffisamment près pour que j'aperçoive plus distinctement sa silhouette, je me rends compte qu'il ne s'agit pas d'un cavalier, mais d'une cavalière et ses cheveux de feu me confirment son identité : Liz.

Je la fixe froidement, resserrant ma prise sur ma monture alors qu'elle s'approche de Marcus avec un sourire suffisant. *S'ils pouvaient aller brûler en enfer tous les deux...* Comme si elle avait entendu mes pensées, l'intéressée se tourne vers moi, me toisant avec mépris. Loin d'être intimidée, je lui retourne son regard dédaigneux. Marcus grogne, ramenant l'attention de la rousse sur lui, j'essaye de comprendre ce qu'ils disent, faisant mine de m'intéresser au paysage qui nous entoure.

— Tout est prêt à la capitale, certains de tes hommes sont déjà sur place, mêlés au personnel du château. Cela a été un jeu d'enfants.

J'avale avec difficulté ma salive, me faisant violence pour garder silence.

— D'autres ont investi les cachots, poursuit-elle, faisant prisonniers les gardes et les héritiers capturés. Richard ne se doute de rien, pour l'instant. Nos soldats ont remplacé la plupart des siens, sans compter ceux que nous avons rallié à notre cause. Il faut dire que l'or fait des miracles de nos jours.

Marcus gratte distraitement sa barbe de trois jours, une mine satisfaite au visage. Il finit par hocher la tête.

— Bien, tout se déroule comme prévu.

Un sourire éclatant se dessine sur son visage, le rendant plus beau qu'il ne l'est déjà. J'observe avec dégoût les joues de la traîtresse s'empourprer lorsqu'il pose son regard sur elle et qu'il lui caresse la pommette. *Écœurant.* Je détourne mon regard, refusant d'en voir davantage. Je ne ressens pas de la jalousie, mais plutôt de la consternation, il serait injuste qu'ils trouvent le bonheur après tout le mal qu'ils font autour d'eux. J'ai un pincement au cœur lorsque le souvenir d'Alexander s'impose, cette nuit passée à l'auberge, où nous avions baissé toutes nos barrières. Je refrène l'envie de laisser la nostalgie de ces moments se répandre dans mon esprit, même s'il me manque atrocement.

Nous poursuivons notre cavalcade pendant encore quelques heures. Au crépuscule, je distingue à quelques kilomètres de l'endroit où nous nous trouvons, des cumulus de fumée s'élever paresseusement dans le ciel. Je fronce les sourcils, me rendant compte que nous semblons nous diriger droit vers eux. Plus nous nous approchons, plus je me crispe, retenant mon souffle. Il s'agit, ou plutôt s'agissait à voir l'état des chaumières, d'un petit village d'agriculteurs. Il ne reste que des vestiges de ce dernier maintenant.

Je pose un pied à terre, submergée par l'angoisse.

Je porte ma main à ma bouche, refusant d'accepter l'horreur que mes yeux sont en train de découvrir.

Devant moi s'étale un paysage désolé, balayé par les vents et la fumée. Les maisons ne sont plus que des foyers de feu ou de cendres. Des animaux gisent à terre, sous les débris, sûrement asphyxiés par l'effluve émanant de l'incendie ou pire, à voir certaines plaies béantes sur le flanc de plusieurs d'entre eux. Je sens un nœud serrer ma gorge, malheureusement, je ne suis pas au bout de mes peines. Je fais un pas en avant, l'un des hommes tente de me retenir, mais je me dégage comme une furie. À ma droite, le groupe de bandits nous ayant quittés ce matin même tient en joue les villageois : des femmes, des hommes et des enfants. Je déglutis, retenant un haut-le-cœur en voyant ces pauvres innocents en pleurs, lisant la terreur et la détresse dans leur regard.

À leurs pieds gisent plusieurs cadavres, la plupart ce sont des hommes, certainement qu'ils ont tenté de résister à ceux qui les assiégeaient. Je m'effondre, littéralement, n'ayant jamais été témoin de tant de violence gratuite. Comment peut-on massacrer tout un peuple sans le moindre remords ?

Je sens une main se poser sur mon épaule, puis la chaleur d'un corps m'entourer, avant que la voix de Marcus ne me parvienne, m'intimant au calme. Mais ses mots ne m'apaisent pas, loin de là, ils me font l'effet inverse. Croit-il vraiment que je vais accepter cet acte odieux et docilement me soumettre à lui ? Je me débats, lui crie de me lâcher, le griffe et cogne son torse, guidée par la colère et le désarroi. Ses hommes s'approchent au pas de course dans le but de tenir en cage la lionne que je suis devenue, mais Marcus lève une main, les arrêtant dans leur élan. Au lieu de quoi, il m'oblige à lui faire face, m'empoigne les mains et me fixe froidement. Je le toise avec haine, puis lui crache en pleine figure.

— Monstre ! Assassin ! Vous n'êtes qu'un être vil qui mérite de brûler dans les flammes de l'enfer ! Jamais Llyrh ne se soumettra à pareil homme, vous êtes un ignoble personnage !

La gifle qui meurtrit ma joue me fait l'effet d'une douche froide. Le silence s'abat autour de nous aussitôt, alors que tous les regards convergent dans notre direction. Marcus serre les dents alors que sa main est toujours en suspens au-dessus de nos têtes, il semble lui aussi surpris par son geste. Je le repousse et cours me réfugier auprès de mon cheval, seul endroit où je peux aller, hélas. À ma droite j'entends Liz ricaner, j'ai des envies de meurtre et je suis tentée de me défouler sur elle. Or, je ne peux pas, car entre nous se dressent plusieurs soldats et ils m'arrêteraient avant que je n'arrive à l'atteindre. Cela dit, elle ne perd rien pour attendre, ils paieront, elle, Marcus et tous les autres, je m'en fais la promesse.

ANYA

La nuit est tombée, les ténèbres ayant tout englouti autour de nous. À la lueur de la lune, je me faufile parmi les tentes dressées et les soldats, une cape vermeille rabattue sur mon visage. Je sens leur regard suivre ma trajectoire, mais aucun d'entre eux ne bouge ni me rattrape. Ils savent, autant que moi, que je ne risque pas d'aller bien loin, les *hurleurs* sont là pour y veiller.

J'ai besoin de m'éloigner d'eux, quelques minutes du moins. Le vent estival caresse mes joues salies par cette même poussière qu'il soulève sur son passage. L'air est chargé, une odeur métallique et âcre pénètre mes poumons à chaque inspiration, y laissant une traînée ardente, une traînée de feu et de sang. Mon incursion prend fin en haut de la colline, où un Agraam en flammes m'accueille. Loin de cette gloire que jadis on lui prêtait, aujourd'hui, c'est une citée en ruines et surtout divisée qui se dresse sous mon regard sombre.

De là où je suis, les premières prémices de ce qui nous attend se dessinent. La muraille, autrefois fièrement érigée vers le ciel, semble scindée en deux. Des foyers de flammes s'élèvent ici et là autour du château. Un peu plus tôt, Marcus a donné l'ordre à ses hommes de passer à l'attaque, je suppose que son plan a réussi : ils ont donc conquis la capitale. Le coeur lourd, je ne cesse de penser à ma famille, même si Marcus m'a assuré leur survie. Cette pensée funeste me saisit, car cela a bien évidemment un prix. Un poids de plomb qui s'ajoute à la boule déjà lourde qui s'est formée au creux de mon ventre depuis mon départ des catacombes. Je ferme les yeux quelques instants, réfléchissant, il doit bien y avoir quelque chose à faire. À quoi me sert-il d'avoir toute la magie de Llyrh dans mon sang, si au moment de défendre mon peuple, je suis impuissante ? Comment se peut-il que de notre sang dépende l'équilibre de notre monde, mais qu'on soit dans l'incapacité de le sauver ?

— Pssst

Mes yeux s'ouvrent et scrutent les alentours. *Ai-je encore rêvé ?* Les jappements des hurleurs à ma droite m'indiquent qu'ils ne sont pas très loin. Je retire ma capuche, puis me dirige à pas feutrés vers ma gauche, vers un petit bosquet. Soudain et alors que le vent se lève, un léger sifflement à ma droite me donne l'alerte, mais il est déjà trop tard. Une douleur cuisante se répand sur mon épaule et mon cou, je tombe à genoux, haletante, lorsque mes doigts retirent une fléchette qui, sortie de nulle part, s'est plantée dans ma peau.

— Qu'est-ce que... ?

Les arbres autour de moi deviennent flous, puis tout s'estompe peu à peu, jusqu'à ce que je me retrouve seule face au néant.

Tout à coup, l'obscurité laisse place à une lumière vive aveuglante. Je plisse les yeux, portant l'une de mes mains devant mon visage pour éviter qu'elle n'agresse davantage mes rétines déjà meurtries. J'essaye de comprendre ce qui se passe tandis que l'éclairage devient moins violent au fur et à mesure que les secondes s'écoulent. Je discerne quelques instants plus tard des colonnes marbrées, puis le sol immaculé sur lequel je repose, mon reflet m'y est renvoyé à la perfection. J'ai l'impression d'être allongée sur un immense miroir. Peu à peu, une salle majestueuse prend vie sous mon regard effaré. À ma gauche et à ma droite, des cascades déversent leurs eaux cristallines sur des fontaines dorées. Des tapisseries d'une beauté époustouflante recouvrent les murs, le tout dans des tons turquoise et dorés. J'ai l'impression de me trouver dans un palais d'eau et d'or.

Debout, sur mes deux jambes, je m'approche de l'un des rideaux cristallins qui décorent les parois. J'hésite, puis en approche mes doigts. Le toucher est étrange, comme une pâte épaisse et gluante, mes mains passent à travers. Quelques secondes plus tard, des bruits de pas dans mon dos attirent mon attention. Je fais volte-face et suis éblouie par ce que je vois, ou plutôt qui je vois.

— Orä…

Murmuré-je, le souffle coupé. La déesse se dresse dans toute sa splendeur devant moi, le regard bienveillant. Elle est telle que nos statues et nos toiles la représentent. J'ai l'impression d'être devant la copie vivante du tableau qui orne tout un pan de mur de notre manoir. Grande, toute en courbes, le teint pâle, mais pur, des cascades dorées dévalent son dos et son regard est d'un bleu presque translucide. Mais c'est la puissance qu'elle dégage qui m'atteint, telle une tempête m'entourant, je n'arrive pas à croire que je me trouve devant elle. Cela ne peut être qu'un rêve, il n'y a pas d'autre explication.

Je la dévisage bouche bée, ce qui la fait sourire. La déesse de Llyrh s'avance ou plutôt semble flotter jusqu'à moi. Une fois à ma hauteur, tel un automate, je pose un genou au sol en signe de respect. Je porte mon poing droit à mon cœur et baisse mon regard. C'est comme si mon corps avait réagi de lui-même, sans que je ne lui donne l'ordre.

— Anya, mon cher enfant, chantonne-t-elle.

Sa voix est douce, mais pleine d'assurance. Sa main fine se pose sur mon épaule et seulement maintenant, je m'autorise à croiser son regard. J'ignore pourquoi, mais la façon dont elle m'observe

216

m'émeut, un mélange de fierté et de tendresse, telle une mère qui couve son enfant. Je sens ma gorge se nouer sous le coup de l'émotion, mais aussi de la surprise, comme si ces émotions ne m'appartenaient pas. Influence-t-elle mes gestes et ce que je ressens ?

— Vous… vous connaissez mon nom ? balbutié-je bêtement.

Bien sûr qu'elle connaît mon nom, c'est une divinité, elle en sait plus que quiconque sur notre monde et ses secrets. Mais au lieu de se moquer de ma bêtise, elle se contente d'acquiescer chaleureusement.

— Ta venue m'a été annoncée par l'un de nos oracles. Hélas, mon cher frère n'a pu se joindre à moi pour t'accueillir. Il a horreur des brèches – commente-t-elle avec un rire mélodieux -. Le temps presse cependant, je vais te demander de me suivre, je n'ai que quelques minutes devant moi.

— Une brèche ? demandé-je confuse en me redressant et la suivant, alors qu'elle s'éloigne déjà.

— C'est une sorte de sphère spatio-temporelle, suspendue dans l'univers. C'est grâce à elle que nous pouvons communiquer avec certains d'entre vous. Il y en a de plusieurs sortes, je préfère celle-ci par sa beauté.

Son regard balaye les alentours et je l'imite. Derrière le mur de lianes que nous venons de traverser, j'admire ébahie, les torrents qui coulent dans d'immenses bassins scintillants. Ils me font penser à la Baie d'Opale. Nous marchons sur une sorte de passerelle en verre, grâce à laquelle je peux apercevoir ce qui semble être le fond marin. Au-dessus de nos têtes, des branchages verdoyants accueillent des variétés d'oiseaux que je n'avais, jusqu'ici, jamais vues ni entendu parler. Les unes plus majestueuses que les autres, leurs chants emplissent l'air, cassant le calme ambiant. Je regarde ce nouveau monde les yeux écarquillés, tel un enfant qui ouvre ses prunelles pour la première fois. C'est un sentiment étrange qui m'assaillit, mélange de surprise et de malaise. J'ignore si ce que je ressens est vrai ou m'est alors imposé par la divinité. Cette pensée me dérange, mais je n'arrive pas à m'y attarder.

— Magnifique, n'est-ce pas ?

Incapable de prononcer un mot, j'opine et la suis faisant tout de même attention à ne pas marcher sur sa longue traîne turquoise. Sa robe, tout comme cet endroit, est majoritairement composée de soie bleue et de broderies dorées. Sa couronne est faite en or et quelques saphirs et diamants viennent orner le précieux bijou. Je me demande si le jour de mon couronnement, j'aurai cette prestance, cette assurance. À condition que ce jour arrive bien évidemment.

Nous arrivons au bout de la passerelle, où se dresse ce qui semble être une miniature de la salle que nous avons quittée quelques minutes auparavant. Orä prend place sur un banc en marbre, m'intimant de m'asseoir à ses côtés. Je m'exécute, intimidée et plonge mon regard dans le sien, me demandant ce qu'elle attend de moi. Dans ses yeux, on croirait y voir l'univers, j'ai l'impression que mille étoiles scintillent dans ses pupilles.

Mais soudain, leur couleur change du tout au tout, s'assombrissant considérablement lorsque la déesse affiche une mine pour le moins grave. Ses mains capturent les miennes, elle me scrute avec attention.

— Plusieurs héritiers sont morts, leurs parents aussi, l'équilibre de Llyrh est plus que jamais en danger, mais je pense que je ne t'apprends rien. Vous êtes tous les deux notre seul espoir, c'est pourquoi nous vous avons choisis pour sauver votre monde.

Nous ? Qui ça, nous ? Et comment pourrions-nous faire quoi que ce soit, alors que nous n'avons pas le pouvoir d'arrêter Marcus et ses sbires ? J'ouvre la bouche pour protester et lui faire comprendre que je suis dans l'incapacité de faire ce qu'elle attend de moi, mais elle m'interrompt.

— Tu trouveras réponse à tes questions assez tôt. Sache que chacun d'entre vous possède en son sang une magie très ancienne, puissante, qui a été jusqu'ici endormie, pour éviter qu'elle ne soit utilisée à mauvais escient. Mais il est temps de réveiller la puissance de Llyrh qui sommeille en vous. Vous devez l'arrêter, sans quoi vous allez tous périr.

— Comment ?! Je ne pense pas que je puisse…

— Écoute-moi attentivement Anya, ils me rappellent, je ne vais pas tarder à repartir, le temps dans les brèches nous est compté. Tu dois retrouver les oracles, l'autre enfant de Llyrh se trouve avec eux.

Sa voix se fait de plus en plus lointaine et je vois son image commencer à s'estomper, comme dans un mirage. Elle presse davantage mes mains.

— Va là où le premier enfant-héritier est né. Dans les entrailles de ces terres, tu trouveras ceux qui détiennent le secret. Ne laisse pas l'Axe se déchaîner sur Llyrh.

— Orä je ne comprends pas ! m'écrié-je dépitée, mais déjà son reflet disparaît sous mon regard ahuri.

— Crois en toi Anya, tu es notre dernier espoir...

Sa voix flotte autour de moi comme un souffle de vent, mais brutalement, le sol tremble, puis se fissure de part en part. Je lâche un cri de panique en me relevant du banc précipitamment, puis m'élance vers l'endroit par lequel je suis arrivée ici. Mais, que ce soit devant moi ou derrière moi, les colonnes s'effondrent les unes après les autres, avant de se faire engloutir par l'eau. Je suis forcée de m'arrêter de courir. Prise au piège, je reste immobile une seconde de trop, car sous mes pieds le cristal de la passerelle se craquèle, puis cède sous mon poids. En un rien de temps, me voilà au beau milieu d'un tourbillon d'eau qui m'aspire vers le fond de l'immense bassin. Je me débats en vain, jusqu'à ce que les forces m'abandonnent, puis me laisse couler lentement, fixant les derniers rayons de soleil qui se réfléchissent sur la surface aqueuse.

Lorsque j'ouvre les yeux, deux silhouettes sont penchées au-dessus de mon corps. Je sursaute et tousse, essayant d'attraper tout l'air dont je dispose, la sensation de m'être noyée était pour le moins réaliste. Je fronce les sourcils, et me recule comme je peux, mettant le plus de distance entre les deux inconnus et moi. Ils m'observent, leur visage couvert par le masque propre aux sbires de Marcus.

Je suis encore troublée par cette... c'était quoi d'ailleurs ? Un rêve ? Une vision ? Ma langue est pâteuse, comme si je venais d'émerger d'un long sommeil. Les deux hommes me scrutent attentivement. L'un est blond, plutôt grand et élancé, mais je devine sa musculature puissante. Quant à l'autre, même couleur de cheveux, cette fois-ci cachés sous un turban. Il semble cependant plus menu, difficile de le définir davantage, ses vêtements étant bien trop larges. Le premier fait un pas dans ma direction, je grogne, afin de le dissuader de m'approcher davantage. Un rire rauque lui échappe, alors que lentement il défait le masque, qui jusqu'alors, dissimulait ses traits. Je suis étonnée par le visage juvénile qui m'apparaît, il doit à peine avoir mon âge, bien que son corps soit sculpté comme celui d'un guerrier. Ses yeux ambrés me détaillent avec un certain amusement. Marcus, les a-t-il envoyés me chercher ? Méfiante, je remarque que l'autre fait de même, non sans jeter un regard circulaire autour de nous. Je trouve leur attitude douteuse. Cela dit, je reste sans voix lorsque je découvre des traits fins et harmonieux, semblables à ceux de son camarade, si ce n'est que, dans le cas présent, il s'agit d'une femme. Des jumeaux, ils le sont sans doute. Leur ressemblance, trait pour trait, ne laisse pas de place au questionnement concernant le lien qui les unit. Elle aussi doit lire l'étonnement dans mon regard, à part Liz je n'ai aperçu aucune autre femme dans les troupes du prince déchu.

— Majesté, chantonna-t-elle avec une certaine excitation que j'ai du mal à comprendre.

Je me redresse, car être semi-allongée, à même le sol, n'a rien de confortable. J'ignore ostensiblement la main amicale tendue par le garçon afin de m'aider à me relever, ce qui semble davantage l'amuser que le contrarier. J'époussette mes vêtements.

— Qui êtes-vous ? Il vaudrait mieux que l'on ne vous surprenne en train de me suivre. Votre chef a donné des instructions très claires me concernant. Aucun d'entre vous ne doit m'approcher.

Ma voix se veut persuasive, chargée d'une confiance que je n'éprouve sûrement pas. La jeune femme rit de bon cœur, son rire a quelque chose d'enfantin. Dans d'autres circonstances, je l'aurais sûrement trouvée adorable. Quant à son frère, il me dévisage avec circonspection.

— Même si je vous disais que, grâce à nous, vous alliez vous évader ? chuchote-t-il sous le ton de la confidence.

Je les regarde tour à tour, désarçonnée, ne comprenant pas le sous-entendu. Il fait tourner adroitement un objet long et en bois entre ses doigts, je comprends enfin qu'il s'agit d'une sarbacane, qui a dû servir à me lancer la maudite fléchette qui m'a endormie un peu plus tôt.

— C'était vous ! grondé-je hors de moi. De quel droit croyez-vous pouvoir m'empoisonner !

Je le fusille du regard, alors qu'il lève les mains, en signe de paix.

— C'était le seul moyen de vous faire accéder à la brèche. Je doute que vous vous soyez sagement assoupie, si on vous l'avait demandé. Ai-je raison ?

Son ton est sarcastique, mais moi je le détaille maintenant différemment. Comment se fait-il qu'il connaisse l'existence de la brèche ? Et si c'est grâce à eux que j'ai pu accéder à cet espace et rencontrer Öra, cela veut-il dire qu'ils peuvent me mener aux *oracles* ? Je me rends alors compte que tout cela n'était donc pas un rêve, que la déesse m'est bel et bien apparue, que tout était réel. Comment est-ce possible ?

Je le dévisage interloquée, il rigole de plus belle, puis s'adosse au tronc d'un arbre, croisant ses bras sur son torse.

— Vous devriez y aller. Il va se demander où vous êtes, ses monstres ne vont pas tarder à vous pister. Ne vous en faites pas, nous vous retrouverons, puis nous vous libérerons. Ayez confiance, vous saurez tout en temps voulu.

Je regarde autour de moi, craignant qu'il n'ait raison et que les *hurleurs* ne soient à mes trousses. Puis, quand je ramène mon regard à l'endroit où, il y a à peine quelques secondes, se tenait cet étrange inconnu, ce dernier a disparu, et ce, sans laisser de trace. Je constate qu'il en est de même de sa sœur, j'en reste muette de stupéfaction.

Troublée par cette drôle de scène à laquelle je viens d'assister, je sursaute lorsqu'une voix, que je ne connais que trop bien, me surprend.

— À qui parliez-vous ? J'ai cru entendre des voix, cingle le brun soupçonneux.

Je lui fais face, tentant de ne rien laisser paraître de mon étonnement.

— Je priais les divinités, réponds-je sur le même ton.

Il arque un sourcil interrogatif, puis fait un pas de plus dans ma direction. La lune se reflète dans ses boucles ébène, y apportant un éclat bleuâtre. Son corps massif me domine, je me sens petite et vulnérable en sa présence. Son regard inquisiteur ne quitte pas le mien. Mon cœur cogne d'appréhension dans ma poitrine. *Pourvu qu'il me croie.*

— Prier ? Qui donc et pour quelle raison ?

Il n'est plus qu'à quelques centimètres de mon visage, je m'efforce de ne pas prendre mes jambes à mon cou pour mettre le plus de distance possible entre lui et moi. Inutile de le froisser davantage, s'il essuie encore un refus, si je l'éconduis une nouvelle fois, il pourrait me le faire payer en s'en prenant aux miens. Je redresse dignement mon menton, mon regard dans le sien.

— Je prie pour l'âme de toutes les pauvres victimes innocentes dont vous avez si injustement pris la vie.

Il me regarde, décontenancé, lisant sûrement dans mes yeux de la réprobation, ou peut-être de la haine. J'ignore pourquoi mon avis compte autant pour cet homme sans attaches. Je ne suis qu'un obstacle de plus entre lui et son objectif, pourquoi me garder en vie ? Pire, pourquoi vouloir me séduire ? Les mots de Liz me reviennent en mémoire : *il veut tout ce que ses frères ont pu un jour désirer.* C'est donc cela, rien qu'un jeu malsain pour faire payer aux princes une faute qu'ils n'ont pas commise. Une faute dont seul le roi Kroan est l'unique responsable ?

— Je vous trouve bien dure Anya, enchaîne-t-il d'une voix rauque. Ses doigts trouvent distraction dans l'une de mes mèches de cheveux, je retiens un frémissement. Ils s'opposent à moi, ils refusent de me rejoindre et comme tous les autres : soit ils sont avec moi et ils ont la vie sauve, soit ils sont contre moi et dans ce cas-là, ma seule option est de les éliminer. Je ne peux me permettre aucun écart, pas maintenant, étant si près d'atteindre mon but.

Sur ces mots, il me sourit, un sourire plein de sous-entendus que je préfèrerais ignorer. Mais malgré mon manque de réaction à sa pitoyable espièglerie, il fond sur moi, tel un fauve. Avant que je n'aie eu le temps de comprendre exactement ce qu'il m'arrive, je me retrouve plaquée contre le tronc d'un arbre. Les battements de mon cœur s'affolent tandis que sa bouche s'empare de la mienne avec ferveur. Je me tends, incapable de répondre à sa fougue.

Ses lèvres sont dures, rêches et froides, un goût salé les accompagne, ce sont mes larmes. Alors qu'il tente d'écarter mes lèvres en immisçant sa langue dans ma bouche, je reste paralysée. Face à mon immobilité, il gronde de colère.

— N'oubliez pas notre marché, murmure-t-il effleurant mes lippes, ses prunelles d'un vert sombre s'ancrant dans les miennes. Soit, vous me cédez, soit je les tue.

Je retiens un hoquet de dégoût, sa cruauté est sans nom. Une autre larme perle le long de ma joue, alors qu'avec tout l'effort du monde, j'entrouvre les lèvres, pour répondre à son baiser. La gorge nouée, je sens ses mains parcourir mes courbes avec empressement. Je ne peux m'empêcher de le comparer à la douceur et la patience dont Alexander faisait preuve. Lorsque ce dernier m'embrassait, une tempête se déchaînait en moi, alors qu'avec Marcus ce n'est qu'un froid glacial qui m'accueille. Je me rends compte que jamais je ne pourrai lui offrir ce qu'il me demande, quand bien même j'essayerais de faire semblant, il se rendrait compte tôt ou tard que je ne fais que feindre en sa présence, c'est bien au-dessus de mes forces. Je suis prise au piège, car je sais pertinemment qu'à partir du moment où je me refuserai à lui, mes parents et ma sœur en paieront le prix fort. Nous sommes tous condamnés, d'une façon ou d'une autre, personne ne sera épargné.

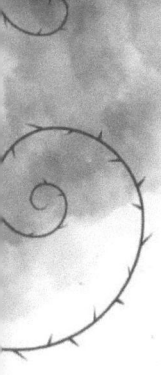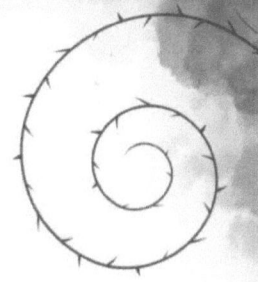

Anya

Je me réveille en sursaut, une fine pellicule de sueur s'étale sur mon front, tandis qu'une autre descend le long de ma gorge. Cette nuit, le sang et la peur vinrent agiter mes rêves déjà peu joyeux. J'ai vu Marcus abattre son épée sur le cou frêle de ma mère, la décapitant sans état d'âme. J'ai retenu un cri étranglé en revenant à moi, mais mon cœur, lui, palpite encore à tout rompre, comprimant ma poitrine endolorie.

— Il faut que je sorte de là, chuchoté-je pour moi-même dans la pénombre de ma couche.

La veille, « nous » avons pris d'assaut une maisonnette, laquelle Marcus a revendiquée comme sienne pour la nuit. Les pauvres paysans étaient effrayés, leurs traits transpiraient la terreur que ces bandits leur inspiraient. Il s'agissait d'un père de famille avec ses deux enfants, qu'aurait pu faire ce vieil homme face à la centaine d'hommes qui s'étaient invités chez lui ? La plupart d'entre eux se sont installés dans des tentes envahissant la prairie sur laquelle nous nous trouvons. J'ai pris les deux enfants, pas plus âgés que huit ans, avec moi dans ma chambre. Personne ne viendra les chercher ici et Marcus sera moins tenté de me rendre visite. Du moins je l'espère, ces derniers jours il est devenu un peu trop entreprenant à mon égard, je doute pouvoir continuer à jouer la comédie encore longtemps.

Je regarde au-delà de la fenêtre aux contours boisés, le clair de lune illuminant encore un coin de la pièce grâce à quelques rayons argentés qui se sont infiltrés à travers les vitrages. Mon regard se reporta sur les deux créatures qui dormaient paisiblement l'une serrée contre l'autre à mes côtés. J'ai dû leur chanter une berceuse qu'Annie m'a apprise lorsque j'étais enfant, j'ai ainsi réussi à les apaiser et ils ont fini par trouver sommeil.

Je m'extirpe en douceur du lit, prenant soin de recouvrir les enfants par la suite avec les draps. Jetant un regard circulaire autour de la pièce, mes yeux s'arrêtent finalement sur une vieille commode. Je m'en approche sur la pointe des pieds, puis ouvre précautionneusement le premier tiroir. Malgré le peu de lumière extérieure, je devine qu'il s'agit là d'affaires d'homme. Je les observe pensive, tandis qu'une idée germe lentement dans mon esprit. J'en sors un vieux chemisier et un pantalon, puis me rhabille avec ces derniers sans un bruit. Ils sont un peu larges pour moi, mais cela m'arrange, car ils occultent mes formes féminines. Je garde mes bottes, question pratique, puis attrape dans un autre tiroir un turban afin de dissimuler ma crinière. Il devait appartenir à la femme de cet homme, que je suppose morte, car à part quelques affaires entassées dans ce meuble, il n'y a aucune autre trace d'elle dans la maison. Il ne me manque plus que le masque, ce qui bien évidemment sera bien moins facile à obtenir. Je mordille ma lèvre, retire les affaires et les plie soigneusement avant de les ranger dans le sac qui contient mes affaires personnelles. Je me débarrasse d'une de mes robes que je cache sous le lit afin de gagner de la place et me rallonge près des enfants, sans pour autant retrouver le sommeil.

Au petit matin l'agitation extérieure fait ressembler notre campement à une fourmilière. Les enfants ne sont plus à mes côtés, ils ont dû rejoindre leur père lorsque je me suis assoupie quelques heures auparavant. Un nœud se forme lentement au creux de mon ventre à la perspective de ce qui m'attend. Mon objectif : récupérer un de leurs masques.

Après une toilette plutôt précaire, je sors dehors, nerveuse. Des hommes vont et viennent dans la maison, sous les ordres de Marcus, tandis que d'autres démontent les tentes à l'extérieur. C'est là-bas que je me dirige d'un pas mal assuré. Je porte une robe dont les jupons comportent deux renflements, ce qui me permettra de cacher le masque une fois ce dernier volé.

Je scrute les alentours, mon choix s'arrête sur un homme, pas plus âgé que moi, un peu à l'écart du groupe. J'observe avec intérêt le bout de tissu posé sur le banc derrière lui, pendant que ce dernier semble occupé à ranger dans des caisses de ce que je suppose être des armes. Je m'approche sans bruit, me postant à ses côtés, ce qui le fait sursauter. Il était visiblement trop concentré sur sa tâche. Mon regard frôle discrètement l'objet convoité, puis revient rapidement à lui. Il semble surpris, il ne peut s'empêcher de faire courir son regard le long de mes courbes. Dans d'autres circonstances, je l'aurais remis à sa place, mais je décide d'en tirer avantage. Peu habituée, je tente malgré tout un sourire charmeur envers lui. Ses joues prennent une teinte rose, finalement ce n'est pas si difficile.

— Ma…madame, bredouille-t-il mal à l'aise. Vous, vous ne devriez pas être ici.

Je me retiens de lever les yeux au ciel, ils obéissent tous à Marcus comme des chiens, c'en est navrant. Je sais qu'on ne doit pas se fier aux apparences, mais mon instinct me dit qu'il n'a pas plus envie d'être ici que moi.

— J'avais besoin de prendre l'air frais, j'ai eu une nuit plutôt agitée. Ma présence ne vous dérange pas, je l'espère ?

Je plonge mon regard dans le sien, il semble troublé et se détourne, admirant un point fixe devant lui. Je soupire, faisant mine d'être vexée et m'appuie sur la table en bois sur laquelle repose le masque.

— Non, madame, ne vous méprenez pas. C'est juste que monsieur Marcus il…, il ne veut pas qu'on s'approche de vous.

Il n'ose pas croiser mon regard, j'en profite pour saisir discrètement le bout de tissu et le fourrer dans l'une des fentes de ma robe. Chose faite, je hoche la tête avec satisfaction, puis pose ma main sur son épaule. Il se tend à ce contact et me regarde confus.

— Vous êtes bien trop jeune pour mener une guerre qui n'est pas la vôtre. Allez-vous-en tant que vous en avez l'occasion.

Sur ces mots je pivote, tandis qu'il m'observe incrédule. Je m'éloigne de lui d'un pas pressé, sans oser toucher mon butin, de peur d'éveiller des soupçons. Alors que je passe le pas de la porte, une main m'agrippe fermement le bras, me faisant bondir de surprise. Me retrouvant face à un Marcus peu commode, mon cœur s'emballe. *Il sait !* cette pensée me paralyse, m'empêchant de bouger.

— Que faisiez-vous ?

— P... pardon ? demandé-je prise de court.

J'observe ses mâchoires se crisper, durcissant ses traits d'une beauté dangereuse. Il resserre son emprise sur moi, me basculant contre lui.

— Ne jouez pas avec moi.

Il siffle ces mots les dents serrées. Je suis à quelques centimètres de son visage, mon cœur bat la chamade, alors que son haleine empeste le mauvais vin.

— Vous me faites mal, grincé-je en le fusillant du regard. Je ne faisais que prendre l'air, ne soyez pas paranoïaque.

— Je croyais avoir été assez clair en vous défendant de parler à mes hommes. Faut-il que j'emploie la manière forte pour vous le faire comprendre ?

Par « manière forte », je comprends qu'il a l'intention de le tuer. Je secoue frénétiquement la tête, haletante.

— Il n'y est pour rien, c'est moi qui suis allée lui parler, et ce, durant deux secondes à peine. Ne le punissez pas, alors que je suis seule fautive.

Plusieurs regards sont braqués sur nous, il grogne et me pousse dans la chambre que j'occupe provisoirement, au bout du couloir. Je hoquette de surprise lorsque j'atterris sur le lit et qu'il ferme la porte derrière moi, d'un coup de pied rageur. Je le regarde paniquée s'avancer d'un pas confiant dans ma direction. Marcus dégage cette puissance qui ferait trembler le plus vaillant des hommes. En ce moment, c'est moi qui suis prise au piège, à la merci de sa colère et de son impulsivité. Je prie les divinités de me venir en aide. Je comprends, lorsqu'il me plaque contre le matelas, une main enserrant ma gorge, que je suis plus que jamais seule face à cet homme.

Son regard étincelant de colère et rougi par l'effet de l'alcool dans son organisme plonge dans le mien. Je remarque alors d'étranges filaments, s'apparentant à des veines de couleur noire, qui parsèment sa peau le long de son cou et allant se perdre sous sa chemise. Mais je n'ai le temps de regarder davantage, car il serre ma gorge de ses doigts, me faisant manquer d'air. Je le supplie du regard, une larme creusant un sillon le long de ma joue.

— Ne me défiez pas ! C'est compris ?

Son regard s'apparente à celui d'un démon, ses yeux verts sont sombres, si bien qu'ils se confondent avec le noir de ses pupilles. Il se penche à mon oreille, sans me lâcher. Je ferme les yeux, commençant à manquer d'oxygène.

— Tu es mienne Anya, chuchote-t-il avec une contrastante douceur, me tutoyant pour la première fois.

Sa main libère ma gorge et je tousse attrapant précipitamment chaque particule d'air qu'il m'est donné d'inspirer. Pourtant, mon calvaire est loin d'avoir pris fin.

— Mienne, souffle-t-il encore, alors que sa main glisse sur ma poitrine avant de tirer avec force sur les cordes de mon corsage et que sa bouche vient à la rencontre de la mienne.

Alors que tout mon corps se révulse à l'idée de ce qui est en train d'arriver, ses mots concernant mes parents me reviennent en mémoire.

— Je te veux, maintenant. Il est temps que t'honores ta part du marché.

Je déglutis, le prix à payer pour les sauver est bien élevé. Je secoue la tête, les larmes inondant mes joues, mais il n'en a cure. Si je me refuse à lui maintenant, il les tuera ou enverra un de ses sbires se salir les mains. Si je m'enfuis, peut-être les gardera-t-il en vie comme monnaie d'échange. L'esprit embrouillé, je ne discerne plus ce qui est bon à faire, je ne sais plus où j'en suis. Je décide alors de me fermer à tout, ignorant mes pensées et le dégoût qui m'envahit lorsque je lui donne accès à ma bouche.

Je me recroqueville sur moi-même lorsque le haut de ma robe est replié ai niveau ma taille, dévoilant mon buste, mais il écarte mes bras aussitôt. Il dessine mes seins du bout de la pulpe de ses doigts, me faisant frémir. Malheureusement pour moi, il ne semble pas disposé à en rester là. Sa bouche capture ma poitrine, alors qu'il enlève à son tour ses habits. Il est bien bâti, ses muscles puissants feraient soupirer d'aise n'importe quelle prétendante, à condition qu'elle veuille bien lui accorder ses faveurs, ce qui est loin d'être mon cas. Je ferme les yeux, l'image d'Alexander prenant vie dans mon subconscient. Je le vois me sourire, me chuchoter que tout irait bien. *Tout ira bien*, je me répète ces mots plusieurs fois, avant de croiser le regard de Marcus, dont un sourire triomphant orne ses lèvres ourlées : il me défie de l'arrêter. Je sens ses mains effleurer mes cuisses et ma peau réagir malgré moi dans un soubresaut. J'ai l'impression de flotter au-dessus de mon corps et d'observer cette scène impuissante. Je le vois caresser, titiller et lécher mes seins, je le sens immiscer ses doigts dans mes sous-vêtements comme son demi-frère l'avait fait auparavant. Pourtant, il n'arrive pas à m'émerveiller comme Alexander en avait été capable. Je mords ma lèvre jusqu'au sang, détestant mon corps de réagir à ses gestes déplacés. Ses doigts me caressent intimement, explorant chaque recoin de peau, alors que ses jambes bloquent mes cuisses ouvertes. Je lui suis totalement offerte et il semble s'en délecter.

Je comprends que Marcus cherche à me dérober le peu de dignité qu'il me reste, chose que je ne peux accepter. Je connais les risques, je suis au courant des conséquences qu'engendrera ce que je m'apprête à faire, mais il est hors de question que je le laisse me prendre telle une vulgaire poupée. Je ne m'en remettrai pas, je sais que la douleur physique ne serait rien comparée à celle qui se logerait dans mon âme si je le laissais arriver à ses fins. Cette dernière hurle de protestation, se révulse à l'idée que cet homme puisse prendre possession de mon corps. Depuis quand me laissé-je vaincre sans même combattre ? Que penseraient mes parents et ma sœur, ou encore Annie ? Ils seraient sûrement déçus, j'en suis certaine.

J'ai l'impression de me reconnecter avec mon corps, mon esprit divague à toute vitesse. Je regarde autour de moi, affolée, à la recherche d'une issue quelconque, me permettant de lui échapper. Mon regard se porte sur une carafe d'eau en verre, on me l'avait apportée la veille lorsque j'avais dîné. J'observe avec convoitise l'arme salvatrice et dans un élan de folie ou de détresse je l'attrape d'un geste vif avant de la briser sur le crâne de Marcus avec force. Il écarquille les yeux, avant de s'affaisser sur moi de tout son poids mort. Le liquide écarlate coule le long de sa nuque et se répand rapidement sur mes propres vêtements et ma poitrine. Je déglutis, encore sous le choc, l'adrénaline étant la seule chose qui me permet de rester consciente. *L'ai-je tué ?* Tremblante, les mains ensanglantées, je pousse dans mes dernières forces afin de le repousser sur le matelas. Je vérifie son pouls et découvre avec effroi qu'il vit encore, il doit être juste inconscient. Je dois faire vite, car si je retombe entre ses mains, moi et les miens serons perdus à jamais.

Je me redresse avec difficulté, j'ai l'impression que mes sens, autant que mes membres, sont engourdis. Le haut de ma robe est totalement défait, je cache inutilement ma poitrine essayant de retrouver un semblant de calme. Je ne dois pas paniquer maintenant, pas si je veux sauver ceux qui me sont chers et venger ceux que j'ai perdus. J'inspire longuement, me donnant du courage, réfléchissant à toute allure, car les sbires de Marcus ne tarderont sûrement pas à solliciter leur maître.

Dehors, le ciel est couvert. Des amas de nuages gris se forment au-dessus de nos têtes, tandis que la pluie commence à s'abattre doucement sur les terres Llyrhiennes. J'observe par la fenêtre, la plupart des hommes prendre refuge dans leurs tentes, tandis qu'une petite poignée monte la garde. *C'est le moment ou jamais !*

Je me glisse sur la pointe des pieds jusqu'à la commode, observant mes traits dans le vieux miroir, il me renvoie le reflet d'une étrangère. Mes lèvres sont pincées en un pli disgracieux, comme si je retenais une grimace. Quant à mon regard, il semble tout simplement éteint, fatigué. Ma peau est pâle, décorée de quelques bleus ici et là, mais également de sang. Je déglutis avec peine, promenant mes yeux sur les objets entreposés sur le meuble. Je me saisis de ciseaux puis fixe cette épave qui se tient devant moi, c'est ainsi que je me sens, telle une coquille vide, rien de plus. Le souvenir des mains de Marcus sur ma peau, sur mes parties intimes, est insoutenable. Je remercie intérieurement les dieux qu'il ne soit pas allé jusqu'au bout, autrement, je ne tiendrais pas debout à l'heure actuelle. Les mèches de cheveux tombent et s'entassent à mes pieds les unes après les autres dans une masse sombre et épaisse. Je suis incapable de m'arrêter, l'outil coupe net là où mes doigts l'actionnent jusqu'à ce que de ma longue crinière il ne reste plus qu'un carré court noir, qui frôle discrètement mes épaules. J'ai du mal à me reconnaître, ma mère serait outrée ou se serait évanouie si elle me voyait ainsi. *Qu'importe…* Mes cheveux me gêneraient dans ma quête, difficile de les cacher sous un turban en étant aussi longs et épais.

Je repose l'objet à sa place peu avant d'entendre toquer à ma porte. Je me tends, serrant mes poings jusqu'à ce que mes jointures blanchissent. Je suis prise au piège, je ne m'en sortirais pas si l'un des hommes de main du brun découvre ce que j'ai fait, avant que je n'aie pu prendre la fuite. Je me rends compte que je tremble de peur, mon cœur me donne l'impression de vouloir s'extirper de ma poitrine. Je recule, jusqu'à ce que mon dos heurte le mur.

— Monsieur ?

Je déglutis, s'il ne répond pas il trouvera cela suspicieux. J'inspire, prenant sur moi, réfléchissant à toute vitesse. Je gémis, comme si Marcus et moi étions en plein ébat intime et tente piteusement de l'imiter en grognant. Je me trouve absolument ridicule, en espérant que l'homme de l'autre côté de la porte soit davantage convaincu par mon talent d'imitation que moi je ne le suis. Surprise, j'entends le soldat ricaner, puis ses pas s'éloignent vers l'autre côté de la maison. Je m'autorise enfin à reprendre mon souffle. Je ravale mes craintes et avance jusqu'à la porte. J'inspire et pose la main sur la poignée avant de la tourner lentement. Le couloir est vide, même si des voix masculines me parviennent des pièces d'à côté, je referme et retourne dans la chambre.

Mon regard se pose à nouveau sur le lit, dont le sang a maculé les draps. Marcus est toujours inerte, mais je peux voir sa poitrine se soulever et s'affaisser faiblement.

Je m'accroupis et soulève lentement le matelas, retrouvant le petit butin que j'avais caché un peu plus tôt. Le masque est toujours dans la poche de ma robe, je l'en extirpe, ainsi que les affaires du sac. Il est temps qu'ils servent.

Je troque mes affaires contre celles du paysan, après avoir maladroitement nettoyé le sang sur ma peau. En un rien de temps je suis rhabillée, mes cheveux courts sont enveloppés dans le turban et j'ai l'air d'un garçonnet ! De mon visage, on ne distingue que mon regard grâce au tissu qui le recouvre. Je fourre à la hâte du pain, un peu de viande et des fruits que je n'avais pas mangé la veille dans mon sac de voyage. J'ai de quoi tenir un jour ou deux avec ça, étant donné mon appétit. Il est temps pour moi de prendre la fuite, tant pis si j'y laisse la vie en essayant.

Je tire la chaise qui se tient devant la commode et coince son dos contre la porte, puis vérifie que cette dernière est bien fermée à clé. J'ouvre discrètement la fenêtre, puis, dans un bruit sourd, me laisse glisser à l'extérieur, mon sac de fortune sur mon épaule, sans un regard en arrière. Cachée derrière un buisson j'observe les allées et venues des sentinelles postées aux quatre coins de la bâtisse. Si je veux me sortir d'ici, il faut que je les contourne.

Un regard à gauche, puis un à droite, je vérifie que mon masque cache correctement mon visage. Je me glisse derrière une charrette, mon cœur bat la chamade. J'ai l'impression d'entendre les battements affolés de ce fichu organe dans ma poitrine, me demandant si les autres pourraient aussi l'entendre. M'intimant au calme, je cherche désespérément une issue quand une main se pose brusquement sur ma bouche, m'empêchant de crier. Je sursaute et me débats, donnant des coups de pied là où je le peux.

— Arrêtez ! Vous allez nous faire repérer ! grogne une voix masculine dans mon dos. Bien, maintenant je vais vous libérer et vous ne ferez pas de bruit, sinon nous serons deux à être pendus. C'est compris ?

Cet épisode me rappelle douloureusement cette nuit avec Alexander, dans les plaines glacées. Je reconnais néanmoins la voix du soldat à qui j'ai volé le masque ce matin. Mes mots l'ont-ils fait changer d'avis ? Je hoche la tête et sens qu'il retire sa main lentement. Je me retourne et lui fais face, il m'observe d'un air penaud, je regarde autour de nous, inquiète. Il a dû me voir sortir en douce par la fenêtre, c'est pourquoi il m'a reconnue. Je prie pour qu'il soit le seul à m'avoir remarquée.

— Vous aviez raison, ce combat n'est pas le mien. Je ne supporte plus les horreurs qu'il nous oblige à commettre, je préfère encore y laisser la vie que de la poursuivre en étant à ses ordres.

Je ne pipe mot, la sincérité est lisible dans son regard clair. Que pourrais-je dire ? Dans un cas comme dans l'autre il est condamné. Tourner le dos à Marcus ce serait un billet direct pour l'abattoir, sans retour possible. Il relève son regard jusqu'à croiser le mien, il a l'air tout à coup décidé. À quoi exactement ? Je sens que je ne tarderai pas à le savoir.

— À mon signal, courez tout droit, les arbres vous offriront refuge. Éloignez-vous autant que vous le pourrez, ne vous arrêtez pas, ne regardez pas en arrière, peu importe ce que vous verrez ou entendrez. Dès qu'il s'apercevra de votre absence, il lancera ses montres à vos traces.

Il frissonne de peur, je ne peux que le comprendre. L'idée de me retrouver à nouveau face à l'un de ces chiens de l'enfer me paralyse. Il secoue néanmoins la tête.

— C'est votre unique chance. Je vais faire diversion, ainsi vous pourrez vous échapper. C'est compris ?

J'écarquille les yeux comprenant qu'il s'apprête à risquer sa vie afin que j'aie une chance de m'en sortir.

— Pourquoi ? balbutié-je étonnée.

— Je refuse de prendre encore des vies innocentes, afin qu'il assouvisse sa vengeance. Mais aussi, car vous êtes peut-être notre seul espoir. Car vous seule pouvez nous sauver et l'arrêter.

Je déglutis à ses mots, sentant un trop grand poids peser sur mes épaules. Je n'arrive pas à me sauver moi-même, comment pourrais-je sauver tout un continent ? Des pas approchent, il rajuste mon masque et me fait signe de me taire, puis m'offre un dernier sourire chaleureux, quoique résigné. La boule au ventre, je le suis du regard tandis qu'il s'éloigne. Je n'ose pas bouger d'un poil, jusqu'au moment où des éclats de voix me parviennent, puis en quelques secondes un vacarme assourdissant emplit la petite prairie. J'inspire profondément et m'élance dans le sens opposé à la foule. Les sentinelles n'y sont plus, sûrement occupées à calmer le grabuge causé par mon nouvel allié.

Je m'interdis de regarder en arrière et m'enfonce dans les bois, courant à en perdre haleine. *Courir, ne pas s'arrêter, courir...* Je me répète ces mots inlassablement pour me donner du courage. Bientôt les branchages bas des arbres m'engloutissent, les bruits cessent et un silence inquiétant s'installe autour de moi. Seul le bruit de mes pas, lorsque mes bottes écrasent les branches sèches, vient rompre le calme ambiant. Aucun rayon de lumière ne réussit à percer le feuillage épais des arbres. J'essaye d'éviter au mieux les feuillages bas, certains arrivent tout de même à m'écorcher le visage et les mains. Mais rien ne m'arrête, rien sauf... ça.

Je cesse net ma course, lorsqu'une paire d'yeux d'un bleu luisant surgit derrière les arbustes. Un loup d'une taille assez conséquente me fait face. Il grogne alors que ses pas lourds écrasent les branchages au sol sans mal. Je n'ose pas bouger, la peur me broyant les tripes, imaginant la bête bondir sur moi à tout instant et n'en faire qu'une bouchée.

— Tout doux..., soufflé-je d'une voix mal assurée.

Au bord de la crise de panique, je le vois s'avancer lentement vers moi, me permettant de prendre conscience de sa carrure imposante, anormalement grande pour un loup ordinaire. Son pelage est d'un blanc immaculé que l'on pourrait facilement confondre avec la neige dans les paysages glacés d'Ursaa. Ses muscles puissants roulent sous sa peau à chaque pas, il est juste impressionnant. *Est-il aussi sous les ordres de Marcus ?* Trois pierres précieuses, de la couleur du diamant, semblent incrustées sur son front. Il s'arrête à quelques centimètres de moi, si bien, que je peux sentir son souffle chaud sur mon visage. Je me tends lorsqu'il me jauge tranquillement, son regard dans le mien. Puis sans crier gare, il se penche brusquement vers moi, alors qu'en même temps je me recroqueville sur moi-même m'attendant à la morsure qui m'anéantira. Je ferme les yeux, contractée à m'en faire mal, mais rien ne vient. Pas de crocs, pas de douleur, pas de sang. J'ouvre un œil, puis l'autre. L'animal est invraisemblablement couché à mes pieds. Je l'observe interdite, même allongé il fait ma taille.

— Ah ! Te voilà Ino !

Je sursaute, trois silhouettes s'avancent dans ma direction. *Cette voix...* Je fronce les sourcils, essayant de distinguer les nouveaux venus malgré la pénombre. J'ouvre la bouche de surprise.

— Vous !

— Nous ! dit mon interlocuteur d'un ton rieur, imité par sa compagne.

Je reconnais l'homme et la femme qui étaient dans la forêt lors de mon réveil, après cet étrange rêve ou vision, j'ignore encore comment définir ce qui s'est passé. Derrière eux se tient un autre loup, un peu moins imposant que celui qui gît à mes pieds. Ce dernier se lèche actuellement les pattes, pas embarrassé le moins du monde.

— Je vous avais dit que nous reviendrions pour vous. Nous avons pour habitude de tenir parole.

Il sourit un peu plus, tandis que la jeune femme lève les yeux au ciel.

— Ne prêtez pas attention à lui, il veut toujours trop en faire. Bon, ce n'est pas tout, mais nous devons y aller. Ils ne vont pas tarder à s'apercevoir de votre absence et les *hurleurs* vont vous suivre à la trace. Je préfèrerais que nous soyons loin d'ici quand cela arrivera. On fera les présentations plus tard, si vous voulez bien… Majesté.

Elle sourit de toutes ses dents, s'incline maladroitement et me fait signe de la suivre. Son regard se promène sur mes habits, je détourne le regard, gênée.

— Je n'aurais jamais pensé croiser une princesse parée de tels… accoutrements. C'est original !

J'ouvre la bouche et la referme, ayant visiblement perdu ma langue. Au lieu de lui répondre, je l'observe intimer à Ino, qui est d'après elle le meilleur pisteur au monde, de se lever. Ce dernier obéit et se place à ses côtés. Elle arque un sourcil et je m'approche, sur mes gardes.

— À vous l'honneur !

Je la dévisage comme si elle avait perdu l'esprit lorsqu'elle m'invite à monter sur le loup. Mais elle est tout à fait sérieuse et pour preuve, le dénommé Ino s'abaisse, afin de me faciliter la tâche.

— Vous voulez que je… que je monte sur ce loup ?!

— La première fois, c'est impressionnant, mais après on s'y fait à force, chantonne-t-elle sans se départir de son sourire.

Je me demande si elle n'a pas mal aux zygomatiques à force de sourire tout le temps de la sorte. Visiblement non.

J'obtempère avec des gestes maladroits. Il y a une différence entre monter à dos de cheval et cavaler sur un loup, surtout si la taille de ce dernier est décuplée par rapport à celle de ses semblables. Cela dit, je préfère me retrouver face à un loup que face à l'un des monstres de Marcus, et ce, sans hésitation aucune. Mes mains se tiennent fermement au pelage soyeux de la bête, mes muscles sont crispés, je panique à l'idée de tomber. Une fois correctement installée sur l'animal, la blondinette se dirige vers son frère qui est monté sur l'autre loup et se hisse agilement derrière lui.

— Tenez-vous bien, me lance-t-elle avant que les deux canidés ne s'élancent dans une course folle à travers la forêt.

19

ANYA

Nous avons traversé la forêt Anooriènne toute la nuit, nous éloignant inexorablement de la capitale Llyrhoise. Agraam n'est plus qu'un champ de bataille où sang et flammes peignent un tableau funeste. Nous allons beaucoup plus au sud-est, nous enfonçant dans les terres d'Anoor. Je n'avais jamais eu l'opportunité de visiter cette région, connue pour sa végétation abondante et ses immenses plaines verdoyantes. Mais les récents événements m'empêchent de profiter du paysage.

Nous n'avons visiblement pas été suivis, ni repérés, mais mes compagnons de voyage préfèrent rester en alerte. Au cours de la nuit, nous nous sommes peu arrêtés, mes cuisses malmenées peinent à me supporter, j'ignore combien de temps je pourrais tenir leur rythme effréné. J'ai peu appris sur mes sauveurs, si ce n'est qu'ils sont frère et sœur - chose que je savais déjà par leur ressemblance - et qu'ils sont mes gardiens en quelque sorte, j'ignore encore ce que cela implique réellement. Pour le reste, ils m'ont demandé de me montrer patiente. Je préfère ne pas penser à Marcus, encore moins à ce qu'il pourrait infliger à ma famille afin de se venger en découvrant ma fuite. Après tout, notre étrange accord était la seule chose qui m'assurait leur survie.

Peu après l'aube, quelques habitations apparaissent enfin à l'horizon et leur nombre augmente au fur et à mesure de notre avancée. Le haut des tours forme des arabesques impressionnantes, l'architecture est pour le moins exotique. Nous sommes dans la ville d'Erryon, d'après les jumeaux.

Nous pénétrons au cœur des remparts de la cité, nous avons préféré laisser les loups derrière une petite colline, afin de passer le plus inaperçus possible. Ruelles et allées sont animées par des musiciens, leurs instruments reproduisant des mélodies entraînantes. Ici, le soleil brille, les habitants se pavanent insouciants dans les rues de la ville, comme si a à peine quelques lieues de là, la guerre n'avait jamais éclaté. Les femmes sont d'une beauté époustouflante, leur chevelure sombre tombe tels de longs voiles le long de leur dos, certaines allant jusqu'à frôler le sol. Leur tenue est quasiment la même, elles portent toutes les mêmes robes aux tissus fins, si ce n'est leurs couleurs qui varient, tachetant chemins et promenades de mille et une nuances vives. Quant aux hommes, la plupart sont vêtus de fins gilets, laissant entrevoir leur peau basanée par le soleil, ainsi que des pantalons en toile. Nous faisons tache dans ce décor et les regards étonnés des passants sur nous, ne me contredisent pas.

— Venez !

La voix d'Eden me tire de mes pensées. Je suis les jumeaux jusqu'à ce qui semble être une place de marché. Plusieurs stands siègent dans la ruelle étroite qui entoure la fontaine dont l'eau s'écoule abondamment. Fruits, légumes, baies et bien d'autres denrées alimentaires dont j'en ignore pour certaines l'origine sont exposés sous les pergolas aux teintes vives. Eden et Lyrah parcourent les différentes allées, achetant des provisions pour notre voyage. Leurs achats se terminent par des tenues propices à supporter la chaleur, d'après le blond il est probable que nous ayons à traverser le désert. Notre « exploration » de la ville finie, nous échouons dans une taverne afin de nous rafraîchir et de nous reposer quelques heures.

L'aube pointe le bout de son nez lorsqu'une agitation particulière, à l'extérieur, me réveille. Je m'extirpe du lit sur la pointe des pieds et fais glisser prudemment le rideau de la fenêtre. Dehors, le calme de la soirée a été remplacé par un vacarme assourdissant. Plusieurs hommes, armés, dont les masques qui dissimulent leur visage ne me sont pas inconnus, pénètrent dans les maisons et fouillent les environs. Protestations de femmes et d'enfants se font entendre, tandis que plusieurs hommes en viennent aux mains afin de se débarrasser des envahisseurs. Au loin, une autre troupe avance, je devine qu'il doit s'agir de soldats anooriens venant prêter main-forte aux habitants.

Je recule précipitamment lorsqu'un des sbires de Marcus scrute attentivement la façade de l'auberge. Mon cœur cogne douloureusement dans ma poitrine à la perspective qu'ils me retrouvent et me ramènent à leur maître. La porte de la chambrette s'ouvre à la volée, le visage alerté d'Eden apparaît, suivi de celui de sa jumelle et de l'aubergiste qui nous avait reçus la veille.

— Venez, ne perdons pas de temps.

J'attrape mes affaires et les suis dans les escaliers à toute vitesse. L'homme d'une quarantaine d'années, aux cheveux poivre et sel, nous conduit dans les sous-sols de l'établissement. Lui et Eden s'appliquent à faire glisser une vieille armoire derrière laquelle se cache une porte en bois. Le jumeau me glisse dans les mains une torche, qu'il allume, la flamme caressant ma peau sensible. C'est dans un silence religieux que nous nous engouffrons dans l'étroit passage, la porte se refermant à notre suite.

— Comment m'ont-ils si vite retrouvée ? demandé-je à bout de souffle.

Eden me fait face, la lumière des torches donnant un halo doré à sa chevelure.

— Les *hurleurs*, il faut croire qu'ils sont plus efficaces que ce que j'avais imaginé. Nous devons retourner à la surface sans délai, Ino et Ena nous attendent dehors.

Je hoche la tête et les suis de près. Lyrah m'explique que nous sommes dans les sous-sols de la ville et les éclats de voix au-dessus de nos têtes finissent par me le confirmer. Nous avançons rapidement plusieurs centaines de mètres, avant qu'une grille ne nous barre la route. De l'autre côté s'étend une prairie verdoyante, Ino et Ena se tiennent à quelques mètres de nous, je me demande comment ils ont pu nous retrouver. Mon regard se porte sur Lyrah, c'est avec une habilité déconcertante et à l'aide d'une ridicule pince à cheveux que la jolie blonde déverrouille le cadenas, libérant ainsi le chemin.

Nous nous retrouvons dehors, les deux loups viennent à notre rencontre. Eden se charge de ranger ce que nous avions acheté la vieille dans des sacoches pendant de part et d'autre des flancs des canidés.

— Comment les loups ont-ils su où nous trouver ? demandé-je étonnée.

— Et bien, disons que cela fait partie des choses que vous apprendrez bien assez tôt.

J'arque un sourcil interrogatif, Eden m'offre une moue innocente peu convaincante. Ils m'occultent des choses, je n'aime pas cela. Lyrah lui donne un coup de coude dans les côtés, il grimace.

— Bon, d'accord, dit-il levant les mains en l'air. Je lui expliquerai tout, mais là, tout de suite, la priorité est de nous éloigner des hommes de Marcus, si vous voulez mon avis. N'êtes-vous pas d'accord avec moi, Princesse ?

Sa façon de m'appeler ainsi a quelque chose de dérangeant, amusement et ironie se mélangent dans son regard dès qu'il s'adresse à moi. Je pince les lèvres contrariée, Lyrah me lance un regard en coin et je hausse les épaules. Visiblement satisfait, Eden monte sur Ena puis aide sa sœur à faire de même. Ino se baisse à ma hauteur afin de me faciliter la tâche et nous partons en direction des contrées isolées de Ghervos. Un long voyage nous attend, et il ne s'annonce pas du tout plaisant. Nous devrons longer les côtes, jusqu'aux terres arides où se trouve apparemment notre destination.

Après toute une journée de cavalcades interminables nous voilà sur les côtes qui bordent le territoire Anoorien.

D'après Lyrah c'est le meilleur moyen de semer nos poursuivants.

Je m'éloigne des jumeaux qui marchandent notre voyage clandestin avec les Passeurs. Leurs navires de fortune ne m'ont l'air guère rassurants, mais, avons-nous d'autre choix ?

Face à la mer agitée, mon regard se perd au loin. J'inspire profondément, laissant l'air marin emplir mes poumons et ferme les yeux. Une sorte de lassitude s'empare de moi tandis qu'une bourrasque agite ma chevelure désormais courte. Je pense à mes parents et à ma sœur, le sort qui les attend ne dépend que de moi. Les ai-je perdus à tout jamais ? Je ravale mes larmes, déglutissant péniblement alors que mes pensées divaguent ensuite vers Alexander. Tout est ma faute, je ne peux m'empêcher de le penser. Il semblerait que derrière moi traîne l'ombre de la mort, emportant sur son passage chaque être qui m'est cher.

Quelque chose d'humide se pose contre mon poing fermé. J'ouvre les yeux et ils croisent ceux d'Ino dont le pelage doux et immaculé s'agite autant que mes cheveux. Ses pattes solidement enfoncées dans le sable, il soutient mon regard, le sien semble étrangement humain.

— Fais-je le bon choix ? je demande plus pour moi-même que pour le loup, en me laissant tomber à ses côtés.

Y a-t-il vraiment de bon choix, altesse ? me répond soudain une voix dans ma tête.

Je me tourne vers lui étonnée. Suis-je folle au point de croire que ce loup peut me parler ? Pourtant, il me regarde toujours, impassible.

J'ouvre la bouche, puis la referme, ne sachant pas si mon esprit est tout simplement dérangé ou si ce loup est bien capable de communiquer avec nous. Je fronce les sourcils, la tête en ébullition.

— Est... Est-ce que tu peux parler ? risqué-je d'une toute petite voix, me sentant encore plus ridicule d'avoir posé la question à voix haute.

Seulement si vous me le permettez, me répond encore une fois la voix.

J'écarquille les yeux, abasourdie.

— Comment est-ce possible ?! m'écrié-je en me levant d'un bond comme si un insecte venait de me piquer.

— Ino ! gronda la voix d'Eden derrière moi, me faisant sursauter. Je t'avais demandé d'attendre, par tous les dieux !

Le loup, lui, me lance un regard ennuyé et d'un grognement s'affaisse ventre contre sable, faisant soupirer d'exaspération son interlocuteur.

Je les regarde tour à tour interdite, me demandant si je ne suis pas en train de rêver. Eden s'approche de moi et pose ses mains sur mes épaules. Je suis comme anesthésiée, incapable de réagir.

— Vous…

— Moi ? dit-il pince sans rire face à mon manque de réaction. Écoutez, je voulais attendre le moment propice pour vous en parler, mais il semblerait que quelqu'un n'ait pas été de cet avis.

Il enchaîne en lançant un regard sévère à Ino qui le dévisage d'un air innocent, en faisant tranquillement sa toilette.

— Qu'êtes-vous ? demandé-je en me reculant, mettant de la distance entre lui, le loup et moi.

— Des *Zêrevä*…

— Des quoi ? dis-je ne comprenant pas un traître mot de ce qu'il raconte.

— Des *Zêrev*… aïe ! s'exclame-t-il en grimaçant, lorsque sa jumelle lui assène une tape sur l'arrière du crâne.

— Comme si elle allait comprendre notre langage en un clin d'œil ! *Zaïti* !

Elle lève les yeux au ciel exagérément exaspérée et s'approche de moi. Me concernant, je n'ai pas bougé d'un poil et attends leurs explications.

— Il y a beaucoup de choses que vous ignorez sur notre monde, sur nous et sur vous-même en particulier, commence-t-elle en me regardant. Nous voulions attendre d'arriver au Temple de Pyhä, Estée aurait su mieux vous expliquer que nous, comme elle l'a fait pour l'autre héritier.

— Estée ? Qui est-ce ? demandé-je de plus en plus piquée de curiosité, même si cela n'expliquait pas tout, encore moins comment ce loup arrivait à s'introduire dans ma tête.

— Il s'agit de la gardienne du Temple, notre chef si vous préférez. C'est à elle que la tâche revient, normalement.

Elle lance un regard en biais au loup qui n'avait visiblement pas terminé sa toilette, ce dernier l'ignore superbement, peu concerné par la conversation.

— Quoiqu'il en soit... Princesse, sachez que nous autres avons, disons... des capacités qui peuvent vous dépasser, comme par exemple, nos loups, qui peuvent s'ils le souhaitent communiquer avec nous. C'est un lien très utile lors des combats, un lien unique qui se tisse entre le loup et celui qu'il aura élu comme compagnon de vie. Ino parle rarement à quelqu'un d'autre que nous, alors qu'Ena, elle, c'est une petite bavarde. Il doit vous apprécier pour avoir communiqué avec vous de cette façon.

Mon regard passe des loups - car Ena est venue rejoindre son congénère - aux jumeaux et inversement. Je me sens de plus en plus perdue face aux explications qu'elle me fournit, c'est juste insensé !

— Je sais que cela fait beaucoup, en peu de temps, Estée saura mieux vous apprendre tout sur notre peuple en temps voulu ? Nous vous demandons juste de vous montrer patiente.

Son regard innocent me transperce, tout comme celui de son frère. J'ai besoin de savoir ce qui se passe, car j'ai la certitude irrationnelle que cela changera ma vie à tout jamais. Cependant, ils n'ont pas l'air décidés à m'en dire davantage et je n'ai d'autre choix que d'attendre de rencontrer la dénommée Estée.

Je hoche la tête, vaincue. Je sais qu'il serait inutile d'insister, je n'obtiendrais rien d'autre d'eux si ce n'est ce qu'ils m'ont déjà expliqué.

Zêrevä, le mot me revient, comme une mélodie chantante. C'est un langage étrange et qui pourtant me semble familier. La vision d'Orä me revient en tête, ses paroles, ma supposée destinée. Cela me semble complètement improbable, mais en même temps, j'ai la sensation qu'elle disait vrai. La sensation que quelque chose qui sommeillait en moi jusqu'à lors et dont j'ignorais l'existence, est doucement en train de se réveiller. Nous autres qui supposions tout savoir, il faut croire qu'il nous reste encore beaucoup à apprendre.

C'est à la nuit tombée que notre embarcation a pris enfin le large, direction le nord-est. Il nous fallut toute une journée de navigation, une tempête en pleine mer et un froid polaire venu du nord, avant de rejoindre les côtes Ghervoises. Le capitaine nous a expliqué que la baisse des températures était due au désert arctique au nord du continent. Apparemment si tout au sud, c'étaient le sable et la chaleur écrasante qui nous attendraient la journée, en pleine nuit et vers le nord, il faudrait s'attendre au froid glacial. C'est d'ailleurs pour cela que l'on appelle le nord de Ghervos : « Le désert de Glace ». En somme, rien de bien accueillant et mes craintes sont confirmées en posant les pieds au sol.

Désormais sur la terre ferme, exténuée, je laisse promener mon regard sur le paysage désertique qui s'étend devant nous.

— Bienvenue à Dün-Riël, altesse ! s'exclame Eden avec un enthousiasme feint.

Je comprends mieux maintenant pourquoi on l'appelle ainsi, dans la langue ancienne de Llyrh, d'après certains livres, Dün-Riël signifie « sombre cœur ». Et cela y ressemble, du moins ce que j'ai devant moi.

Le terrain aride est entrecoupé par moments par des marécages sablonneux, quiconque s'y enfoncerait dedans aurait peu de chances d'en sortir vivant. Au loin, l'étendue de sable semble interminable, quelques dunes viennent agrémenter ce paysage désolé, avec des arbustes dont les branches sont nues, tels des cadavres laissés pour compte.

— Comment peut-on survivre là-dedans ? demandé-je perdant le peu d'espoir qu'il me restait. Si on ne meurt pas de chaud ou tués par des bêtes sauvages et affamées, ce sera sûrement la soif qui nous tuera.

— Ne soyez pas aussi pessimiste, Altesse, vous...

— Anya, appelez-moi Anya, l'interrompis-je sèchement, ne supportant plus ce titre qui me semble désormais ridicule et dont je ne me sens plus digne.

— Bien, Anya, poursuit Eden avec un sourire contrit, vous n'avez pas à vous en faire. Nous avons effectué ce voyage à plusieurs reprises ! Nous avons tout ce qu'il nous faut !

Et en effet, il avait prévu tout un attirail que les loups baladaient sur leurs flancs respectifs. D'ailleurs, je suis stupéfaite que les passeurs n'aient pas paniqué en découvrant la taille anormale des canidés. Ils semblent connaître les jumeaux ceci dit, cela ne doit pas être la première fois qu'ils voyagent de la sorte.

Pendant le trajet en bateau, nous avons changé de tenue, pour quelque chose de plus approprié que nous avons acheté lors de notre court séjour à Erryon. Quelque peu rassurée, je monte sur Ino lorsque ce dernier s'abaisse face à moi et suis les jumeaux direction le nord. Les loups semblent connaître la route, signe qu'Eden n'a pas menti, je me contente alors de me laisser transporter.

Le trajet est calme, beaucoup trop d'ailleurs. Le soleil brûlant m'assomme, mettant ma peau à vif malgré mes habits. Je suis en nage en l'espace de quelques minutes, peu habituée à ces températures. Nous ne croisons pas d'âme vivante pendant des heures, le même tableau se dessine inexorablement devant nous, le temps s'écoulant lentement. Parfois, les empreintes de pattes des loups se mélangent aux sillages laissés par certains voyageurs téméraires. Les traces de caravanes dessinent de petites routes qui semblent destinées à nous guider. Vers quoi exactement ? Telle est la question.

ANYA

L'horizon vire à l'orangé sous les rayons flamboyants du soleil couchant. Cela fait des jours que nous avançons dans un calme religieux, dérangés parfois par le croassement d'oiseaux ou quelques renards qui viennent à notre rencontre.

Nous faisons actuellement une halte près d'un rocher afin qu'il nous tienne à l'abri de la vue d'éventuels visiteurs. La roche est d'une couleur laiteuse, mais rugueuse, me rappelant un bloc de sel, malgré le sable incrusté dessus. Quelques arbustes épineux poussent au pied de cette dernière, ainsi que de l'absinthe.

— Nous passerons la nuit ici, décrète Eden en sortant les tentes des sacs accrochés aux loups. Nous serons cachés par le rocher et protégés du vent en cas de tempête.

Nous hochons la tête, Lyrah et moi partons à la recherche de branches sèches afin d'allumer un feu. Je m'éloigne de notre campement de fortune, ramassant tout bout de bois qui me tombe sous la main. Le vent commence à se lever peu à peu, d'après Eden, il se pourrait que l'on affronte une tempête de sable cette nuit. Il est vrai que l'air s'est considérablement rafraîchi, mais après ces deux journées sous un soleil écrasant, cette baisse de température est la bienvenue.

— Attention ! s'exclame une voix dans mon dos, alors que des bras m'agrippent la taille et me tirent en arrière.

Je tombe sur le sable, écrasant mon assaillant de tout mon poids, puis me débats comme une furie.

— Tout doux ! souffle la voix d'Eden au creux de mon cou.

Je me dégage de son étreinte, en me redressant, mal à l'aise.

— Qu'est-ce qu'il vous prend ?! le sermonné-je en époussetant mes habits.

L'intéressé me dévisage, puis se redresse visage fermé.

— Il me prend que vous ne regardez pas où vous mettez les pieds !

Sur ces mots, il lance un gros caillou à quelques mètres de moi, ce dernier s'enfonce dans le sable, aspiré au fond du marécage. Je pâlis, me sentant bête d'avoir réagi aussi agressivement.

— Désolée…, soufflé-je confuse.

Il me tourne le dos, s'éloignant à grandes enjambées, afin de rejoindre les loups et envoyant valser mes excuses. Il marmonne quelque chose comme « nourrice », mais je préfère ne pas relever. Je ramasse le bois tombé à terre et reviens sur mes pas en silence. Lyrah nous rejoint quelques minutes après, rompant le mutisme dans lequel nous sommes plongés.

— Qu'as-tu encore fait ?! demande-t-elle à son frère en fronçant les sourcils.

Ce dernier hausse les épaules en secouant la tête et s'affaire sur le feu. Quelques secondes plus tard, les flammes jaillissent, nous réchauffant agréablement. Mon regard se plonge dans les braises, ressassant le souvenir de ce que Marcus a voulu m'infliger. C'est sûrement la cause de ma réaction excessive quelques minutes auparavant. Je finis par fermer les yeux, comme si ce geste pouvait effacer son image de mon esprit. Visiblement, ce souvenir est ancré en moi, je doute pouvoir un jour l'oublier, c'est une certitude.

— Il n'a rien fait, c'est ma faute, je ne regardais pas où j'allais. Je dois la vie à votre frère, encore une fois.

Je hausse les épaules et me lève, ayant perdu appétit. Je m'introduis dans la tente dressée pour moi. M'allongeant sur le dos, je fixe la toile qui me sert de toit. Le tissu de la tente se froisse, avant de s'ouvrir, la tête de Lyrah apparaît.

— Je peux ? demande-t-elle avec un petit sourire gêné.

Je hoche la tête et me redresse, assise en tailleur. Silencieuse, j'attends qu'elle s'exprime.

— Je voulais m'assurer que vous alliez bien et... m'excuser au nom de mon frère, il est parfois un peu bourru.

Elle a l'air sincère, je m'efforce de lui sourire.

— Votre frère n'y est pour rien, au contraire, c'est grâce à lui que je ne suis pas actuellement au fond d'un marécage. C'est moi, j'ai réagi un peu trop fougueusement, je crois bien l'avoir vexé.

Elle me regarde les yeux ronds, en rougissant.

— Oh..., je vois.

S'en suit un moment de silence embarrassant, qu'elle finit par rompre quelques secondes plus tard.

— Ne vous en faites pas, il ne vous en tiendra pas rigueur. Demain matin tout ceci ne sera plus qu'un vieux souvenir, puis il comprend que ce soit trop pour vous. Ma foi, je n'ose imaginer me retrouver à votre place.

Je la regarde tristement.

— Je ne vous le souhaite pas non plus.

Soupirant, je passe une main lasse sur mon visage.

— Pouvez-vous me parler d'Estée ?

Lyrah mordille sa lèvre, indécise, puis marmonne quelque chose dans une langue que je ne connais pas.

— Après tout, pourquoi pas ? Estée est-ce que l'on appelle un *oracle*. Elle est la gardienne du Temple de Pyhä. Dans la langue ancienne de Llyrh, donc celle que nous parlons couramment chez nous, *Pyhä* signifie « sacré ». Disons qu'Estée est le dernier oracle des divinités. Grâce à elle, nous communiquons avec ces dernières, c'est ainsi que nous avons su où vous trouver.

Je l'écoute attentivement, essayant d'assimiler ce qu'elle est en train de m'apprendre. Dans ma vision, Öra m'a dit de rejoindre l'oracle. Je suppose qu'elle devait parler de cette femme. Mes neurones tournent à plein régime, j'aimerais pouvoir comprendre ce que l'on attend exactement de moi.

— Donc... si je comprends bien, vous pratiquez une sorte de magie ?

— On peut dire cela oui. Mais la magie a toujours été présente à Llyrh, seulement, pour le bien des hommes, les dieux ont pris la décision de la faire plus ou moins disparaître. Mais notre monde a besoin de magie pour survivre, c'est pourquoi, afin de la préserver un minimum, chaque famille royale a dans son sang cette réserve de magie, que vous vous transmettez de génération en génération. Ainsi, l'équilibre est préservé, sans que vous n'ayez accès à des pouvoirs qui pourraient vous détruire, ou détruire Llyrh, comme c'est arrivé par le passé.

Je connais une partie de l'histoire, puisqu'elle nous est transmise de père à enfants. Pour autant, je ne vois toujours pas pourquoi ils ont besoin de moi.

— Et qu'attendez-vous exactement de moi ?

Lyrah grimace, le regard désolé.

— Je ne peux malheureusement pas en dire davantage. Mais sachez qu'avec tous les morts à déplorer depuis que Marcus a entrepris sa mutinerie, le cycle a été bouleversé. C'est à vous et à l'autre héritier de le rétablir, afin que notre monde ne périsse pas.

Je hoche la tête. *L'autre héritier*, jusqu'alors je ne m'étais pas arrêtée sur cette information, mais je suppose qu'il est inutile de la questionner sur son identité.

— Vous le rencontrerez au Temple, soyez patiente, devine-t-elle avant que je ne pose la moindre question.

Elle se relève, en me souhaitant bonne nuit, puis se glisse en dehors de la tente. Je demeure immobile, à fixer l'endroit où elle se tenait quelques secondes auparavant. J'ignore si je serai à la hauteur de la tâche qui m'incombe et cette responsabilité pèse lourd sur ma poitrine.

L'aube n'a pas encore pointé le bout de son nez, que je suis réveillée par des rafales terribles. La tente semble sur le point de s'envoler, secouée dans tous les sens. Je frissonne de froid et enroule mon châle autour de moi.

— Anya ? m'interpelle la voix d'Eden.

Je sors la tête de mon abri de fortune, mais la rentre aussitôt, les yeux meurtris par le sable qui vole dans tous les sens autour de nous. Je tousse crachant la poudre épaisse et ocre que s'est introduite dans ma bouche.

— Je suis là, parviens-je à dire d'une voix rauque.

Eden se faufile dans ma tente, assez tendu, un foulard couvrant son nez et sa bouche.

— Nous avons été surpris par la tempête, je ne m'attendais pas à ce qu'elle soit aussi violente. Il n'y a plus aucune visibilité, par chance, comme nous sommes sur une petite colline, les dégâts seront limités, mais nous devons rester vigilants.

À peine ces mots prononcés, voilà que l'on entend le grognement d'un de nos loups à l'extérieur. Nous nous figeons, Eden jure, remet correctement son masque en place et sors. Un fracas me fait sursauter, je resserre mon châle autour de moi et imite Eden avec l'un de mes foulards. J'empoigne ma dague, puis m'extirpe hors de la tente.

Je n'aurais jamais cru devoir faire face un jour à l'un de ces montres. Eden est à terre, protégé par Ino et Ena qui grognent, babines retroussées, afin d'effrayer l'immonde créature qui se tient devant eux. Elle est gigantesque, nous dépassant d'au moins deux bons mètres, son aura est dangereuse et maléfique. Il s'agit d'un horrible reptile filiforme dont la peau passe progressivement d'un brun sablonneux à une couleur plus ambrée. On dirait un serpent, si ce n'est une anguille, sortie tout droit de mes pires cauchemars. À l'extrémité de son long cou pend une grosse tête, parée d'une paire d'yeux semblant à de minuscules trous noirs d'où filtre une lueur inquiétante. En revanche, c'est sa gueule qui m'effraie le plus. Une puissante mâchoire renferme des dents acérées, ainsi qu'une langue démesurée qui se tortille dans tous les sens, la scène est à vomir et me concernant, je n'ose pas bouger, paralysée par la peur.

— Eden ! murmuré-je avec effroi.

Je ne peux malheureusement l'atteindre, le serpent s'interposant entre lui et moi. Je cherche Lyrah du regard, paniquée à l'idée que l'on se fasse dévorer par cette bête affreuse. Je la vois enfin, cachée derrière le rocher. Elle me fait signe de me taire et de reculer. Je ne vois pas comment elle pourrait se mesurer à cet immense serpent, le seul avantage que l'on a c'est la tempête, brouillant la vue du monstre autant que la nôtre. Je recule, pas de chance, si sa vue est brouillée, son ouïe semble, elle, intacte, puisque la bête tourne subitement la tête vers moi, lorsque par mégarde, je fais craquer un bout de bois séché sous mes chaussures.

Sa puissante queue balaye d'un coup sec la tente, je comprends maintenant comment Eden s'est retrouvé au sol. Malheureusement, ni Lyrah ni moi ne pouvons porter secours au blondinet. Je recule, le cœur palpitant de panique, alors que la bête me fixe d'un air affamé. *Que faire ? Où fuir ?* Je ne vois pas d'issue possible, si ce n'est pas la bête, les marécages autour dont la tempête m'empêche de les apercevoir, finiront sûrement par avoir raison de moi.

— Anya, au sol ! crie subitement Lyrah en s'élançant sur le monstre et s'agrippant à la base de son cou.

Furieux, l'étrange animal feule secouant l'intruse tel un vulgaire parasite afin de s'en débarrasser, tandis que je me jette au sol afin d'éviter ses coups de queue qui tranchent l'air comme des lames. C'est sans compter sur la persévérance de la jolie blonde, qui ne lâche pas l'affaire.

Soudain, Ino et Ena bondissent tel un seul animal, plantant leurs puissantes mâchoires de part et d'autre du monstre dont la plainte douloureuse me broie les tympans. Un liquide verdâtre dégouline le long des plaies laissées par les canidés qui reviennent une nouvelle fois à la charge. C'est alors que Lyrah décroche de sa ceinture un fouet que je viens à peine de remarquer, ce dernier s'illumine d'une lueur argentée, lorsqu'elle essaye d'étrangler la bête avec. Mon regard se porte sur l'arc qui gît sur le sable, enfoui à moitié sous ma tente, dans un réflexe de survie je me jette dessus avant de le brandir visant la tête de ce serpent de malheur. Il est temps de mettre en pratique ce que les années d'entraînement au manoir m'ont appris.

Deux, trois flèches atteignent leur cible. Si les deux premières semblent ricocher sur la peau épaisse de la créature, la dernière finit par s'enfoncer dans la cavité oculaire de cette dernière. La bête hurle et Lyrah finit par l'achever avec son étrange fouet. L'animal s'effondre, en un gargouillis immonde, et son corps flasque s'étale à nos pieds. Au même moment, l'accalmie autour de nous cesse, la tempête disparaît, nous plongeant alors dans un calme presque surnaturel.

Je fixe Lyrah avec la respiration courte et la peau en sueur.

— Qu'est-ce que c'était ?

Mais la voilà déjà s'élançant au chevet de son frère. Je l'imite, tout comme les loups. Eden est recroquevillé à même le sable, dans une position vulnérable. Il est blessé au flanc, j'imagine qu'il n'a pas pu échapper à la queue du serpent, pris par surprise. La plaie saigne abondamment, pas moyen de deviner si un organe vital est touché. Avec Lyrah nous le mettons sur le dos, malgré ses protestations.

— Ne sois pas idiot, laisse-nous t'aider, s'impatiente sa sœur en secouant la tête.

— Ça va, ce n'est qu'une égratignure, ment le concerné dents serrées. Ça va aller, il faut juste que…

Il ne finit pas sa phrase, secoué par une quinte de toux qui accentue visiblement sa souffrance, il est pâle et mal en point. Sans lui demander son avis, je déchire sa chemise et me penche sur sa plaie. À notre grand soulagement la blessure ne semble pas trop profonde, mais elle suinte néanmoins une substance noire visqueuse.

— Du poison, m'apprend Lyrah, préoccupée.

Je le suis tout autant et prie les Dieux de nous venir en aide. Sans perdre de temps, la jumelle s'affaire à procurer les soins nécessaires à son frère. Avec précaution, nous le portons à la seule tente encore debout, afin de le protéger du sable.

— Nous devons faire vite, c'est très toxique, il faut éviter à tout prix que le venin se propage.

Nerveuse, je passe une main sur le front d'Eden, afin d'y dégager les mèches poussiéreuses qui y collent. Je me rends alors compte qu'il est brûlant.

— Il a de la fièvre…, soufflé-je inquiète.

— C'est normal, son organisme s'active afin de combattre le poison. Nos pouvoirs nous permettent de récupérer plus vite de nos blessures ou maladies, sans quoi, à l'heure actuelle, il serait déjà mort.

Je frémis, assimilant l'information, mais surtout effarée par son sang-froid et la façon méthodique dont elle agit, malgré les circonstances. À sa place, je doute avoir été capable de garder mon calme.

Je lui passe l'une des sacoches que nous transportions sur les loups. Elle en sort un flacon contenant un liquide aqueux, ainsi que des compresses, puis s'attelle à nettoyer la plaie soigneusement. Eden gémit de douleur, je prends sa main dans la mienne, essayant de le réconforter comme je peux. Lyrah, tire ensuite, d'une petite bourse, une sorte de pastille à l'aspect verdâtre et l'introduit dans la bouche de son frère, m'expliquant qu'en fondant, la substance calmera les maux causés par la blessure et diminuera les effets du poison. La jumelle m'explique ensuite qu'une bonne dose de repos devrait lui permettre de reprendre des forces.

Nous repartons quelques heures plus tard, cette fois-ci c'est Lyrah qui prend les rênes de leur monture, son frère se tenant derrière elle. La jeune femme lui a procuré des soins avec une pâte faite à base de plantes médicinales qu'elle avait dans son sac, avant de reprendre la route. Il semble aller un peu mieux, mais nous essayons de cavaler prudemment pour que son état n'empire pas. Notre prochaine et dernière étape est Tiundra, une oasis se situant en plein cœur du désert.

ANYA

L e crépuscule s'est déjà installé lorsque nous arrivons enfin à Tiundra. Après trois jours de voyage, la mystérieuse cité se dresse désormais sous notre regard, depuis la colline qui la surplombe. Je ne m'attendais pas du tout à cela, je dois l'avouer, ce que Lyrah et son frère devinent à mon regard sceptique.

La ville ressemble davantage à une citadelle fantôme tant elle est désolée, environnée de solitude. Les murailles à moitié détruites laissent entrevoir les vestiges d'anciens bâtiments enfouis sous le sable, dont seul le sommet du plus haut d'entre eux est encore visible.

Un vent nocturne, mais chaud, souffle timidement, soulevant quelques grains de sable sur son passage. Le silence, lui, a quelque chose d'inquiétant.

— C'est ici ? demandé-je de moins en moins convaincue, peu amène à pénétrer dans cette ville perdue.

La blondinette lâche un rire enfantin, hochant la tête.

277

— Il ne faut pas se fier aux apparences, Anya.

Je les suis, dubitative, lorsqu'ils descendent la dune jusqu'aux portes de la ville. De l'autre côté, c'est comme je me l'étais imaginé : vide.

— Si vous le dites, mais je voyais cet endroit beaucoup plus… vivant, dis-je en grimaçant.

À ma gauche, Eden pouffe de rire, avant de gémir de douleur. Je lève les yeux au ciel, ne voyant pas ce qu'il y a de drôle. J'avais des idées fantasques concernant ces lieux, de ce grand temple comme ils l'appellent, d'ailleurs je le cherche vainement du regard.

Nous traversons les anciennes ruelles poussiéreuses dont le sable règne en maître maintenant et nous arrêtons devant un édifice, le seul de la cité à être plus ou moins en état. Eden pousse la lourde porte et nous le suivons à l'intérieur où nous accueillent le silence et une obscurité totale.

— *Mes As vera naïs As nösta*

Je suis tout à coup éblouie par la lumière aveuglante de lampadaires qui s'allument un à un, illuminant ce qui semble être un ancien lieu de culte à nos divinités. J'observe mes compagnons, fascinée par ce qu'ils viennent d'accomplir.

— C'est le proverbe des gardiens de l'Ancien Monde, il signifie « pour la vérité et la justice ». C'est une sorte d'incantation nous permettant d'accéder aux lieux sacrés tels que celui-ci, m'explique Eden.

Je hoche la tête, essayant de saisir ce qu'il essaye de me faire comprendre. Mon regard détaille la pièce, laquelle dégage maintenant quelque chose d'étrange, de magique peut-être ? Je m'avance lentement vers de centre du bâtiment dans lequel trône ce qui s'avère être un autel. Plusieurs statues d'Orä et de Nariön semblent veiller sur cet endroit. Il émane d'elles une certaine puissance invisible à l'œil nu, mais dont chacune des cellules de mon épiderme est consciente. Mon cœur s'affole sans que j'en connaisse la raison, mes doigts se posent instinctivement sur le marbre glacé dont l'autel est fait, c'est alors que le sol s'ouvre littéralement à mes pieds dans un craquement surnaturel.

Je pousse un cri paniqué en reculant, me heurtant contre la colonne située dans mon dos. Les jumeaux, eux, ne semblent pas le moins du monde affolés, bien au contraire.

— Calmez-vous, ce n'est qu'un passage dans la pierre, rien de quoi vous deviez avoir peur, du moins plus maintenant que votre légitimité a été prouvée, réagit Eden. Autrement, vous auriez fini, au mieux, carbonisée, conclut le blond en hochant la tête pour lui-même.

— Je vous demande pardon ?! dis-je incrédule. Vous voulez dire que vous venez, peut-être, de tenter de me tuer ?!

— C'est le peut-être qui compte, non ? dit-il avec un sourire innocent.

Lyrah secoue la tête d'exaspération, traitant son frère de quelque chose que je ne peux comprendre, car il s'agit de leur étrange langage.

— Anya, nous ne vous aurions jamais fait courir le risque sans être certains que c'était vous.

Sa tentative pour m'apaiser s'avère infructueuse. Je fronce les sourcils croisant les bras sous ma poitrine.

— Bien évidemment et je devrais vous croire en plus de cela !

— Allons ma chère, rit Eden sous le regard assassin que lui lance sa jumelle. Votre Altesse, se reprend-il, nous n'aurions pas fait tout ce chemin pour vous laisser rendre l'âme à aussi près du but, tout de même.

Son air goguenard ne me plaît guère. Même blessé, il trouve une façon de m'agacer. Je reporte mon attention sur le passage, peu enthousiaste à l'idée de me faufiler là-dedans.

— Seuls ceux ayant du sang divin coulant dans leurs veines sont capables de pénétrer l'autre monde, le sortilège est là pour protéger le Temple Sacré des intrus. Vous comprenez ?

Je ferme les yeux et pense à mes parents, à ma sœur et à Annie, me rappelant pourquoi je suis là. J'inspire profondément puis me dirige vers la brèche, des escaliers s'enfoncent dans les entrailles de la terre.

— Bien, je vous suis.

Nous descendons lentement, de minuscules lanternes qui propagent une lueur bleuâtre s'allument comme par magie sur notre passage. Ces escaliers semblent infinis et alors que je m'apprête à demander combien de temps cela durera, je remarque que devant moi, le tunnel s'éclaircit de plus en plus au fur et à mesure que nous avançons. Le spectacle au bout de ce dernier me laisse sans voix, une vraie ville s'étale en contrebas sous mes yeux éblouis.

— Par les divinités…, soufflé-je impressionnée.

Comment peut-on construire une telle cité sous terre ? Et cette lumière, tel l'astre solaire, mais dans une teinte plus rougeâtre, d'où sort-elle ? *C'est incroyable !* Une douce brise vient caresser mon visage, apportant de délicieuses odeurs florales. Plusieurs habitants aux toges aux finitions dorées se baladent tranquillement dans les larges allées de la ville. Ici, tout respire calme et sérénité.

— Bienvenue au Temple de Pyhä, Altesse, me souffle Lyrah en souriant.

— Oh, Lyrah c'est tellement…

Je ne parviens pas à trouver des mots assez puissants pour rendre hommage à la beauté des lieux.

— On dirait l'un de ces endroits chimériques que l'on décrit dans nos vieilles légendes, soufflé-je.

— Peut-être parce que c'en est un, elle rit en m'entraînant à sa suite. Venez, quelqu'un souhaite vous rencontrer. Enfin, tout le monde à vrai dire.

Je lui emboîte le pas sans perdre une miette du paysage qui s'offre à moi. Qu'il s'agisse de papillons aux couleurs féeriques qui virevoltent de fleur en fleur, ou encore d'arbres fruitiers ou d'enfants qui jouent en riant aux éclats, mais aussi des majestueux bâtiments qui semblent avoir été bâtis il y a des siècles, j'enregistre tous ces moments dans ma mémoire. Le plus étonnant c'est le Temple lui-même, ou devrais-je dire le palais. Il semble être fait de marbre et de glace, plusieurs cascades d'eau se déversent depuis les splendides balcons dont les bordures ont été taillées toutes en arabesques. Le sommet, lui, est à hauteur vertigineuse et semble défier les nuages. *Des nuages… Sous terre, quelle magie est capable de produire de telles merveilles ?*

Lyrah et Eden semblent heureux d'être enfin de retour chez eux, même les loups ne tiennent plus en place, je ne peux que les comprendre. Moi non plus je ne voudrais pas quitter cet endroit si j'étais née ici. Mon cœur se serre en repensant au manoir dans lequel j'ai grandi, ce n'est pas comparable à ici, mais c'est mon chez moi et il me manque terriblement. La boule au ventre, je suis les jumeaux et nous passons les grandes portes gardées par des sentinelles, dont le blond platine des cheveux s'apparente à celui des jumeaux. Des groupes d'une dizaine de personnes se forment peu à peu, suivant notre progression du regard et chuchotant entre eux sous notre passage. Cette curiosité et attention dont nous bénéficions me met mal à l'aise. Heureusement, nous pénétrons rapidement dans le Temple.

À l'intérieur, un petit comité nous accueille, mon regard parcourt avec attention chaque membre du groupe. Il y a des femmes et des hommes, tous habillés dans les mêmes tons doré et turquoise. La plupart sont eux aussi blonds, à l'instar de Lyrah et Eden. Il s'agit peut-être d'une particularité propre aux gardiens. Le groupe s'écarte sur notre passage, ouvrant la voie jusqu'aux deux personnes se trouvant au fond de la salle. L'une est une femme et l'autre… l'autre… Je fronce les sourcils, croyant rêver. Je plisse les yeux et fixe l'homme, oubliant tous les autres qui m'entourent. Je m'arrête net lorsque je le reconnais enfin, me répétant que c'est impossible, que mon esprit me joue sûrement encore des tours. C'est alors que mes jambes me lâchent, ma vue se brouille et tout devient noir autour de moi.

— Anya !

Sa voix grave m'enveloppe pénétrant mon cœur telle des lames aiguisées. Est-ce seulement réel ? Ça fait si mal...

— Anya, répète-t-il, me ramenant peu à peu à la réalité.

Ma vue, brouillée par les larmes, distingue avec peine ses traits et pourtant son odeur reste inchangée, reconnaissable entre mille. Ses bras encerclent mon corps, faisant barrière entre ce dernier et le marbre glacé du sol. Des voix s'agitent autour de nous, mais je n'entends que la sienne.

Il me soulève, m'éloignant peu à peu des éclats de voix étrangères. Bientôt, il n'y a plus que le bruit de ses pas et sa respiration hachée. Une porte s'ouvre, pour être refermée par la suite, il me dépose délicatement sur un fauteuil. Je le regarde, totalement perdue, alors qu'il s'accroupit devant moi. Sa paume chaude caresse ma joue, je ferme les yeux tandis que quelques larmes m'échappent.

— Regarde-moi Anya.

Je secoue la tête, sourcils froncés, obstinée. Cela ne peut être la réalité, même si je le souhaite plus que tout, c'est impossible. Je les ai vus le tuer.

— Je t'en prie, regarde-moi.

J'obtempère, plongeant mon regard humide dans celui grisâtre d'Alexander. La gorge nouée, je m'autorise à mon tour à le toucher. Mon index parcourt timidement la ligne de sa mâchoire, il est bel et bien là. Mon esprit assimilant cette information, je retire mes doigts comme si je venais de me brûler.

— Tu es vivant, dis-je d'une voix cassée, dénuée d'émotions.

Il me regarde avec incompréhension, s'attendant sûrement à une autre réaction de ma part. Je me détourne de lui, échappant à ses yeux inquisiteurs. Je me lève, tant bien que mal, et m'approche lentement des vitrages.

— Anya... je...

— Non ! l'interromps-je avec véhémence. Tu étais vivant depuis tout ce temps et tu m'as abandonnée. Tu l'as laissé me capturer, me montrer les horreurs dont il était capable. Tu ne comprends pas, dis-je avec hargne, il m'a tout pris ! Mes parents, ma sœur, Annie et il a failli même avoir ma dignité !

Le ton de ma voix se veut accusateur, je lui en veux, pour tout ce qui m'est arrivé. Peu importe le bien-fondé de ma colère, peu importe qu'il ne l'ait pas voulu ainsi ou qu'il ne mérite finalement pas mes reproches, j'ai trop mal pour me montrer raisonnable.

— Tout..., soufflé-je dépitée, étranglant des sanglots dans ma gorge.

J'évite tout contact visuel avec lui, mais dans le reflet des vitres je peux deviner son expression peinée. Je ferme les yeux et inspire afin de retrouver mon calme, mais en trois enjambées il est près de moi, me forçant à lui faire face. Je le fixe durement, mes bras faisant barrière entre nous. Il ne semble pas se démonter pour autant.

— Que t'a-t-il fait ? J'ai l'impression de ne pas te reconnaître. Tes cheveux... Ton regard...

Un rire sarcastique et froid m'échappe malgré moi, ma poitrine s'agite en soubresauts nerveux, j'hésite entre rire et pleurer.

— Tu veux dire en plus d'avoir mis à feu et à sang tout un village sous mes yeux, d'avoir fait capturer mes parents et ma sœur qui, à cause de ma fuite, sont désormais condamnés ? Tu ne veux pas le savoir Alexander, tu ne veux pas savoir tout ce qu'il m'a fait.

Son regard se vide, lorsque peu à peu il comprend ce que je suis en train de suggérer. Il recule précipitamment, comme si je venais de le gifler, une flamme de colère animant ses yeux tourmentés.

— Il n'a pas pu faire ça, souffle-t-il, poings serrés.

Au lieu de lui répondre, je lui tourne une nouvelle fois le dos.

— Va-t'en, murmuré-je à bout de forces.

— Non, s'entête-t-il.

— Va-t'en ! Je ne veux pas te voir ! grondé-je cette fois avec plus de férocité.

Il semble peser le pour et le contre, dans mon dos je l'entends soupirer.

— D'accord, se résigne-t-il. Mais avant de partir, sache que je ne t'ai jamais abandonnée. J'étais mourant lorsque les gardiens m'ont trouvé et ramené ici afin que je guérisse. Il y a eu plusieurs semaines où je tenais à peine debout, où tout n'était qu'un voile de souvenirs que je peinais à traverser et lorsque je fus enfin remis sur pied on m'a alors appris qu'ils étaient à ta recherche. J'ai voulu partir, mais on me l'a interdit. Ils m'ont promis de te ramener saine et sauve à condition que je reste ici, nos vies étant bien trop précieuses pour que l'on prenne le risque de mourir. Mais crois-moi, il ne s'est pas passé un seul jour sans que je ne pense à toi, sans que je ne regrette de ne pas les avoir suivis. Si j'avais su...

— Il est trop tard pour des suppositions Alexander, le coupé-je. Laisse-moi seule, je t'en prie.

J'observe son reflet dans le vitrage s'éloigner, jusqu'à ce qu'il disparaisse derrière l'embrasure de la porte. Je soupire, lasse, me laissant glisser au sol. *Vivant..., il est vivant par tous les dieux.* Je sais au fond de moi que je n'ai pas le droit de lui en vouloir, je le crois quand il exprime ses regrets, mais c'est plus fort que moi, j'avais besoin d'un coupable. Je passe une main sur mon visage fatigué, puis me lève me dirigeant vers la minuscule vasque en verre qui se trouve à l'autre extrémité de la chambre. Je passe un peu d'eau sur mon visage afin d'effacer mes larmes et me débarbouiller. C'est alors que je remarque où je suis, sa chambre. J'erre dans la pièce parfaitement rangée, si ce n'est quelques habits traînant sur un fauteuil, tout est à sa place. Sa fragrance boisée danse dans l'air telle une mélodie destinée à me faire perdre raison, c'est alors que je le remarque. Là, posé sur sa commode, le minuscule ruban d'un bleu céleste que j'avais emporté avec moi en partant vers Agraam. Il a dû me le dérober pendant nos péripéties et le simple fait de savoir qu'il a pu le garder tout ce temps, me réchauffe quelque peu le cœur.

De petits coups à la porte me font sursauter, ce n'est sûrement pas Alexander. Je cligne des yeux plusieurs fois, afin d'effacer les larmes qui menacent encore de couleur, puis, vais ouvrir. La silhouette de Lyrah apparaît dans mon champ de vision, comme toujours, elle arbore son éternel sourire rassurant.

— Je peux ?

Elle a l'air d'une petite fille à me parler de la sorte. Mais je l'apprécie, beaucoup même. Elle est ce qui se rapproche le plus d'une amie depuis quelque temps. J'acquiesce, la laissant passer.

— Vous nous avez fait une de ces peurs ! Estée était morte d'inquiétude, jusqu'à ce que l'autre héritier la rassure sur votre état.

— Lyrah... Je pense que nous pouvons nous tutoyer. Et rassure Estée, je vais bien. Je suis d'ailleurs gênée par mon entrée quelque peu... extravagante en ces lieux.

— Elle ne t'en tiendra pas rigueur, répond-elle sans se départir de son sourire. Alors... vo-toi et le prince...

Elle me lance un de ses regards curieux, mais plein de malice, il m'est impossible de ne pas rire, malgré moi.

— C'est une longue histoire, que je te raconterai un autre jour, si tu le veux bien. Je tiens à me présenter à ta... Comment dois-je l'appeler ?

Elle affiche une petite moue déçue et s'assied sur le fauteuil où Alexander m'avait précédemment posée, enroulant l'une de ses boucles dorées autour de son index.

— C'est la gardienne et protectrice du temple, de ce monde. Elle nous a tout appris. Mais ne t'en fais pas, elle t'expliquera tout en détail.

— Je vois, dis-je sans réellement voir ce qu'elle voulait dire. Eh bien, je suppose que des présentations s'imposent.

Malgré mon état, j'essaye de me composer une figure convenable. Je dois faire abstraction de mes sentiments et de ma douleur. Après tout, si je suis venue ici, c'est dans l'unique but d'anéantir Marcus et de sauver les miens. Le reste a peu d'importance, désormais.

ANYA

près une toilette afin de me rendre présentable aux yeux de la dénommée Estée, on m'habille d'une somptueuse tunique bleue et dorée et divers accessoires en or. Je m'observe dans le miroir, le tissu fin enveloppe mes courbes, les épousant avec élégance, avant de se déverser en une mare bleuâtre à mes pieds. Une ceinture dorée soutient ma taille, avant de venir se nouer au creux de mon dos dénudé. Enfin, divers bracelets en or ornent mes bras et mes poignets. J'ai du mal à me reconnaître, surtout par le maquillage que l'on a appliqué sur mon visage, sans compter ma nouvelle coupe de cheveux qui rendent mes traits quelque peu différents.

— Superbe ! chantonne Lyrah derrière moi.

Je tente un sourire, tandis qu'elle m'invite à la suivre. Nous arpentons les longs couloirs du Temple, leur sol est composé d'une pierre blanche où ma silhouette se reflète à la perfection. Les tapisseries, quant à elles, décorent les murs avec des couleurs sobres tandis que divers tableaux et colonnes marbrées viennent compléter le tout, créant une atmosphère mystique.

Nous tournons à droite et tombons nez à nez avec Eden et Alexander qui se chamaillent au sujet de leur adresse respective à l'épée. Dès qu'ils nous aperçoivent, ils se redressent et se raclent la gorge, gênés. Alexander pose son regard soucieux sur moi, me détaillant de la tête aux pieds, ce qui me met mal à l'aise. Je tâche de l'ignorer et poursuis mon chemin sans dire un mot, même si le savoir derrière moi me rend nerveuse. Je ne m'habitue pas à le revoir là, devant moi, alors qu'il y a à peine quelques heures je le croyais mort.

Arrivés devant une immense porte, qui semble être taillée dans la pierre, les jumeaux nous demandent d'attendre avant de pénétrer dans la pièce voisine. De là où nous nous trouvons, nous ne pouvons pas apercevoir ce qui se passe ou ce qui se dit de l'autre côté. Du nôtre, un silence pesant s'installe, du moins, quelques secondes.

— Anya.

Je me retourne et fais face à Alexander dont le regard exprime du regret. Je sens mon ventre se tordre d'appréhension, partagée entre l'amour et la déception, j'ai l'impression que mon cœur se déchire en deux.

— Non, pas maintenant, tenté-je calmement, car je suis loin d'être sereine. Nous avons un devoir, une mission et rien ne doit nous en détourner. Surtout pas ça.

Mes doigts font un aller-retour entre lui et moi, je le vois se crisper.

— Ça ? C'est ainsi que tu nous décris, juste... ça ?

Je me tends sous son ton quelque peu accusateur, je vois bien qu'il se retient de hausser le ton. Il joue les offusqués alors qu'il m'a tout simplement abandonnée à son meurtrier de frère. Comment pourrais-je le lui pardonner ?

— Préfèrerais-tu que j'emploie le mot erreur ?

Je le dévisage avec fermeté, tandis qu'il m'observe interdit. Son regard se durcit, il croise les mains derrière son dos et fixe la porte devant nous en silence, les mâchoires si contractées, que je crains qu'il ne finisse par se les fracturer. Je bats en retraite et fais de même, jusqu'à ce qu'un silence de mort ne s'abatte sur nous deux. À mon plus grand soulagement, il est de courte durée, quelques secondes plus tard Eden apparaît à l'embrasure de la porte nous faisant signe de le suivre. Nous obtempérons.

J'ai eu l'occasion de voir des pièces luxueuses et des endroits à la beauté époustouflante au cours de ma vie, mais comme celui-ci, aucun.

J'avance hypnotisée par la majestuosité de l'immense salle qui s'étale devant nous. C'est tout simplement fascinant. À mes pieds se déroule un long tapis turquoise agrémenté de dorures représentant des runes que je devine appartenir au langage ancien. Chacune d'entre elles semble s'illuminer sous notre passage. De chaque côté de la pièce, toujours les imposantes colonnes en marbre ? Cette fois-ci des feuilles et des tiges dorées s'enroulent tout autour d'elles jusqu'à leur sommet, pour se répandre dans le plafond en verre. Des statues en cristal veillent le long du chemin jusqu'au trône au-dessus duquel une immense sphère flamboyante semble brûler, nous éblouissant par sa beauté. Je frissonne, émerveillée et en même temps totalement intimidée par tant de grandeur. Devant nous se distingue une silhouette féminine et svelte, enveloppée dans une superbe robe totalement dorée : Estée.

Je m'arrête à sa hauteur, son regard bienveillant me parcourt tandis qu'un sourire étire ses lèvres. Il est impossible de donner un âge à cette femme, mais elle dégage quelque chose de maternel. Elle s'approche de moi et prend mes mains dans les siennes.

— Anya, quel honneur de vous avoir enfin parmi nous.

Je garde silence, incapable de lui répondre.

— Allons, n'ayez crainte, vous êtes ici chez vous et nous sommes tous reconnaissants de vous avoir vous et Alexander à nos côtés.

Je jette un coup d'œil au concerné, il regarde la femme avec admiration. J'ai dû rater certaines choses et ne sais à l'heure actuelle si je dois me réjouir ou me méfier de tout ce petit monde autour de moi. Mon regard se reporte une nouvelle fois sur elle et le diadème qui orne sa longue chevelure couleur ébène. La Sphère fait briller le bijou de couleurs vives, puisque sa lumière incandescente se reflète dessus.

Je retire poliment mes mains, elle ne semble pas contrariée pour autant.

— J'aimerais connaître cette… destinée dont vous parlez tous et le rôle qui m'incombe en particulier.

Estée me sourit sereinement et hoche la tête.

— Bien sûr, mais chaque chose en son temps. Nous devons commencer là où tout a débuté, les origines de notre monde, nos dieux, nos pratiques.

Elle regarde les autres personnes présentes sans se départir de son sourire.

— Si vous voulez bien nous laisser, Anya et moi avons beaucoup de choses à nous dire.

Tout le monde, à l'exception d'Alexander, hoche la tête et recule afin de nous laisser. Lui, il m'observe, comme s'il attendait mon consentement. J'acquiesce en sa direction et seulement alors, il part, me laissant seule avec la gardienne.

— Prenez place, lance-t-elle, me désignant un fauteuil face au trône.

Je m'y installe et la regarde, attendant des explications.

— Jadis, notre monde était tout autre – commence-t-elle d'un air rêveur -. Nous, les hommes, jouissions de pouvoirs magiques qui nous avaient été alors offerts par nos dieux. Nous les vénérions, il arrivait même que certains d'entre nous aient la chance de les rencontrer. Notre vie était paisible et harmonieuse, nos terres fertiles, on avait tout pour être heureux. Seulement, une entité divine, rongée par la jalousie et la noirceur, a condamné ce monde dans lequel nous vivions. Il a insinué le Chaos dans l'âme des hommes. Nous sommes devenus des êtres égoïstes, ambitieux, vaniteux et malheureusement, certaines âmes, trop faibles pour lutter contre ce poison invisible, aspirèrent à plus de pouvoir, plus de puissance, que ce que les dieux leur avaient accordé jusqu'à lors.

Elle marqua une pause, regardant devant elle, dans ma direction, sans vraiment me voir. Son visage s'était totalement fermé.

— Certains partirent en quête d'un savoir qui visait tout simplement à s'approprier les pouvoirs des autres par l'intermédiaire de rituels et de sacrifices. Une magie si noire que toute âme y ayant recours se trouvait corrompue à tout jamais. Une grande guerre s'est ensuivie, une croisade de sang et d'horreur. Certaines familles décidèrent de s'unir afin de trouver un moyen d'assouvir leur soif qui, nous le savons maintenant, était insatiable. Cela a été les années les plus sombres de Llyrh, de nombreuses personnes périrent, on ne compte plus le nombre de morts et de blessés que cette folie a engendré. L'homme manqua de tuer notre monde, il faillit s'éteindre à jamais, le Chaos ayant pris possession de nos terres.

Elle marque une pause, comme pour s'assurer que je suis ce qu'elle est en train de me raconter. J'acquiesce, pendue à ses lèvres, l'invitant à poursuivre.

— Les divinités ont alors décidé d'agir, avant que le mal ne soit irréversible, et nous reprirent ce qu'ils nous avaient autrefois offert. Le Chaos et ses partisans ont été arrêtés et condamnés à l'exil dans les Terres Maudites. Et c'est ainsi que toute magie déserta Llyrh, rompant alors l'équilibre qu'il avait toujours connu. La suite, tu dois la connaître.

Je hoche la tête.

— Afin que notre planète survive, ils ont créé les familles fondatrices. Des êtres au cœur pur, recelant en chacun d'entre eux une once de magie, récité-je. C'est ce qu'ils nous apprennent lorsqu'on vient au monde. Pour autant, après tant de générations et notre magie étant éteinte, je ne comprends pas comment je pourrais sauver notre peuple.

Estée sourit, puis observe la *Sphère*. J'en fais de même, réalisant à peine que c'est cette chose qui devait, quelques semaines auparavant, me choisir un mari.

— Cette dernière est endormie c'est vrai, ce qui explique pourquoi les héritiers des nouvelles lignées ne connaissent que très peu de l'Ancien Monde. L'histoire et la magie de Llyrh sont devenues des légendes, des contes dans de vieux manuscrits que l'on raconte à des enfants. La magie qui coule dans vos veines permet, de génération en génération, de maintenir notre monde en vie. Comprenez-vous ce qui est en train de se produire à cet instant même ? Marcus essaye de tuer et asservir les autres héritiers, au nom du Chaos, dans le seul et unique but de s'approprier la magie qu'il croit mériter de plein droit, puisque son âme a été corrompue. Si jamais il poursuit sa quête, si malheureusement il arrive à tous vous tuer, notre monde périra. Il se croit assez puissant, mais aucun corps ne peut contenir tant de magie. Sans le savoir, il court lui-même à sa perte. Nous devons éviter à tout prix que, ce qui est arrivé il y a plusieurs siècles, se reproduise à nouveau.

Je retiens mon souffle tout au long de son récit, comme lorsque mon père me racontait des histoires de chevaliers et des dragons avant de dormir. Mon cerveau tourne à plein régime au fur et à mesure qu'elle me révèle notre histoire.

298

— Vous dites que la magie est scellée dans notre sang, même s'il tue les autres héritiers, comment pourrait-il l'activer ?

— Jusqu'à lors Le Chaos, tout comme l'Axe, son créateur, étaient bannis de notre monde. Bannis par les Dieux dans une autre dimension. On suppose que Marcus a dû s'emparer de certains manuscrits anciens, que nous croyions perdus avec la guerre et accéder à un savoir qui ne lui appartient pas. Un des membres du Cercle des Anciens a récemment disparu, cela ne peut être une coïncidence. Si le Chaos a bel et bien été réveillé Anya — dit-elle d'un ton grave —, si l'Axe est libéré, nous sommes tous condamnés.

Je la dévisage.

— Qu'en est-il de l'Axe ?

— C'est un individu, ou du moins, jadis, il en était un. C'était la divinité à l'origine du réveil du Chaos sur l'Ancien Monde. Il est doté d'une magie très ancienne, que l'on active à travers des rituels, comme celle ayant autrefois déclenché la guerre. De la magie noire si vous préférez, rien de bon, comme vous l'imaginez. Ces sorts réveillent des mauvais esprits, assoiffés de vengeance, ils n'aspirent qu'à la destruction, à la mort. Ses pouvoirs sont tout droit tirés des ténèbres, du Chaos lui-même. Les Anciens sont les seuls, mis à part les oracles, à avoir assez de connaissance pour libérer l'Axe du sort auquel les Dieux l'ont condamné autrefois. L'Axe ne peut cependant pas revenir sous sa forme d'origine parmi nous, son corps n'est plus que ténèbres, il a besoin d'une enveloppe humaine, d'une âme de laquelle prendre possession.

Je frissonne, comprenant que ladite âme est celle de Marcus.

— Que lui arrivera-t-il ? Qu'adviendra-t-il de l'âme de Marcus, si l'Axe la possède ?

Estée détourne le regard.

— Je doute que nous puissions quelque chose pour l'âme de ce pauvre garçon. L'Axe s'est servi de sa haine et sa douleur pour l'amener jusqu'à lui. Il l'a sûrement manipulé pour obtenir ce qu'il souhaitait en lui faisant faire de choses horribles. Plus Marcus laisse le Chaos prendre possession de son âme, plus son propre esprit faiblit. S'il a accès au rituel et que l'Axe est libéré en prenant possession de son corps, alors Marcus d'Agraam cessera d'exister, il ne sera plus qu'une carcasse vide, un pantin.

Déglutissant, je ne peux m'empêcher de ressentir, malgré tout, de la peine envers cet homme qui bientôt n'en sera plus un. Malgré le mal qu'il a pu me faire, je sais désormais qu'il n'était pas totalement maître de lui-même, la douleur, la haine et le Chaos guidant son âme. Je comprends également le sérieux de la situation et tout ce qui repose sur Alexander et moi. De nous deux dépendent des milliers de vies, la survie notre monde aussi. Je me lève, faisant les cent pas devant Estée.

— Donc, si vous le voulez bien, récapitulons. Marcus a perdu maîtrise de son corps et surtout de sa tête, il fait appel par je ne sais quel rituel magique, à un esprit maléfique qui veut tous nous détruire et qui peut-être, à l'heure où nous parlons, a été libéré et a pris possession du corps de sa victime, qui est elle-même dotée d'une grande magie. De plus, vous voulez que moi et Alexander, dotés d'aucun pouvoir bien évidemment, l'arrêtions. Facile.

Je ris nerveusement, c'est de la folie, on va y laisser nos vies, même si à vrai dire dans un cas comme dans l'autre on mourra. Mais tout de même.

— Je n'ai pas fini Anya.

Je la regarde, haussant un sourcil.

— Ah... Il y a autre chose ? demandé-je avec appréhension.

— Je vous ai dit que chaque héritier a de la magie en lui. Marcus, héritier indirect du roi d'Agraam a réussi à activer une partie de la sienne, avec l'aide du traître. Mais sa magie a embrassé le Chaos, donc rien de bon ne peut en ressortir. Cela implique, néanmoins, que vous aussi vous avez de la magie en vous, tout comme Alexander et à vous deux, vous êtes plus forts que lui. Même si votre magie est actuellement endormie, elle est tout de même là, attendant l'heure d'être libérée. Et c'est à ce moment-là que nous intervenons, ou que j'interviens, pour être plus exacte.

— Vous voulez bien être un peu plus précise ? m'empressé-je, fatiguée de devoir jouer aux devinettes.

Elle me sourit avec indulgence, comme si elle faisait face à un enfant impatient.

— Nous sommes ce que l'on appelle des gardiens. Le Temple est un des lieux plus anciens de Llyrh, bien qu'il soit considéré comme une dimension à part, c'est ce que l'on peut appeler un puits de magie. C'est ici que les lignes magiques de Llyrh convergent, c'est pour cela aussi qu'ici demeure la *Sphère*, qui désigne chaque couple héritier le moment venu.

Pour appuyer ses propos, elle désigne la boule ardente au-dessus de nos têtes.

— J'ai été choisie, il y a plusieurs siècles déjà, afin de veiller sur cet endroit, sur les autres gardiens et pour servir d'*oracle* entre eux et nos dieux.

Je la dévisage sceptique, mon regard allant d'elle à ladite *Sphère*.

— Oui, je suis dotée de magie, je sais que vous vous le demandez. Cependant, mes pouvoirs sont à peine assez puissants pour me permettre de tenir mon rôle, ils n'égalent pas ceux de Marcus, encore moins les vôtres. C'est aussi le cas des autres gardiens, tels qu'Eden et Lyrah qui ont des capacités exceptionnelles au combat, mais aussi de nos *animae* comme Ino et Ena, ce qui décuple leur force, leur taille et leur permet de communiquer avec nous.

Des *animae*, c'est donc ça que sont les loups. Il y en a-t-il d'autres qu'eux ? J'ai l'impression d'avoir vécu toute ma vie dans un bocal, loin du monde extérieur. Mes oreilles bourdonnent et la tête me tourne, je dois fournir un effort considérable pour ne pas l'interrompre.

Au-dessus de nos têtes, le glatissement d'un aigle me fait sursauter. Je lève les yeux et me baisse juste à temps lorsqu'un immense rapace plonge dans notre direction. Le volatile plane à quelques centimètres au-dessus de ma tête avant de venir se poser gracieusement aux côtés d'Esmée.

La concernée semble amusée par ma réaction et pas le moins du monde, effrayée.

— Voici Varis, mon vieux compagnon.

Je dévisage l'oiseau stupéfaite par sa grande envergure. Il pourrait me soulever sans grande peine, étant donné la force que chacun de ses muscles dégage. L'aigle est majestueux et effrayant en même temps, il suffit de jeter un coup d'œil à ses grandes griffes acérées pour vous dissuader de trop nous en approcher. Estée le gratifie de petites caresses sur le haut du crâne, ses plumes aux couleurs chatoyantes semblent s'illuminer, il fait quasiment notre taille. Je reste immobile, hébétée la bouche grande ouverte sous le regard intelligent et calculateur de l'animal. Pas très esthétique, nous sommes d'accord, mais je ne sais plus où donner de la tête.

— N'ayez crainte, il n'attaque que s'il perçoit un danger, m'assure la gardienne.

Est-ce censé me rassurer ?

— Est-ce que tous les gardiens en possèdent un ? je l'interroge, retrouvant à nouveau usage de ma langue.

— C'est bien plus compliqué que cela. On ne possède pas un *animae*, il nous choisit. Vous devez les voir comme des partenaires et non pas comme un animal domestique destiné à vous protéger. Le lien entre l'*animae* et nous est très fort, une fois établi il est indestructible, vous faites partie de son âme et lui de la vôtre. Il vous accompagnera tout au long de votre vie et donnera la sienne afin de préserver la vôtre si nécessaire. C'est assez particulier. Mais chaque chose en son temps, revenons à votre rôle à tous les deux.

Je me pince les lèvres, ne sachant pas si j'ai envie d'entendre ce qui va suivre, mais je ne pense pas avoir d'autre choix.

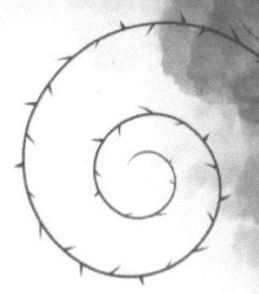

ANYA

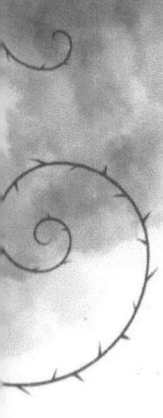ebout, sur l'un des immenses balcons du temple j'observe peu à peu Pyhä prendre vie à l'aube de cette nouvelle journée. Je m'étais réveillée en sueur, un peu plus tôt, lorsque monstres et créatures légendaires avaient assailli mes rêves. Une étole sur les épaules, j'observe silencieusement les gens aller et venir en contrebas, des enfants jouent innocemment avant le début des leçons, étrangers à la guerre qui se prépare, là dehors.

La veille, Estée m'a fait part de ses attentes nous concernant Alexander et moi. J'ai eu l'impression que mon monde se désintégrait afin de laisser naître un tout autre qui m'est totalement inconnu. Si j'ai peur ? Je suis totalement effrayée. Tant de vies reposent entre nos mains, c'est trop de responsabilités pour deux jeunes héritiers, tels que nous.

Je soupire, la cérémonie aura lieu dans une semaine. Celle où Alexander et moi serons liés à tout jamais par un lien magique grâce aux pouvoirs d'Estée et ce, afin de réveiller nos pouvoirs. Elle s'est montrée rassurante, mais je crains que cela ne soit plus compliqué qu'elle ne l'imagine. Un frisson coule le long de mon dos, lorsque le visage du prince se dessine clairement dans mon esprit. Serais-je un jour capable de lui pardonner son abandon ? Est-ce seulement de cela qu'il s'agit ? Il était proche de la mort lorsque les gardiens l'ont trouvé. Selon Estée, il aurait été incapable de repartir à ma recherche et pourtant il avait essayé.

Je me perds dans ma douleur et ma haine envers Marcus. Peut-être qu'inconsciemment, par leur lien de sang, je reporte mon ressentiment sur Alexander injustement. Je n'en sais rien.

Un vent léger se lève dans la cité mythique, je resserre mes bras et mon châle autour de mes épaules, saisie de légers tremblements. Des bras forts et chauds m'enveloppent, me faisant sursauter : Alexander. Son odeur boisée enivre mes sens, je me retourne pour lui faire face. Son regard se plante dans le mien, il m'observe sans pour autant prononcer le moindre mot. Et pourtant, je sais exactement ce que ce regard veut dire : pardonne-moi.

Je me fais violence pour ne pas succomber, pour ne pas embrasser ses lèvres qui m'ont tant manqué, pour me laisser, le temps de quelques secondes, me perdre dans ses bras une nouvelle fois. Je recule, l'obligeant à lâcher prise. Prisonnière de son corps et du balcon, je ne peux pas m'enfuir cependant et suis donc obligée d'affronter son incompréhension.

— Anya…

Sa voix est grave, mais douce à la fois. Mon prénom coule comme du miel sur ses lèvres. Je plante mes ongles dans ma chair pour éviter que mes pensées ne divaguent vers le désir qu'il éveille en moi. Je secoue la tête, levant l'index.

— Reste loin de moi, dis-je d'une voix mal assurée.

— Tu sais pourtant que c'est impossible. Non seulement, car nous avons une mission tous les deux, mais aussi, car j'en suis incapable.

Je déglutis péniblement, sa main gauche cueille mon visage, je n'ai d'autre choix que de lui faire face. Son regard est teinté de peine, le mien se fait humide, jusqu'à ce que je sente une larme salée couler le long de ma joue. Je le repousse avec véhémence et m'enfuis en courant, incapable de le regarder plus longtemps dans les yeux.

Je trouve refuge dans la salle d'eau, ayant besoin d'un peu de calme après toutes ces révélations et ces émotions contradictoires que je ressens lorsqu'il est dans les parages. Je suis lasse, totalement épuisée. J'ai l'impression que mon esprit est fracturé en plusieurs morceaux distincts, qui ont du mal à s'assembler entre eux. J'encercle mon corps de mes bras, m'avançant au centre de la pièce.

C'est d'un calme absolu, presque relaxant. Le sol, marbré, est d'une couleur opale sans la moindre tâche. Du plafond jaillissent plusieurs plantes d'un vert émeraude rappelant la jungle verdoyante de Dhoor, contrée voisine à Ursaa. Plusieurs bancs longent les murs où des coussins à l'allure moelleuse forment des alcôves confortables. Enfin, au centre, l'immense bassin pouvant accueillir au moins dix personnes.

L'eau fumante sent les fleurs, l'odeur chatouille mes narines et se répand dans toute la pièce. Il fait une chaleur agréable, invitant quiconque à y plonger.

Mes habits tombent au sol, abandonnés au milieu de la salle, je m'avance lentement, hypnotisée par le liquide laiteux dans lequel je m'introduis quelques secondes plus tard.

Je ferme les yeux, essayant de calmer la colère et le chagrin qui n'ont cessé de me tourmenter, laissant mon corps se faire engloutir par l'eau savonneuse. Sous l'eau, tout est paisible, je finis par me dire que je n'ai qu'à me laisser aller et tout ceci serait terminé. Plus de douleur, plus de culpabilité, plus de responsabilités, j'y trouverais certainement la paix. *Ai-je le droit d'abandonner alors que tant de personnes dépendent de moi ?* demandé-je à moi-même, alors que mes poumons commencent à brûler par le manque d'oxygène. Mais avant de trouver réponse à ma question, j'entends un bruit rendu sourd sous l'eau suivi de bras attrapant mon corps et m'obligeant à rejoindre la surface. Je sors la tête de l'eau dans un sursaut, inspirant profondément afin de reprendre mon souffle, tandis que mon corps entier est secoué de tremblements.

Le regard d'Alexander croise le mien, j'y lis de la colère, mais aussi de la peur.

— Je t'interdis d'abandonner ! gronde-t-il me faisant tressaillir.

— Lâche-moi ! crié-je tapant sa poitrine avec mes poings.

— Non ! Jamais, tu m'entends ! Il est hors de question que je m'éloigne une nouvelle fois.

Ma vue se voile et sans que je puisse le contrôler, les larmes inondent mon visage. Je suis propulsée contre le torse de cet homme, celui dont j'ai pleuré il y a quelques semaines la mort. Je m'y blottis en pleurant, lui donnant accès à ma vulnérabilité. Ses doigts caressent mon dos afin de me consoler, il me chuchote à l'oreille que tout ira bien. J'aimerais tellement le croire...

Après quelques minutes, mes larmes finissent par se tarir. Je relève mon regard vers lui, qui me le rend intensément. Je prends conscience de la proximité de nos corps et surtout de ma nudité. Je tente ridiculement de cacher ma poitrine avec mon bras, mais il me saisit le poignet avant d'y déposer un millier de légers baisers. J'ai l'impression qu'une nuée de papillons caressent agréablement ma peau. Je retiens mon souffle alors que lui, il ne rompt pas le contact visuel entre nous. J'avais oublié la sensation de ses lèvres sur mon corps, mais surtout de son regard.

— Alexander..., soufflé-je émue.

Il me fait taire d'un baiser auquel je réponds sans attendre. Nos lèvres se trouvent, s'explorent à nouveau. Sa langue vient caresser la mienne, mon corps venant se souder au sien. Des frissons parcourent tout mon être et pourtant je me fige lorsque ses doigts se posent sur mes reins.

Il devine aisément mes craintes et le pourquoi de ma soudaine réticence. Son regard trouve le mien, je lis dans le sien une tendresse infinie qui me serre le cœur.

— C'est toi et moi, ne le laisse pas nous séparer encore une fois, chuchote-t-il contre mes lèvres. Laisse-moi te faire oublier chaque instant en sa présence... Et je te promets qu'on sera ensemble pour l'éternité.

Mon cœur bat la chamade : c'est lui et moi, personne d'autre. *Marcus ne peut plus m'atteindre*, me répété-je comme un mantra. Je hoche la tête abandonnant mes lèvres aux siennes.

Il sourit, caressant ma joue, avant de m'embrasser cette fois avec plus de douceur. Je me presse contre son corps, me donnant à lui, malgré mes hésitations. Il m'accueille dans ses bras et me soulève lentement sans quitter mes lèvres. En l'espace de quelques instants, je me retrouve allongée dans l'une des alcôves, Alexander au-dessus de moi. Il me quitte un court instant afin de se défaire de ses habits trempés. Je me délecte de son corps nu qui me fait face, je ne peux m'empêcher de le parcourir du regard, il est encore plus beau que dans mes souvenirs. Sa silhouette semble sculptée dans la pierre, il a un corps de guerrier, bien dessiné, mais surtout puissant.

— J'espère que le spectacle t'est agréable, dit-il en souriant.

Je détourne mon regard, les joues cramoisies par la honte d'être prise sur le fait, ce qui l'amuse davantage. Il s'allonge sur moi, ses lèvres déposant une pluie de baisers sur mon cou. Je ferme les yeux, profitant de ces sensations agréables qu'il me procure.

J'ai l'impression de sortir la tête de l'eau, après des semaines d'immersion. J'ai l'impression de revivre en l'ayant à mes côtés, de ne plus être cette coquille vide que j'étais il y a encore quelques jours.

Sa bouche se déplace le long de ma clavicule, alors que sa main droite remonte le long de ma cuisse, je frissonne lorsque sa langue vient caresser habilement mes seins qui durcissent sous son assaut. Sa main, elle, continue l'exploration de ma cuisse, remontant dangereusement vers mon pubis. Je mords mes lèvres pour ne pas gémir de plaisir, mais c'est peine perdue lorsque ses doigts effleurent mon bouton de chair.

Mes mains glissent sur ses épaules larges et carrées, l'une d'entre elles se perdant dans sa chevelure bouclée qui caresse mon cou alors qu'il mordille l'un de mes tétons m'arrachant un soupir d'aise. Seuls au monde, je profite pleinement de ce moment de plaisir qui nous est offert. Il effleure mon clitoris, électrisant tout mon corps, son index et son majeur effectuent de petits ronds dessus qui mettent mes sens à rude épreuve.

— Je continue ? souffle-t-il quittant ma poitrine, descendant avec une lenteur insupportable vers mon bas-ventre.

Je déglutis faiblement anticipant ce qui va suivre, incapable de lui répondre. Il sourit et poursuit sa trajectoire. Ses lèvres chaudes se posent enfin sur mon sexe humide, tandis que ses doigts glissent sur ma fente. Mon cœur bat la chamade, j'agrippe le tissu des coussins sur lesquels nous sommes allongés.

— Par tous les dieux, soufflé-je lorsqu'il commence à me lécher impunément mes lèvres intimes. Ses doigts glissent en moi, me faisant gémir à nouveau. S'ensuit alors un délicieux calvaire infligé par sa bouche et ses mains auquel je ne peux, ni veux, échapper. Il me mène au bord de l'extase, en explorant chaque recoin de mon corps comme personne ne l'avait fait auparavant. Au bout de quelques minutes, je suis terrassée par l'orgasme, m'abandonnant entièrement à lui.

Il se redresse au-dessus de moi, me fixant de son regard brûlant.

— Tu es magnifique, chuchote-t-il me faisant rougir davantage.

Il caresse ma joue, que je presse contre ses doigts quelques instants les yeux clos. Lorsque je les rouvre, il ne m'a toujours pas quitté du regard.

— Viens..., murmuré-je l'attirant à moi.

Il se place entre mes cuisses, s'appuyant sur ses coudes pour ne pas faire peser tout son poids sur moi. Il se penche sur mon visage et caresse lentement mes lèvres.

— Es-tu certaine de le vouloir ?

— Je n'ai jamais été aussi sûre de toute ma vie, réponds-je sincèrement.

Il sourit, creusant des fossettes adorables sur ses joues. Je caresse ces dernières, sa barbe naissante chatouillant mes doigts.

— Je t'aime Anya, murmure-t-il reprenant son sérieux, comme je n'ai jamais aimé auparavant.

Je sonde son regard, la gorge nouée par l'émotion.

— Pour toujours ?

— À jamais, répond-il sans l'ombre d'une hésitation.

Dans ma poitrine, mon cœur mène une valse folle, la joie que je ressens fait couler deux petites larmes au coin de mes yeux.

— Je t'aime aussi.

Sur ces mots, il m'attire davantage contre lui, prenant possession de ma bouche et de mon corps, tandis qu'il me pénètre lentement.

Il s'immobilise quelques secondes, en jaugeant ma réaction. C'est un peu douloureux, mais sa présence suffit à me faire oublier. Je continue de l'embrasser afin de l'inciter à poursuivre. D'abord tout doucement, ses coups de reins s'accentuent au fur et à mesure que je me laisse aller. Mes mains agrippent ses épaules musclées, en y enfonçant mes ongles lorsque le plaisir devient une exquise torture. Il s'arrête par moments, jouant avec mes nerfs, sa bouche léchant et mordillant mes seins à plusieurs reprises. Je ne me retiens plus de lui montrer à quel point il me comble, ma poitrine se gonfle d'amour et de désir pour cet homme. Et il est à moi, son cœur m'appartient, autant que le mien est sien.

Les mains coincées désormais au-dessus de ma tête, je suis à la merci de ses caresses et de ses mouvements en moi. Ses ondulations deviennent plus précises, appuyant sur ce point précis qui me fait perdre la tête. Je me cambre davantage, gémissant son prénom, jusqu'à ce que le plaisir devienne insupportable pour tous les deux et qu'on atteigne ensemble l'orgasme.

Le souffle court, je me laisse tomber mollement sur les coussins, laissant la béatitude s'emparer de tout mon être. Alexander fait de même m'attirant dans ses bras, il dépose mille baisers sur mes lèvres, mes joues et mon cou, me murmurant combien il m'aime. Je me blottis contre lui, repue, sentant la fatigue gagner du terrain. Je voudrais m'endormir ainsi chaque nuit, à ses côtés. Et, pour la première fois depuis des jours, je sombre dans un sommeil paisible, dénué de tout cauchemar.

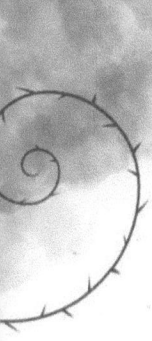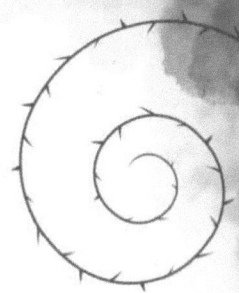

ANYA

Je suis dans un état second. Mécaniquement mes doigts tressent mes cheveux devant le miroir de ma chambre. Cette nuit a été effroyable, contrastant avec la merveilleuse matinée qu'Alexander et moi avions passé la veille.

J'ai revu dans mes rêves ce moment magique, mais l'image de Marcus se superposait à celle du prince héritier. Alors qu'au début du rêve Alexander se tenait au-dessus de moi, quelques secondes plus tard, son visage fut remplacé par celui de son aîné. Je n'arrive pas à oublier ce sourire carnassier qui n'eut cesse de me persécuter. Ses yeux verts inquisiteurs m'observaient avec satisfaction, tandis que j'étais incapable de me défaire de son emprise.

C'était horrible.

Je soupire. À croire qu'il me hantera à jamais. Je crains de vivre prisonnière de cet épisode de ma vie et qu'il m'empêche d'être heureuse, d'aimer. J'ai constamment peur de me retrouver face à lui et pourtant je suis loin d'être lâche, mais c'est plus fort que moi. Peut-être que ma seule chance d'aller de l'avant c'est d'en finir avec lui d'une bonne fois pour toutes, peut-être que je ne serais en paix qu'en voyant son corps sans vie étendu sous mon regard.

Je serre les poings, lèvres pincées, en une mimique de dégoût. Ce genre de pensée ne me ressemble pas. Mais j'ai l'impression qu'une partie de moi a changé ce jour-là, dans cette chambre miteuse, lorsqu'il a tenté de voler ma dignité.

Je sursaute lorsqu'on frappe à la porte, il s'agit de Lyrah, toujours ponctuelle. Je me relève et vais ouvrir, tentant de ne rien laisser paraître.

— Bonjour.

— Bonjour Anya, dit-elle d'un ton naturellement enjoué. Prête ?

— Prête, réponds-je sans l'ombre d'une hésitation.

Nous marchons d'un pas lent, Lyrah me raconte les dernières nouvelles de Llyrh, elles sont loin d'être rassurantes. Je ne peux m'empêcher de penser à mes parents, à Elenna, à Annie, me faisant violence pour ne pas partir à leur recherche en abandonnant tout derrière moi. Mais je n'ai pas le droit, car c'est non seulement leur salut qui dépend de moi et Alexander, mais aussi celui de notre monde. Alors, je reste ici, essayant d'accomplir cette tâche à laquelle je semble destinée.

— Quelles régions restent hors de la portée de Marcus ? m'enquis-je sans la regarder pour autant.

— Eh bien, Ursaa ne semble pas trop touchée, la plupart des habitants se sont réfugiés à Port-Royal et dans les montagnes. Il en est de même pour Dhoor, la population a pris possession des massifs désertant la capitale. Agraam, Lixia et Ghervos sont sous le contrôle des sbires de Marcus. Anoor, on n'en sait pas plus, un de nos gardiens est parti en éclaireur. Aux dernières nouvelles leurs murailles demeuraient fermées, la capitale a été noyée dans une sorte de quarantaine, personne n'entre ni ne sort. En tout cas, là où ces barbares se trouvent, ce n'est pas du tout beau à voir.

Elle grimace, de mon côté je suis quelque peu soulagée que ma région natale ait été jusqu'ici épargnée, mais je sais que cela ne va sûrement pas durer. C'est juste une question de temps avant que les troupes de Marcus ne s'étendent sur tout le territoire Llyrhien. Dans tous les cas, le reste des héritiers, ainsi que leurs parents sont retenus prisonniers à Agraam, nous devons les sauver coûte que coûte.

Nous arrivons dehors, devant les jardins du Temple, mon regard capte le rire rauque et viril d'Alexander. Il se trouve un peu plus loin, au centre d'un minuscule labyrinthe fleuri, en compagnie de quelques enfants.

Lorsqu'il nous voit, il chuchote quelque chose au garçonnet qui se trouve à sa droite et se dirige d'un pas assuré vers nous sans nous quitter, non correction, sans *me* quitter du regard.

Mon cœur bat la chamade au souvenir du moment passé ensemble dans les bains, je ne sais comment réagir, mais mes joues sont d'ores et déjà en feu. Mon corps me trahit, je tente de reprendre contenance.

Je regarde mes souliers, qui me semblent tout à coup merveilleux, afin de cacher ma gêne. Lyrah elle, se tient toute droite, mais je crois apercevoir une lueur d'amusement dans son regard. Je devine qu'elle a du mal à garder son sérieux, je lui donne un petit coup de coude dans les côtes.

— Bonjour Lyrah, lance-t-il joyeux, avant de se tourner dans ma direction. Anya.

Sa voix est caressante, je retiens un frisson et le regarde à mon tour.

— Alexander.

Un silence gênant s'installe, aucun de nous deux ne sait quel comportement adopter, heureusement Lyrah est là pour nous sauver la mise encore une fois. Elle se racle la gorge, nous faisant pour peu sursauter.

— J'accompagnais Sa Majesté…

— Anya, je l'interromps.

— Anya, poursuit-elle en riant, à son premier cours de combat. Cela dit j'ai une tooooonne de choses à faire, si vous voulez bien l'y emmener, je vous en saurais gré.

Je la fusille du regard, ce n'était pas ainsi que cela devait se passer. Elle me sourit en coin, avant de m'ignorer complètement.

— Je ne vous montre pas l'endroit, vous savez où il se trouve.

Et sur ces simples mots, elle fait demi-tour, visiblement fière d'elle, me laissant dans la gueule du loup. Conclusion : nous sommes seuls, Lyrah est partie et les enfants ont disparu je ne sais où, il n'y a plus que nous. Il m'observe attentivement, et s'approche en douceur comme s'il craignait de m'effrayer.

— Comment vas-tu ? Je ne t'ai pas aperçue au dîner hier soir.

— Je vais bien, dis-je en haussant les épaules. Je n'avais pas d'appétit.

Il fronce les sourcils.

— Et c'est tout ?

Cette fois ce sont ses souliers qui retiennent toute mon attention. J'opine du chef, en m'obstinant à éviter son regard. Je n'ai pas envie de salir le moment que nous avons passé ensemble avec le souvenir de mon cauchemar. Il semble hésiter, puis son veston rentre dans mon champ de vision, il n'est plus qu'à quelques centimètres de moi. Ses doigts caressent ma joue, me faisant frémir, puis il relève mon menton.

— Tu sais que tu peux tout me dire, n'est-ce pas ?

Son regard est sérieux, et préoccupé.

— J'ai cru que nous avions passé un nouveau cap, toi et moi. Sache, au cas où tu te le demanderais, ou que ton esprit irait imaginer je ne sais quoi, que cela avait de l'importance et l'a encore plus aujourd'hui. Ce que je t'ai dit, ce n'étaient pas des paroles en l'air, je ne t'abandonnerai pas.

Je me mords l'intérieur des joues et enfouis mon visage dans son cou, son odeur familière me rassure et apaise mes tourments.

— Je sais…, je te crois, seulement… j'ai juste besoin de temps.

Il embrasse mon front, puis prend ma main.

— J'en suis conscient. Allez viens, il y a un entraînement qui t'attend.

L'entraînement fut un vrai désastre, intensif est un euphémisme pour le qualifier. Il faut dire que Saïz, le maître de combat, ne m'a laissé aucun répit et n'a eu, en aucun cas, pitié de ma personne. Je me suis retrouvée plusieurs fois malmenée au sol, si bien, qu'une dizaine d'hématomes d'une teinte bleutée colorent mes bras et mes jambes désormais. Je ne compte plus les courbatures qui se font sentir au moindre de mes mouvements. Au moins ai-je été utile à divertir quelques apprentis conviés au cours.

— Alors, cet entraînement ?

La voix d'Alexander dans mon dos me fait sursauter.

— Je doute que cela puisse être pire, soupiré-je découragée.

— Allons, ce n'était que le premier, je suis certain que les prochains seront moins rudes.

Je grimace au mot « prochains », ce qu'il ne manque pas de remarquer, me gratifiant d'un rire amusé.

— C'est important, étant donné ce qui nous attend au-delà de ces murs.

Son regard perd toute trace d'humour.

— Je sais... La cérémonie... es-tu certain de vouloir le faire ? demandé-je sans le regarder.

Je le sens de crisper à mes côtés, tout comme je sens qu'il me fixe à cet instant. Je me tourne alors, affrontant ses yeux azurés.

— En doutes-tu ?

— Disons qu'il y a de meilleures façons de se lier à quelqu'un pour la vie, que d'en être obligé afin de sauver le monde.

— Crois-tu que ce soit seulement le devoir qui m'oblige à me lier à toi ?

Ses lèvres sont pincées, je devine l'avoir vexé.

— Honnêtement, je ne sais pas.

Je me détourne de lui, contemplant l'horizon.

— Je pourrais te poser la même question, reprend-il se plaçant entre moi et le rebord du balcon.

Trouvant mon regard, le sien m'observe durement. J'ai la nette impression que sa question, autant que ma réponse seront décisives.

— M'aimes-tu vraiment, ou ce que nous allons faire demain, le fais-tu uniquement par devoir ?

Je déglutis tentant de soutenir ces deux billes bleuâtres qui, à cet instant précis, semblent lancer des éclairs. Si je l'aime ? Cela me semble aussi évident qu'un nez en plein milieu de la figure. Mais accepter ce sentiment me terrorise, voilà la vérité. C'est si fort que je me demande parfois si c'est réel ? Ou alors, le destin que nous partageons y est-il pour quelque chose ? Je le regarde douloureusement, perdue au milieu de mes émotions. Son regard se glace, j'entrouvre les lèvres pour lui dire oui et pourtant ce n'est pas ce que je m'entends lui répondre.

— Il est trop tôt.

Il recule d'un pas comme si je venais de le gifler. Ce n'est pas ce qu'il voulait entendre. Ce n'est pas non plus ce que je voulais dire. *Pourquoi est-ce si difficile ?* Tout semblait si simple la veille, lorsque dans ses bras, j'avais prononcé ces mots sans hésitation aucune.

— Bien.

J'ai l'impression que les vingt centimètres qui nous séparent forment un immense abysse entre nous deux. Sans un mot de plus, il me quitte, me laissant seule avec mes regrets.

Quelques minutes plus tard, je l'observe sortir du temple. Une jeune femme d'à peu près notre âge l'attend en bas. Je le vois sourire depuis l'endroit où je me trouve, un sourire chaleureux qu'elle lui rend en papillonnant des cils. Mon cœur s'agite face à la complicité qu'ils dégagent. Je serre le rebord du balcon entre mes mains, me retenant d'aller les trouver. Les jointures de mes phalanges virent au blanc, alors qu'impuissante je les regarde s'éloigner.

Qui est-elle ? Et surtout, quel genre de relation entretiennent-ils ? M'a-t-il menti ?

Une colère sourde fait écho dans mon cœur empoisonné par la jalousie. Elle me dévore lentement mais sûrement, je quitte le balcon d'un pas précipité.

Estée est assise sur son trône lorsque j'entre dans l'immense salle. Vous ai-je dit à quel point j'étais impulsive lorsque j'étais en colère ? Elle m'observe surprise, ne s'attendait sûrement pas à me voir telle une furie, pénétrer son sanctuaire.

— Anya ? Tout va bien ? demande-t- elle d'un ton maternel en venant à ma rencontre.

Je tente de retrouver mon calme, en vain.

— Oui, dis-je mécaniquement avant de me raviser. Non. Rien ne va.

Elle opine, m'invitant à lui révéler le fond de ma pensée.

— Et si nous commettions une erreur ? Et si je n'étais pas celle qu'il vous fallait ? Et si par cette union nous nous condamnions ? Je ne suis pas certaine de vouloir le faire.

Elle me détaille patiemment, telle une mère face à son enfant ayant besoin d'être rassuré.

— Les dieux vous ont choisis tous les deux, ils ne se trompent pas. Vous vous en souvenez ? Je comprends vos inquiétudes, mais croyez-moi, vous et Alexander êtes capables de mener à bien cette mission. Je ne vous dis pas que ce sera facile, sans risques, mais vous avez tous les deux quelque chose que notre ennemi n'a pas.

J'arque un sourcil interrogatif, intriguée.

— L'amour évident qui vous unit Anya.

Elle sourit chaleureusement alors que je me raidis, perplexe.

— Comment pouvez-vous en être sûre ?

— Allons, c'en est une évidence ! Et disons que j'ai certaines capacités pour détecter ce genre de choses.

N'oubliez pas que la *Sphère* demeure sous ce toit depuis des siècles. Et elle non plus, elle ne se trompe jamais.

Elle me sourit d'un air entendu tandis que j'écarquille les yeux.

— Vous voulez dire que la *Sphère* nous aurait tout de même réunis ?

— Je veux dire que vos âmes se sont reconnues dès l'instant où vous vous êtes rencontrés et ça, même les divinités, n'auraient pu le changer. C'était écrit, c'était ainsi.

Je me laisse tomber sur la petite marche à ses pieds. Elle caresse tendrement ma chevelure, comme une mère l'aurait fait.

— Ne laissez pas la peur ou le passé vous faire douter et obscurcir vos pensées. Écoutez votre cœur, lui, il ne se trompe jamais.

Plus facile à dire qu'à faire, même si je sais qu'elle a raison.

Quand je sors dans les jardins, je suis beaucoup plus calme. Je flâne parmi les arbres fruitiers et les fleurs. Le soleil réchauffe agréablement ma peau, je suis de meilleure humeur.

Des ronronnements un peu plus loin me font froncer soudain les sourcils. D'autres éclats de voix et de rires se mêlent à la conversation. Le problème est que je reconnaîtrais ce rire parmi mille. Je m'approche sans faire de bruit, tel un voleur.

Devant mes yeux, une petite prairie délimitée par une clôture. En son centre se tient, campé sur de puissantes pattes une créature qui oscille entre un tigre et un énorme chat. Son pelage est d'un blanc immaculé, sans doute s'agit-il d'un *animae*. J'aurais pu être éblouie par la beauté du félin, mais mes yeux sont rivés sur la main de la brunette qui tient celle d'Alexander alors qu'il caresse l'animal. Je suis incapable de bouger, clouée sur place, mes pieds refusent de se mouvoir. Je ne saurais dire ce que je ressens actuellement, mais ce n'est certainement pas quelque chose de positif.

Comme s'il avait ressenti ma présence, il se tourne dans ma direction. Nos regards se croisent et comme pris sur le fait, il retire précipitamment sa main. J'ai envie de lui dire qu'il est trop tard. La fille me regarde à son tour, sourcils froncés, ne comprenant pas la réaction soudaine du prince.

— Altesse, lance-t-elle crispée, en s'inclinant maladroitement.

Elle est jolie et cela m'embête d'autant plus. Ses cheveux rebelles couleur miel tombent raides sur son dos. Elle a une belle silhouette, élancée. En somme, elle a des atouts pour le séduire, je ne peux lui en vouloir d'être attiré par elle, alors que je ne cesse de le repousser. Je bous de l'intérieur, mais m'efforce de ne rien montrer.

— Ne vous interrompez surtout pas par ma faute, je vous prie, je ne faisais que passer.

Mon ton est glacial, plus que je ne l'aurais voulu. En fait si, je lui en veux, batifoler avec elle aujourd'hui alors que nous sommes censés nous unir pour la vie demain, c'en est insultant. Je soutiens son regard quelques secondes, avant de tourner le dos et prendre la direction opposée de l'endroit où ils se trouvent, marchant le plus calmement possible.

Mon cœur saigne, si Estée m'avait rassurée quelques minutes plus tôt, ce à quoi je viens d'assister remet tout en question. Je serre les poings, le sourire qu'il affichait me rappelle celui qu'il avait lors de ses aventures avec la fille de l'aubergiste quelques mois plutôt. Avait-il les mêmes intentions aujourd'hui ? Avait-il prévu de lui faire partager sa couche alors que le lendemain nous allions nous lier à tout jamais ?

Je n'arrive pas à calmer ma colère.

— Je crains que tu n'aies mal interprété ce que tu as vu.

Sa voix me fait sursauter, ne l'ayant pas entendu approcher. Pas décidée à lui faire face, je lui tourne le dos.

— Je n'ai rien interprété, je n'ai pas eu à le faire, souris-je amèrement. En outre, nous ne nous devons rien l'un à l'autre, nous ne nous sommes rien promis. Et cette union, puisqu'elle ne signifie rien d'autre visiblement, restera ce qu'elle est, ni plus ni moins. Une fois notre mission accomplie, tu ne seras guère plus importuné de ma présence. Tu pourras batifoler avec qui bon te semble.

Je sais pertinemment que ma réaction est exagérément enfantine, mais au diable la raison ! Je ne me serais jamais permis une telle proximité avec un autre homme alors que nous sommes sous le même toit, à la veille d'un tel événement, qui plus est.

— Anya, siffle-t-il exaspéré.

Je ne réponds pas, obstinée à l'ignorer. Il souffle, dépassé, pose ses mains sur mes épaules et me fait tourner malgré moi. Il a les sourcils froncés, la mâchoire serrée et ses lèvres forment une ligne de mécontentement. *Grand bien cela lui fasse !*

Je croise les bras sous ma poitrine, le défiant du regard.

— Je n'ai guère de temps à perdre, je vous saurais gré, cher prince, de me laisser vaquer à mes occupations et poursuivez les vôtres qui avaient l'air fort distrayantes.

— Vous ? Maintenant on se vouvoie ? Bien. Sachez madame qu'Indra n'est rien d'autre qu'une très chère amie qui m'a beaucoup aidé pendant ma convalescence. Je vous l'aurais bien évidemment présentée, si vous m'en aviez laissé le temps. De plus, il me semble bien qu'elle ne soit que très peu attirée par le genre opposé.

— Oh...

Je blêmis sous son air satisfait, je me sens stupide et ridicule. Qu'est-ce qui m'a pris de lui faire subir une telle scène ? Mes joues chauffent en réponse à la honte qui m'envahit. *Idiote !* me réprimandé-je de plus en plus mal à l'aise. Lui, il doit sûrement jubiler intérieurement, ses traits durs se détendent peu à peu, bien qu'il ne sourît pas.

— Crois-tu que je pourrais... ? Alors que demain...

Il a l'air quelque peu vexé par mes insinuations, beaucoup même.

— J'ignore ce que je devrais encore faire pour te prouver la véracité de mes sentiments. Quand vas-tu enfin me faire confiance ?

Les paroles d'Estée me reviennent en mémoire. Ses mots m'ont fait réaliser certaines choses, mais surtout que je l'aime et qu'il me serait insupportable de le perdre une nouvelle fois. Je franchis la distance qui nous sépare et prend son visage entre mes mains.

— Maintenant, soufflé-je cherchant son regard. Et sache que m'unir à toi n'est en rien un devoir, c'est exactement ce que je désire. D'ailleurs..., je n'ai jamais désiré aussi fort quelque chose que toi à cet instant.

Ses yeux se voilent et d'un geste brusque, il écrase ses lèvres sur les miennes. Je réponds avec fougue à son baiser. Nos lèvres se touchent, s'explorent. Mes doigts s'écoulent dans ses boucles, mon corps se perd dans le sien. Il m'attrape par la taille, me faisant reculer contre un arbre qui se trouve dans mon dos. Nous sommes à l'arrière du jardin, peu fréquenté, les branches basses nous offrent un peu d'intimité. Il m'embrasse avec ardeur, conquérant ce qu'il considère qui lui est dû. Nous risquons de nous faire surprendre, mais c'est ce qui rend ce moment si excitant. Sa main s'insinue sous mes jupons, remonte dans une délicieuse caresse le long de mes cuisses jusqu'à la cambrure de mes reins.

— Alexander ? la voix d'Eden nous fait tous les deux sursauter.

Il me repose au sol immédiatement tandis que je tente d'arranger ma robe et ma coiffure. Nous sommes essoufflés, excités, les lèvres enflées par notre baiser. Le gardien ne pouvait plus mal tomber.

— Ah vous voilà, je vous cherch…

Il s'interrompt en m'apercevant, surpris. Il nous détaille de haut en bas.

— Oh… je vous ai interrompus, lance-t-il gêné, mais avec un sourire amusé.

Je rougis de plus belle.

— Absolument pas. Je m'en allais d'ailleurs. Alexander et moi avions juste quelques... petits points à mettre au clair avant la cérémonie.

Je ne sais que peu mentir, aussi, le blondinet manque de me rire au nez. Je lui lance un regard mauvais et souhaitant garder une once de dignité, me dirige vers le temple.

— Hmm, je vois, il opine, pas dupe pour un sou, mais en ayant néanmoins la courtoisie de ne rien ajouter.

Quand je rentre dans ma chambre j'y trouve Lyrah un sourire jusqu'aux oreilles. Je la dévisage méfiante.

— Eh bien quoi ? Demain c'est le grand jour ! se défend-elle. Oh déesse, je n'en reviens pas !

— Je le sais, je te signale que c'est moi la mariée. Enfin, en quelque sorte... je ne sais même pas comment appeler tout cela !

— C'est encore bien plus puissant que cela ! Depuis tout ce temps qu'on l'attendait !

Je ris face à son enthousiasme exagéré, ce n'est que maintenant que je remarque le splendide tissu étendu sur mon lit. Ma robe.

Je retiens mon souffle, n'osant pas la toucher de peur de la salir.

— Elle vous plaît ? Eleada a passé des jours entiers à la confectionner. Je crois même qu'elle a quelques boursouflures dans les doigts à force de tenir l'aiguille !

— Elle est parfaite, murmuré-je sincèrement émue.

ANYA

L'aube baigne de sa douce lumière les terres sacrées de Llyrh. C'est le grand jour, je peine à le réaliser. Je suis partagée entre mon désir de m'unir à Alexander et celle de conclure cette cérémonie, dont on ignore l'issue. En sortirons-nous plus forts ? Ou alors, au contraire, brisés ? Je n'ai pas voulu savoir comment se déroulerait l'événement. J'ignore l'endroit et la façon dont nous allons réveiller nos pouvoirs respectifs.

Assise sur mon lit, je frisonne. Une légère brise de faufile à travers les voilages blancs de ma chambre, venant caresser ma peau. J'ai cette impression étrange que tout est différent aujourd'hui. Je perçois chaque fragrance qui m'entoure, ma peau réagit davantage au contact de l'air et en même temps je suis apaisée intérieurement, même si, je le sais, ce calme sera de courte durée.

La matinée passe à une vitesse folle. Je reçois plusieurs visites, tout le monde souhaitant s'assurer de mon bien-être. Je suis quelque peu gênée par tant d'attention, mais me prête au jeu. On me prépare un bain chaud, et après m'être lavée, on me coiffe et habille.

Ça y est, on y est ! La nervosité me gagne peu à peu, heureusement Lyrah est à mes côtés afin de me rassurer.

— Tout ira bien, puis, de toute manière, lorsqu'il vous verra, il ne pourra que dire oui, plaisante-t-elle.

Je ris de bon cœur.

— Je te signale que ce n'est pas un mariage, pas tout à fait.

Elle fait la moue.

— Le prince vous aime, vous l'aimez, alors ça l'est. Le reste n'est que secondaire, même si je vous l'accorde ça aura de l'importance par la suite. Mais, vivez-le pour vous, vous allez vous unir à l'homme que vous aimez, il n'y a rien de plus merveilleux ! Oh, c'est tellement romantique !

Il est difficile de m'empêcher de rire face à cet air rêveur qu'elle affiche. Lorsqu'on finit ma coiffure, on m'autorise enfin à me lever et à me découvrir. Je me redresse en douceur, afin de ne pas abîmer le tissu de ma robe et me dirige vers le miroir. L'émotion me saisit de plein fouet lorsque j'aperçois mon reflet. La robe est juste époustouflante. D'un blanc perlé, elle est faite de soie et de dentelle. L'encolure arrondie laisse dénudées mes épaules, tandis que ma taille est tenue par un corset où broderies et perles ornent ma poitrine avec délicatesse. Mon regard suit sa trajectoire, s'arrêtant sur la jupe qui tombe évasée le long de mes jambes les couvrant entièrement, succédée d'une longue traîne en dentelle. Les deux matières se mélangent à merveille, créant un ensemble sobre, mais majestueux.

Je regarde émerveillée Lyrah, elle semble tout aussi émue que je le suis.

— Bon sang, la cérémonie n'a pas encore commencé et voilà que j'ai envie de pleurer comme une fontaine, dit-elle en reniflant.

Je ris, puis me tourne à nouveau face au miroir appréciant cette fois le travail fait sur ma coiffure. Mes cheveux sombres sont montés en un élégant chignon, quelques mèches folles ondulent encadrant mon visage. On pose sur ma tête une tiare assortie à mes habits, elle est magnifique.

— Toi aussi tu es très belle ! Et je t'ai déjà demandé de me tutoyer !

En effet, elle porte un ensemble bleu turquoise, composé d'un corsage qui met en valeur sa jolie silhouette, ainsi que d'une longue jupe soulignant à quel point elle est mince et élancée.

— Eh bien, je n'allais tout de même pas m'habiller avec des fripes dans de telles circonstances. Puis, qui sait, peut-être rencontrerai-je aujourd'hui le gardien de ma vie ! lance-t-elle d'un air dramatique.

Je lève les yeux au ciel en riant.

— Peut-être.

On toque à la porte, nous faisant toutes les deux sursauter. Lorsque Lyrah ouvre, un garde nous annonce qu'il est temps de rejoindre les autres. Il doit nous escorter.

Toute trace d'hilarité disparaît de mon faciès, j'ai la boule au ventre à cause de cette soudaine nervosité. Je n'y peux rien, c'est plus fort que moi, j'appréhende ce qui va arriver. Néanmoins, il est trop tard pour me défiler et je ne le souhaite pas, malgré mes craintes. Car je sais, que peu importe ce qui arrivera, Alexander sera à mes côtés. Mais aussi, car il le faut, pour nous, nos familles, notre peuple. Je dois laisser le passé derrière moi et avancer.

Lyrah m'encourage du regard alors que je suis le garde. Je l'entends marcher derrière moi, ce qui me rassure. Nous quittons l'aile est et arrivons face aux portes menant à la salle du Temple, bien qu'elles soient fermées, j'entends une agitation toute particulière à l'intérieur de la pièce.

Soudain, des carillons retentissent, le garde s'incline face à moi avant d'ouvrir les immenses battants. La lumière m'aveugle dans un premier temps, puis peu à peu je distingue les silhouettes qui s'écartent face à moi, me détaillant de haut en bas. Mon coeur bat la chamade, au bout du chemin se trouve Estée, drapée d'une somptueuse robe d'un vert aqueux. Elle m'offre un sourire chaleureux, teinté d'émotions. Au-dessus de sa tête, la *Sphère* semble briller encore davantage qu'à son habitude, elle illumine toute la salle, tel le soleil lui-même. À la place du trône de la prêtresse, il y en a deux, précédés d'un autel sur lequel plusieurs instruments en or sont posés.

La bouche sèche, je cherche Alexander du regard, sans arriver à le distinguer.

— Je suis là, murmure-t-il à mon oreille.

Je me tourne vers lui surprise, ne l'ayant pas entendu arriver. On se regarde mutuellement, nous observant lentement. Il est beau, je ne pensais pas qu'il pourrait l'être davantage, mais il dégage aujourd'hui quelque chose de spécial. Il porte un costume d'un bleu sombre, avec quelques dorures au niveau du col et des manches. La veste est ajustée de façon à mettre en valeur ses épaules larges, tout comme le pantalon dessine à merveille la puissance de ses jambes. Ses cheveux, coiffés en arrière, dégagent son visage, soulignant sa mâchoire carrée, et son regard d'un bleu turquoise. Je m'y perds quelques instants tant il me fascine, j'y lis de l'admiration, de la fierté, mais surtout son amour. Il s'incline, saisissant ma main où il dépose un baiser aussi léger qu'une plume.

Derrière nous, Lyrah se racle la gorge. On la regarde et elle rougit.

— Je crois qu'ils s'impatientent, se justifie-t-elle en désignant les invités qu'on avait complètement oubliés.

On se tourne vers eux et en effet, ils semblent pressés. Alexander se penche tout de même à mon oreille en me tendant son bras.

— Tu es splendide.

Mes joues réagissent immédiatement, se colorant sous le compliment. Je prends son bras et nous avançons lentement jusqu'à Estée, qui nous accueille avec un sourire sincère. Devant nous, elle parcourt la salle du regard, où peu à peu le calme retombe, jusqu'à ce qu'il n'y ait plus aucun bruit.

— Chers amis, nous sommes réunis ici aujourd'hui pour un événement unique, que vous n'aurez l'occasion de voir qu'une seule fois au cours de vos vies. Ce jour marquera le début d'une nouvelle ère, et bien que ce soit loin d'être fini, ces deux jeunes gens représentent l'espoir, le salut de notre peuple, de notre monde.

Des applaudissements retentissent autour de nous. Je déglutis, prenant de plus en plus conscience de ce que nous acceptons, de ce que nous représentons pour tous ces gens. *Et si nous échouons ?*

— Ils ont tous deux été choisis par les divinités, afin de porter ce lourd fardeau qui n'est autre que la survie de Llyrh. Nos dieux ont décidé de mettre entre leurs mains des pouvoirs dont vous n'oseriez jamais rêver, afin qu'ils puissent apporter paix et prospérité sur nos terres. Plus qu'une bénédiction, il s'agit d'une grande responsabilité qui pèse sur de si jeunes épaules, c'est pourquoi nous nous engageons à leur porter secours et leur offrir notre loyauté au cours de la bataille qui se prépare.

Plus Estée parle, plus j'ai l'impression de manquer d'air. Je serre le bras d'Alexander entre mes mains moites, à la recherche de réconfort. Comprenant ma peur, il entrelace nos doigts et caresse du pouce le dos de ma main m'offrant un sourire confiant. Cela m'apaise quelque peu, sans arriver pour autant à calmer l'agitation dans ma poitrine.

Estée se tourne vers nous, nous invitant à prendre place de part et d'autre de l'autel. Je lâche la main d'Alexander à contrecœur, allant me placer là où l'on me l'indique. Par chance, Lyrah est juste à ma droite et m'encourage avec bienveillance. J'ai les jambes en coton, heureusement elles sont dissimulées par la robe, je crains qu'elles cèdent sous mes tremblements.

La gardienne nous regarde avant de se tourner face à la *Sphère*. Autour de nous, le silence le plus complet. Je déglutis, tandis que l'orbe de feu s'illumine de plus en plus.

Estée commence à parler dans une langue qui m'est étrangère, j'y reconnais néanmoins le dialecte ancien à force d'avoir entendu quelques mots au cours de mon séjour sur ces terres étranges. Sa voix est forte, mais douce à la fois, elle semble chantonner une mélodie d'un autre temps. Plus elle parle, plus la *Sphère* brille et semble peu à peu se dédoubler. Je regarde la scène ébahie et je doute être la seule. Ce qui était un cercle de feu il y a quelques instants prend désormais la forme de deux silhouettes parfaitement humaines. Je lâche un hoquet de surprise, comme toute l'assemblée d'ailleurs. Devant nos yeux effarés ondulent deux formes humaines, bien que cela ne dure que quelques secondes, je peux jurer avoir reconnu la déesse dans l'une d'entre elles. Les deux ombres lumineuses avancent jusqu'à l'autel, puis fondent d'un coup sur les deux dagues posées sur le marbre, les illuminant à leur tour. Je recule de stupeur, avant que tout ne disparaisse, comme si tout ceci n'avait été qu'un rêve.

Je regarde Alexander qui affiche la même expression de surprise que moi, ce qui me rassure, je ne suis pas folle. Estée s'avance en souriant, bien qu'elle semble tout à coup fatiguée. Je suppose que ce « petit » tour de magie a demandé toute son énergie. Elle nous tend à tous les deux une dague, que l'on prend quelque peu méfiants, puis nous regarde tout à tour.

— Tenez-vous par la main et répétez après moi :

Nous unissons notre sang
Afin d'honorer ce pourquoi nous sommes nés
Nous invoquons le pouvoir des dieux
Afin que celui-ci coule en nous
Par ce rituel nous nous offrons corps et âme
Afin que les hommes puissent vivre en paix

Nous obtempérons et répétons sagement les mots qu'elle vient de prononcer. Lorsque ce fut chose faite, elle nous sourit.

— Ce n'est pas fini. Maintenant, regardez-vous et répétez en même temps :

Tu es désormais mon sang, mon corps, ma chair
À partir de ce jour nous ne formerons plus qu'un.
Je t'offre mon cœur, et avec mon cœur ma protection.
Et avec ma protection la force et la compréhension
Et avec la compréhension l'Amour.
Puissent les dieux bénir notre union
Afin de t'aimer et de t'honorer aujourd'hui et pour
l'éternité.

J'ai su immédiatement que cette partie-là n'était pas prévue au rituel. Estée a voulu ajouter sa touche personnelle et son sourire espiègle me le confirme. Je la remercie silencieusement et regarde Alexander dans les yeux. J'inspire profondément me donnant du courage, aussi émue qu'heureuse. Son regard ne me quitte pas, tandis que nous répétons mot pour mot ce qu'Estée a précédemment dit. J'y lis la sincérité de ses paroles, car quoiqu'il nous en coûte, quoi qu'il advienne demain de nos vies, je sais qu'on s'aimera, et ce, jusqu'à la fin.

Lorsque nous finissons de prononcer nos vœux, je sens une larme perler le long de ma joue. J'entends aussi Lyrah renifler à ma droite et tamponner ses yeux larmoyants. Je souris d'autant plus et regarde intensément l'homme qui a su apprivoiser mon coeur.

— Maintenant, poursuit Estée d'une voix émue, bien qu'elle tente de le cacher. Veuillez, je vous prie, entailler vos paumes gauches respectives.

Nous saisissons les dagues et d'un geste assuré, mais délicat ouvrons nos paumes. Je grimace au contact de l'acier contre ma peau et un peu plus lorsque la lame pénètre ma chair. Des gouttes écarlates coulent le long de ma main, tout comme sur celle d'Alexander. Estée prend nos mains blessées et les superpose de façon que nos blessures se touchent et que notre sang se mélange. Tout à coup, nos mains s'illuminent, la lumière nous aveugle quelques instants, avant de s'évanouir, laissant sur nos bras une sorte de marque dorée. Nous observons surpris l'arabesque s'enrouler peu à peu autour de nos paumes jusqu'à nos avant-bras. Je ressens un léger picotement au fur et à mesure qu'elle apparaît, lequel se répand jusqu'à ma poitrine, me coupant le souffle quelques instants. Lorsque tout s'arrête, nous découvrons stupéfaits que notre peau est à nouveau lisse, là où nous l'avions entaillée.

— Ça a fonctionné, souffle Estée émerveillée.

Elle lève nos deux bras et tout le monde applaudit autour de nous. Je me sens étrangement calme, je veux dire : je m'attendais à être saisie de convulsions lorsque je recevrais les pouvoirs, mais non, rien de plus que ce léger picotement désagréable. Alexander, lui, m'observe intensément, si bien que je rougis oubliant mes pensées parasites. S'avançant vers moi, il se tourne vers Estée.

— Si vous permettez, il me semble que la tradition veuille que j'embrasse ma femme.

Sa femme. Je réalise à peine ses paroles, encore moins lorsque sans aucun doute ou question dans son regard, il m'attire à lui pour m'embrasser. Je m'accroche à son cou, oubliant tout ce monde autour de nous et lui rends son baiser. Car oui, désormais nous ne faisions plus qu'un.

345

— Anya d'Agraam, susurre-t-il souriant contre mes lèvres, avant de m'embrasser une nouvelle fois, sous une foule d'applaudissements.

ÉPILOGUE

Cela fait trois semaines que la cérémonie a eu lieu. Nous journées sont rythmées par des entraînements au combat, la maîtrise de nos pouvoirs et de moments à deux.

— Je t'aime, susurra-t-il à mon oreille.

Nous sommes allongés sur notre lit, l'un dans les bras de l'autre. Ma tête posée sur son épaule, il caresse tendrement ma peau nue. Je frôle ses lèvres des miennes, en m'allongeant sur lui.

— Je t'aime, chuchoté-je en mordillant sensuellement ses lèvres.

Je sens immédiatement son bas-ventre se réveiller en réponse à mon geste, je souris ravie, tandis qu'il caresse mon dos.

— Comment se fait-il que je ne me lasse jamais de te faire l'amour ? Il suffit d'un mot ou d'un geste de la vile tentatrice que tu es et me voilà prêt à remettre ça.

Je ris de plaisir et l'embrasse fougueusement. Malheureusement, nous sommes interrompus par quelqu'un qui frappe à la porte. Il grogne, frustré, pestant contre celui qui ose nous déranger si tôt dans la matinée. Je m'enroule dans les draps, tandis qu'il se couvre avec sa robe de chambre, avant d'ouvrir la porte. De l'autre côté s'y tient un garde, que je connais bien. C'est l'un des bras droits d'Alexander, et je vois ce dernier se tendre en le voyant, car cela n'augure rien de bon.

— Je suis désolé de vous importuner de si bon matin mon prince, mais vous m'avez demandé de vous avertir à toute heure si j'avais du nouveau sur les agissements de votre frère.

Alexander l'invite à poursuivre, je me redresse, tendant l'oreille.

— Hier soir les murailles d'Agraam sont tombées, la capitale est entre les mains de Marcus et ses hommes, la défense de votre père n'a pas suffi. Il y a de nombreuses pertes, nous n'avons pas des nouvelles de la famille royale pour l'instant, malheureusement.

Je vois les muscles d'Alexander se tendre un à un. Le gardien hésite, avant de reprendre.

— Ce n'est pas tout majesté. C'est d'ailleurs la raison de ma présence. Vous êtes tous les deux convoqués à la grande salle. Il y a une autre nouvelle plus grave, je le crains... Il semblerait que... — il baisse les yeux —, il semblerait que votre frère ait effectivement trouvé un moyen de libérer l'Axe et d'avoir pleinement accès à la Magie du Chaos.

Nous écarquillons les yeux. C'est la pire chose qui pouvait arriver. Nous nous regardons inquiets. Crispé, Alexander remercie l'homme avant de le congédier. À peine a-t-il fermé la porte que je me dirige vers lui. Il se tient immobile, tendu par la colère, son regard perdu au-delà de notre fenêtre.

Je prends son visage entre mes mains et le force à me regarder.

— Nous allons les retrouver. D'ailleurs, demain même nous partirons à leur recherche s'il le faut. Il est temps de faire cesser cette guerre, nous sommes prêts. Nous n'allons pas lui permettre de gagner davantage en pouvoir.

Il m'observe silencieux, son pouce caresse ma joue, mais son regard est dépourvu de toute chaleur. Je le sais inquiet, je le suis tout autant.

— J'aimerais que tu restes ici, en sécurité.

Je fronce les sourcils et secoue la tête.

— Il est inutile de me demander une telle chose, je ne pourrais pas te savoir dehors et rester ici les bras croisés. Nous sommes deux, c'est bien pour cela que cette cérémonie a eu lieu, te souviens-tu ? De plus, je te signale qu'il n'y a pas que les tiens qui sont là dehors. Que tu le veuilles ou non, je viens avec toi, tu as besoin de moi.

Il soupire, résigné, sachant qu'il ne sert à rien d'insister. Je l'étreins dans mes bras, essayant d'apaiser ses craintes, bien que je sache exactement ce qui nous attend : la guerre, le sang, la douleur. Mon seul réconfort est de le savoir à mes côtés, car ensemble, je sais que nous pourrions tout endurer.

Du moins, je l'espère…

GLOSSAIRE

D

Dün : sombre

Dün-Riël : sombre-cœur (nom du désert)

L

Lūmĭnare : jour / lumière du jour = pour journée

M

Mes As vera naïs As nösta : pour la vérité et la justice. Proverbe des Gardiens du monde ancien.

P

Pyhä : sacré

R

Riël : cœur

S

Saïnii : béni

Saïnii-lūmĭnare : journée bénie = bonjour

Z

Zaïti : idiot

Zêrevä : gardiens du Temple Pyhä

MOT D 'AUTEUR

Je tiens, avant toute chose, à remercier certaines personnes, qui m'ont soutenue et accompagnée pour la réédition de cette histoire.

Merci David, merci de m'avoir fait à nouveau confiance, pour ce projet et tant d'autres. À toi Scarlett, pour avoir apporté les dernières retouches à ce roman afin qu'il soit le plus parfait possible. Merci à Elin, Clary et Evangélina, pour les précieux conseils tout au long du processus de réédition. Merci pour vos commentaires encourageants, utiles et parfois drôles qui me remontaient le moral et effaçaient mes doutes. Je dois remercier également le comité de lecture d'Imaginary Edge, pour les retours positifs sur ce premier tome, qui m'ont confortée dans l'idée de le rééditer. Enfin, je remercie toutes les personnes qui de près ou de loin, ont contribué à la réalisation de ce roman, que ce soit cette version ou l'antérieure.

Une pensée pour tous les lecteurs s'ayant procuré la première édition de cette histoire et qui m'ont encouragée à la continuer. À ceux comme toi Philippe ou encore toi, Alix, qui font chaque année le déplacement pour venir me rencontrer lors des salons. J'adore nos échanges !

J'espère sincèrement que les nouveaux lecteurs (ou anciens) apprécieront cette nouvelle version du roman, avec les changements qui vont avec. Elle me tient énormément à cœur. Elle me ressemble davantage.

Ce livre est dédié à ma famille. Après tout, c'est le trésor le plus précieux que je possède. Mes parents qui me soutiennent sans faille (*même si je sais papa que la romance ce n'est pas trop truc*). Je pense particulièrement à ma mère, qui même à sept-mille kilomètres de distance, trouve toujours les mots pour me motiver à aller de l'avant. Et enfin, ce livre est surtout dédié à mon plus grand bonheur : ma fille.

« Maman, quand je serai grande je voudrais écrire des livres, comme toi. », je crois que c'est la plus belle chose qu'on m'ait jamais dite. Sentir la fierté de son enfant, c'est un cadeau inestimable. Et c'est en partie ce qui me pousse à continuer à écrire, à faire vivre cette passion.

Alors, si toi qui lis ce roman, si toi aussi tu as un rêve... Crois en toi et fais l'impossible pour le réaliser. Il y a cette phrase de Martin Luther King qui m'a toujours parlée et c'est avec elle que j'ai décidé de conclure ce roman :

« Croyez en vos rêves et ils se réaliseront peut-être.
Croyez en vous et ils se réaliseront sûrement. »

Avec tout mon amou

Callie